在动物中间

【美】埃诺斯·米尔斯 著 董继平 译

青海人民出版社

图书在版编目（CIP）数据

在动物中间 /（美）埃诺斯·米尔斯著；董继平译．-- 西宁：青海人民出版社，2021.8
（自然物语丛书．第四辑）
ISBN 978-7-225-06204-4

Ⅰ．①在… Ⅱ．①埃… ②董… Ⅲ．①随笔—作品集—美国—现代 Ⅳ．① I712.65

中国版本图书馆 CIP 数据核字（2021）第 185274 号

自然物语丛书（第四辑）
在动物中间
（美）埃诺斯·米尔斯　著

董继平　译

出 版 人	樊原成
出版发行	青海人民出版社有限责任公司
	西宁市五四西路71号　邮政编码：810023　电话：（0971）6143426（总编室）
发行热线	（0971）6143516 / 6137730
网　　址	http://www.qhrmcbs.com
印　　刷	陕西龙山海天艺术印务有限公司
经　　销	新华书店
开　　本	850mm×1168mm　1/32
印　　张	10.875
字　　数	210 千
版　　次	2022 年 1 月第 1 版　2022 年 1 月第 1 次印刷
书　　号	ISBN 978-7-225-06204-4
定　　价	46.00 元

版权所有　侵权必究

埃诺斯·米尔斯

总 序

董继平

自然文学，也称"生态文学""环保文学"。自古以来，自然就作为人类的书写对象而频频出现在各类文本中：起伏的群山、连绵的森林、奔流的江河、辽阔的草原、静谧的湖泊、变换的季节、习性各异的动物和千姿百态的植物……由此，自然成为世界文学史上一大永恒的主题，千百年来，由自然产生的杰作不在少数，那些名篇佳作或天马行空,或流光溢彩,或细致入微,影响甚大且余音不绝,这一传统延续至今。

在中国,至少有两部世界级的自然文学名著深深地影响过国人:一部是法国博物学家、文学家法布尔(Jean-Henri Casimir Fabre,1823—1915)所著《昆虫记》,在其中,作者以锐利的眼光、细腻的笔触娓娓讲述了昆虫之美,把普通人所鲜知的昆虫世界活脱脱地展现在读者眼前;另一部是美国诗人、超验主义作家梭罗(Henry David Thoreau,1817—1862)所著《瓦尔登湖》,在其中,作者用心灵之语向世人述说他在湖畔的生活,以及一个思想者、一个孤独的隐士融入自然的精神状态。其实,优秀的外国自然文学作品远不止这两部,只不过由于我们长期的忽视,未及发现和挖掘而已。

近代自然文学的产生、发展和繁荣自有其根源,绝非偶然。从工业时代开始,人类为摆脱低下、落后的生产方式而不断追求现代化,随着这一进程不断加速,自然生态也深受其影响,不断恶化,在面对日趋严重的生态破坏的时候,人们就更加渴望回归自然的怀抱,以科学、理性的态度去善待大自然。在这种情况下,近代自然文学应运而生。

美国自然文学的缘起

在世界自然文学的发展过程中,没有哪个国家像美国自然文学那样发达、那样繁荣,其自然文学的成就之大、场面之壮观,在全球范围内可谓一枝独秀,在区区 200 年的时间里人才辈出,佳作纷呈,形成了群星璀璨、层出不穷的局面，让人目不暇接。美国自然文学的问世与发展，自有其渊源。当年，与欧洲那片老大陆相比，美洲这个新大陆尚属蛮荒之地，但在1789年美国建国以后的那几十年里，工业飞速发展，经济建设一路突飞猛进，经济实力渐渐迎头赶上欧洲老牌工业国。

然而，正是在那几十年的飞速发展中，美国为现代化进程付出了牺牲自然环境的沉重代价，其自然资源遭到了掠夺性开发，生态环境遭到极大破坏。比如，那条1869年竣工通车的横跨美国大陆的铁路，一方面带活了沿线的经济，为美国的进步和发展做出了巨大贡献；另一方面却让曾经在大陆上到处漫游的野牛加速消失。这条铁路建成通车之后，大批猎人便蜂拥来到原来野兽出没的蛮荒之地，致使美洲野牛种群急剧减少。这样的情况，美国第二十六任总统西奥多·罗斯福在他的《美洲野牛的故事》一文中有过详细的描述：

"……铁路对于猎人不可或缺，为他们提供了前所未有的廉价交通工具；同时，市场对野牛皮长袍的需求也有增无减，原本数量巨大的野牛又相对容易猎杀，于是就吸引了一群群冒险者赶来狩猎，掀起了一场世所罕见的野牛大猎杀，结果在极短的时间内，这种原本众多的大型动物被消灭了，这是前所未有的——好几百万头野牛遭到了杀戮……在那场大规模杀戮开始后的15年内，巨大的野牛群体几乎消失殆尽。如今在美国大陆上，据说很可能只剩下500群野牛，而且自从1884年以来，已经没有一群野牛的数量超过100头了。"

面对自然环境的日趋恶化，一批有识之士便开始为保护自然而积极奔走、大声疾呼，美国人民也逐渐认识到日益逼近自己生活的诸多生态问题。大约在 19 世纪 50 年代至 20 世纪 20 年代这 70 年间，美国社会兴起了一场声势浩大的自然环保运动，其影响之大、覆盖面之广、持续时间之长，均令世界瞩目。在这场运动中，一些相关人士著书立说，大力宣传自然生态环保观念，在客观上促成了自然文学的蓬勃发展。此间不仅大家辈出，而且逐渐形成了美国文坛上的"自然文学"这一特殊文体。到了 20 世纪下半叶，环境保护运动在美国达到了鼎盛，同时也在全世界范围内不断扩展，随着这一运动的不断深化，自然文学愈加受到人们关注，并形成了一个庞大的作者群体，这些作家均以自然为写作主题和对象，着重以科学的方式来揭示和探讨人与自然的关系，号召人们走进荒野，倡导人们与自然建立亲密联系，保护大自然的完整和野性，呼吁人们以更平等、更和谐的方式来处理人类与自然之间的关系。

美国自然文学的三位先驱

尽管有些文学史家把约翰·史密斯（John Smith，1580—1631）所著的《新英格兰记》和威廉·布雷德福（William Bradford，1590—1657）的《普利茅斯开发史》认为是美国自然文学的雏形，但真正意义上的第一位先驱者当属博物学家威廉·巴特拉姆（William Bartram,1739—1823）。巴特拉姆也算出生于自然文学世家，他的父亲是"美国植物学之父"——约翰·巴特拉姆，因此威廉·巴特拉姆从小便受家学的熏陶，一边在父亲的植物园中徜徉，一边倾听鸟语、享受花香。从严格意义上讲，威廉·巴特拉姆算得上美国自然文学的第一位大家，在其代表作《旅行笔记》中，他以细致而生动的笔触描述了尚处于原始状态的美国东南部的自然风景，用亲身感受讲述了那里的自然荒野之美。这部著作于1791年一问世，便在欧洲引发了强烈的反响，颇得好评，即便柯勒律治那样的英国浪漫主义大诗人也对其大加赞赏。更重要的是，他在《旅行笔记》中告诉我们，地球上的一切生物都绝非呆若木鸡，相反，它们都很聪明："如果你留心一下任何动物就会发现，它们的效率高得让人震惊。它们行动前会精心策划，而且富有恒心、毅力和计谋。"这样的观点，无非是想让我们尊重自然和自然中的生命。

当然，美国自然文学的先驱者不止巴特拉姆，除他之外，还有热爱鸟类、毕生沉浸于荒野的亚历山大·威尔逊（Alexander Wilson, 1766—1813）和约翰·詹姆斯·奥杜邦（John James Audubon, 1785—1851）。威尔逊是自然主义者，苏格兰裔，热爱描写和绘画鸟类，被后来的博物学家尊为"美国鸟类学之父"。他所著9卷描述鸟类的著作《美国鸟类学》内有彩页，比另一位先驱者奥杜邦的著作要早将近20年。如今在北美大陆上，有多种鸟类就是以他的名字来命名的，比如威尔逊鸫和威尔逊鹬。约翰·詹姆斯·奥杜邦是美国著名画家、博物学家，法国裔，他深入荒野研究鸟类，其绘制的鸟类图鉴被尊为"美国国宝"。他一生留下了无数画作，他的每部作品不仅是科学研究的重要资料，也是不可多得的艺术杰作。他出版了《美洲鸟类》和《美洲的四足动物》

两本画谱,其中《美洲鸟类》被誉为"19世纪最伟大和最具影响力的著作"。这两位先驱的作品对后世野生动物绘画产生了深远的影响,同时也对普通公众产生了巨大的吸引力,至今仍被频频引用。

超验主义和自然文学团体的形成

真正形成团体并在一定哲学观念的影响下投身于自然的作家,则是美国文学史上那批著名的超验主义者。

超验主义(transcendentalism)兴起于19世纪30年代的美国新英格兰地区,又被称为"美国文艺复兴",深刻地影响了后来的美国文学和哲学的发展。超验主义的核心观点:主张人能超越感觉和理性而直接认识真理,强调直觉的重要性,认为人类世界的一切都是宇宙的一个缩影——"世界将自身缩小成为一滴露水"(爱默生语)。

超验主义的领袖拉尔夫·沃尔多·爱默生(Ralph Waldo Emerson,1803—1882)在他那篇著名的《论自然》中提出了他对自然的观点,他不仅认为"自然是精神之象征",还认为"我们从自然中学到的知识,远远超出我们能够任意交流的部分",对后世影响甚大。不仅如此,他还认为,宇宙是大自然与人的灵魂的结合,人通过灵魂与自然和谐一致。只有接近自然、感受自然,人的灵魂才能真正体会到存在的价值。

超验主义的另一位主将亨利·大卫·梭罗(Henry David Thoreau,1817—1862)则更是身体力行,他在爱默生的影响下深入自然,只身来到寂静的瓦尔登湖,搭建起小木屋,把自己的灵魂寄托在湖泊和山林之中。那时,他或在荒野中散步,或在树林中观察,或在湖畔沉思,悠然地体验和描写自然之美,把人与自然的关系都隐没在那些朴素的文字中。根据《美国遗产》杂志1985年的一项调查报告显示,在"十本构成美国人性格的书"中,梭罗的《瓦尔登湖》位居榜首,可见其影响之大。除了《瓦尔登湖》,梭罗还写下了许多涉及自然的散文和日记,他用淡淡的笔调娓娓倾诉自己的自然情怀,文字尽显自然之美,同时充满诗意和哲理。比如他的长篇散文《秋色》《散步》等篇什便是这方面的杰作。

爱默生和梭罗自不待言,在超验主义阵营中,还有一位中国读者几乎都不知道的女作家——玛格丽特·富勒(Sarah Margaret Fuller, 1810—1850)。作为这个阵营中的女将,她在1843年的夏天摆脱了尘世的喧嚣,把自己的灵魂浸入北美五大湖区那湛蓝的水中,以优美的笔调写下了自然散文集——《湖上夏日》。

同一时期还出现了一位中国读者耳熟能详的美国自然文学作家,那就是大诗人沃尔特·惠特曼(Walt Whitman,1819—1892)。惠特曼也深受爱默生的影响(有评论家认为他也是超验主义者),写下了不少涉及自然的诗篇和随笔。他在诗集《草叶集》中,极力赞颂自然的神奇、壮丽和伟大。他认为,大自然具有灵性,大自然的一切,包括山川、星辰和草木等都有"目的性",它们无时不在做着"向上运动",而且大自然中的一切都是平等的。惠特曼的散文集《典型的日子》更是体现了自然之灵,尽管这部作品以日记形式写成,但字里行间散发出泥土和青草的芳香，让作者那种静静地观察、倾听、体验自然的形象跃然纸上。

两个名叫约翰的自然文学大师

19世纪的最后20年里，美国自然文学界出现了两位大师——"两个约翰"："鸟之王国中的约翰"——约翰·巴勒斯（John Burroughs，1837—1921）和"山之王国中的约翰"——约翰·缪尔（John Muir，1838—1914）。"两个约翰"是美国早期环保运动的领袖，他们分别奔走于美国东部和西部，为建立和谐的自然秩序而不懈努力。

巴勒斯是博物学家、鸟类学家，生活在东部的卡茨基尔山区，擅长描述鸟类生活，各种鸟儿在他的文字中栩栩如生，被誉为"美国乡村的圣人"和"美国自然文学之父"。他以自己长期生活的哈得孙河谷和卡茨基尔山区为中心，把自己探索自然的经历和体验写成了文字，先后出版了《醒来的森林》等25部作品集，均为传世之作。其自然文学作品影响巨大，就连曾任美国总统的西奥多·罗斯福都尊敬地宣称自己是"读着巴勒斯的书长大的"。

缪尔则是地质学家，也是一个永远在路上的行走者，这位"美国国家公园之父"以考察、研究和描写美国西部山区的风物见长，山峦与森林在他的笔下熠熠生辉。经过他的奔走呼吁，美国西部一些原本计划开发的美丽山林得以保存下来，比如约塞米蒂山谷，就是在他的大力呼吁之下，才没有遭到过度开发，后来还被辟为国家公园。

"两个约翰"著述众多，成就巨大，对美国乃至世界的生态环保思想产生了深远的影响，成为美国文化的重要遗产。

世纪之交的作家和作品

从19世纪末到20世纪初，美国自然文学达到了一个前所未有的巅峰：除了"两个约翰"，还涌现出了一大批杰出的自然文学家。尽管其职业各不相同，但他们都有一个共同的爱好，那就是热爱大自然。

女作家玛丽·奥斯汀（Mary Austin，1868—1934）则独辟蹊径，她避开自然文学中通常描写的山水，而是深入美国西南部沙漠，研究印第安人的生活方式，以女性细腻的笔触向人们展示了荒漠之美与灵性。其代表作为《少雨的土地》。

19世纪至20世纪之交是美国自然文学的一个高峰，许多作家和博物学家纷纷投身于自然文学创作，就连西奥多·罗斯福（Theodore Roosevelt，1858—1919）——老罗斯福总统那样的政治家也客串了一把作家，推出了好几部具有影响力的著作。罗斯福是第一位对环境保护有着长远考量的美国总统，他在执政的7年间，采取了一些有利于国家经济建设和资源保护的措施。首先，他将7800公顷土地转为国有，从而为后人保存了大量的森林、公园、矿藏和水力等自然资源。其次，在1904年3月14日，他在佛罗里达州设立了第一个国家鸟类保护区，成为野生动物保护系统的雏形。再次，1905年，他敦促美国国会批准成立美国林业服务局，管理国有森林和土地。最后，在他当政期间

（1901—1908），美国设立的国家公园和自然保护区的面积共约78.5万平方公里，超过了所有前任总统设立之总和，其中著名的有大峡谷国家公园等。

埃诺斯·米尔斯（Enos Abijah Mills，1870—1922）——"落基山国家公园之父"，他在落基山中生活了20余年，充当自然导游，长期跟野生动物打交道，写下了10多部自然文学著作。他还前往美国各州发表演讲、举办讲座，号召人们保护自然生态和野生动物，不遗余力地促进美国政府建立落基山国家公园。正是在他的力促之下，落基山国家公园才在1915年得以开张迎客。米尔斯在书中娓娓道来，讲述自己与野生动物亲密接触的经历，读来让人倍感亲切。同时，他的作品融合了科普信息、田野观察和个人逸事，为读者提供了一种与众不同、别开生面的自然指南。

小塞缪尔·斯科维尔（Samuel Scoville Jr.，1872—1950），美国博物学家、自然文学家，自幼热爱自然。尽管他的本职是律师，但他在博物学领域也取得了不小的成就。他以青少年为主要读者，写下了多部自然文学著作。

20世纪中期的作家和作品

20世纪上半叶，美国的自然文学似乎有些沉沦，这是因为两次世界大战的战火让人们的关注点转向了社会问题，无暇顾及自然生态，因而此间自然文学大作相对不多。然而到了"二战"之后的20世纪中期，美国又出现了两位极有影响的自然文学作家：奥尔多·利奥波德（Aldo Leopold，1887—1948）与蕾切尔·卡逊（Rachel Carson，1907—1964）。其实，奥尔多·利奥波德和蕾切尔·卡逊并不是专业作家，其职业也与文学创作无关，但由于当时的生态问题日益严重，他们的生态良心迫使其动笔写书，担当起向公众宣传环保的职责。时至今日，他们的著作在全球范围内依然具有极大的影响力。

奥尔多·利奥波德本来是林业学家、生态学家，长期致力于土地研究，也是美国享有国际声望的科学家和环境保护主义者，被称为"美国新保护活动的先知""美国新环境理论的创始人"。他的代表作《沙乡年鉴》于1949年出版，这部著作文笔优美，富于诗意，完整地传达出作者的土地伦理观，引起各方的重视，成为美国自然文学史的一个里程碑。

蕾切尔·卡逊是海洋生物学家，她在1935—1952年供职于美国鱼类及野生生物调查所，这就使得她有机会接触到诸多环境问题，从而引发深层次的思考。她出版过若干著作，其中在1962年出版的《寂静的春天》引发了美国乃至全世界新一轮的环保运动。《寂静的春天》一书，以通俗的语言、生动的案例向公众揭示了盲目的经济发展给生态环境带来的恶果，对半个多世纪以来美国人的自然生态观念产生了巨大的影响。

20世纪下半叶以来的作家和作品

从20世纪六七十年代至今，美国的环保运动已沉淀为一种观念，自然文学也随之不断深入、扩展，呈现出百花齐放的繁荣局面，其间景象纷纭，作家众多，作品不断且各具特色：爱德华·艾比（Edward Abbey，1927—1989）的《大漠孤行》（*Desert Solitaire*）、玛洛·摩根（Marlo Morgan，1937— ）的《旷野的声音》（*Mutant Message Down Under*）、约翰·海恩斯（John Haines，1924—2011）的《星·雪·火》（*The Stars, the Snow, the Fire : Twenty—five Years in the Northern Wilderness*）、巴里·洛佩斯（Barry Lopez，1945— ）的《北极梦》（*Arctic Dreams*）、杰克·贝克隆德（Jack Becklund）的《与熊共度的夏天》（*Summers with the Bears*）……

爱德华·艾比是美国著名的生态文学作家，对环境运动影响极大，极具争议性。他生活在美国西南部，著书立说，抨击人类肆意破坏自然生态的行为，尤其是"唯发展论"。《大漠孤行》是艾比在做国家公园管理员时的工作记录，其中包含了他对沙漠景色和个人生活的诗意描写，展现了沙漠的魅力。同时，他犀利而又饱含感情地指出开发对公园的破坏，使人重新审视人类与自然、发展与自然之间的关系。

约翰·海恩斯是著名诗人、"阿拉斯加桂冠诗人"，他在阿拉斯加建有牧场，"二战"退役后在那里隐居了40余年，著有诗文集多种，其中最出名的当属自然随笔《星·雪·火》。几十年间，他与星、雪、火为伴，与野生动物为伴，历经25年写成这部荒野手记，因此它既是雪地的"荒野生活指南"，也是北地生活指南。

巴里·洛佩斯是著名的自然文学家和小说家，作品多涉自然。自然文学作品主要有虚构（代表作有《荒野笔记》）和非虚构（代表作有

《北极梦》)两大类。《北极梦》以饱含感情、充满诗意的文字,讲述了作者游历北极的见闻与联想——人与动物的故事、北极的历史、深刻的人生哲理……作者试图告诉读者如何做人,如何与大自然亲密相处,如何明智地生活在大地上。

自然文学的特色

非虚构与虚构:叙事和抒情为自然文学的两大写作手法。在自然文学作品中,或以叙事为主,或以抒情为主,或两者并重,从而形成了自然文学中非虚构和虚构两大类。非虚构作品大多以散文随笔写成,其中有抒情,也有叙事,语言流畅、精彩,适合大众阅读。这类作品几乎都是作者的亲身经历,可读性和故事性极强,同时又融文学性和科普性、知识性和趣味性为一体,这也是它长盛不衰的原因之一。虚构性作品是指作者在尊重自然规律、纪实性描述的基础上,加入了一些虚构成分,创作出以动物为主题的自然故事,其情节引人入胜,文字叙述流畅,寓意发人深思。在其中,作者以客观的态度、生动的语言向读者不动声色地阐明人与自然的关系,教导人们要尊重自然、保护生态,颇有教育意义。美国著名作家杰克·伦敦的《荒野的呼唤》,就是这类虚构性自然文学的代表作。

作家构成:自然文学有一个引人注目的特点,那就是作者来自各个不同的领域,他们并非专业作家,而大多是博物学家、环保主义者、科学家,甚至还是政治家……比如,梭罗是诗人、散文家,巴勒斯是鸟类学家，缪尔是地质学家，罗斯福是政治家，米尔斯是自然向导，小斯科维尔是律师，利奥波德是林业学家，卡逊是海洋生物学家，艾比是国家公园管理员……

强烈的地域性：自然文学多半具有强烈的地域色彩，即作家长期深入某一地域，对当地的山川、谷地、森林、动植物等生态环境进行细致入微的考察和研究，最后有感而发，形成作品。其中，美国东部的新英格兰地区尤其是马萨诸塞州，堪称"自然文学的策源地"，先后涌现出大批作家和作品。每一位作家都会有自己特定的考察、写作地域或地点，比如梭罗的马萨诸塞州瓦尔登湖、科德角等，巴勒斯的纽约州卡茨基尔山区和哈得孙河谷，缪尔的加利福尼亚州约塞米蒂山谷，米尔斯的科罗拉多州落基山区，艾比的亚利桑那州荒漠，海因斯的阿拉斯加州荒野……他们写下的文字绝非道听途说的作品，均为可读性和故事性极强的散文，或者在尊重自然规律的基础上进行一定虚构的小说，融文学性和科普性、知识性和趣味性为一体，深得读者喜爱。

自然文学在中国

近十余年来，随着国人对自然的认识渐渐提高，自然环保概念在中国得到一定的深化，也出现了一些所谓的"自然文学"。但在我看来，目前这样的"自然文学"不过是一种噱头。

首先，国内很多地方的自然生态早已遭到了难以复原的破坏，即便要修复，至少也得需要几十上百年的时间，因此缺乏真正完整的生态链——虽然有森林，但林中已没有大型动物——人类毫不留情地占据了野生动物的生存空间，因此，真正意义上的"自然环境"仅存于少数极其偏远的地区，一般人难以抵达。

其次，作家创作缺乏自发性和自觉性，也缺乏生态良知。许多作家即便创作了一些关于自然的文本，也往往是应景之作，并非自发而为之，而且他们还缺乏对自然深层次的体验，因此，这样的作品虽涉及自然，却也仅仅是触及皮毛之作。这一点也恰好反映了目前国内普遍存在的一个认识误区，即很多人认为，凡是涉及自然的文学作品便是"自然文学"。

一般作家往往缺乏深入山林甚至独居山林的勇气和耐心，不会像梭罗那样把身心沉浸在静谧的湖水中，或在山林间漫步，长时间观察一棵树、一片叶子在秋天如何变黄或变红，或在田野上品尝野果，接受造物主对人类的馈赠；更不可能像美国"落基山公园之父"埃诺斯·米尔斯那样，在长达20年的岁月里，数百次往来于山林间，或在山间小木屋观察生活在屋檐下的那窝小蓝鸲，或在林间溪畔追踪转移巢穴的丛林狼，或在群山深处拯救遭遇不幸的幼熊……

在国外，自然文学远比中国要走得早，也走得远，自然及自然文学类作品为数众多，国内虽有一些介绍，但其深度和广度均不够，仅就美国自然文学而言，目前已经介绍到中国的作品也不过是极少一部分。这套《自然物语丛书》的宗旨就是为了填补这一空白，计划收入那些在中国未曾出版或以前出版过但译文不佳、颇具收藏价值的外国自然文学（以自然文学大国美国为重点）作品，突出作品的原创性、故事性、科普性和可读性。这样的作品既是文笔优美的文学作品，也是趣味性极强的科普读物，对于加深中国读者对自然的认识肯定会有莫大的帮助。目前，国民对自然方兴未艾，绿色环保和认识自然也作为常识而进入了大、中、小学课堂，不过多数国民对自然的认识还停留在初级阶段，或者不得要领，存在很大的局限性和片面性，因此，阅读自然文学作品就成为帮助其重新认识自然最主要、最有效的方式之一。而《自然物语丛书》恰好能满足广大国民在这方面的需求，能帮助他们加深对动物、植物、季节及山川风物等自然细节的认识。出版《自然物语丛书》的主要目的，借用美国自然文学家巴勒斯的一句话，就是"我的书不是把读者引向我本人，而是把他们送往自然"。更重要的是，由于《自然物语丛书》行文流畅、内容有趣，融故事性和科普性于一体，因此适合男女老少各阶层读者赏读。

  我相信，在经济飞速发展、生态问题不断恶化之后又得到逐渐重视和解决的中国，在习近平生态文明思想的指导下，优秀自然文学读物对于协调人与自然的关系具有非常积极的意义。

译　序

董继平

在从 19 世纪末到 20 世纪初的那段美国近代史上，一批有识之士为保护美国的自然生态和自然资源而四处奔走、大声疾呼，为不少国家公园的建立立下了汗马功劳。他们长期深入某一地的自然环境进行探索、调查、研究，独具慧眼地认识到了当地自然生态的价值，并坚持不懈地奔走、疾呼，说服政府采取行之有效的措施，以建立国家公园的方式来保护当地生态，而政府也审时度势，陆续采纳了他们的建议，先后建立了一大批国家公园，尤其在美国第二十六任总统西奥多·罗斯福推出了一系列保护国家自然资源的政策之后，美国的国家公园便如雨后春笋般地涌现出来。可以这么说，正是这些有识之士的不懈努力，才使得当今美国的自然生态系统（尤其是在当年建立的那些国家公园内）保护得极为完好，他们为此做出了不可磨灭的贡献，从而成为某个或某些国家公园的创始人。而在他们为保护自然生态积极奔走、疾呼的同时，他们还在长期探索山野的过程中颇有心得，著书立说，并传诸后世，其自然作品和理念对后来的好几代美国人及美国的环保政策都产生过巨大影响，在这个方面，他们可谓功不可没。

在这批人当中，有大名鼎鼎的"美国国家公园之父"、地质学家、自然文学家约翰·缪尔（John Muir, 1938—1914）——他为保护约塞米蒂山谷而呕心沥血，为建立美国国家公园体系做出了杰出的贡献，当然也有"落基山国家公园之父"埃诺斯·米尔斯（Enos Abijah Mills, 1870—1922）——这位博物学家、自然环境保护主义者、自然向导、作家，尽管在中国还不太出名，但他毕生为保护以朗斯峰为中心的落基山生态环境而做出的种种努力，却一直为美国人所铭记和津津乐道。而且，他写下了许多行文优美的自然著作至今流传于世，为人所广泛阅读、谈论、评说。

1870年4月22日，埃诺斯·米尔斯生于堪萨斯州东南部的普莱森顿，早在他出生之前，他的父母就在表亲的陪同下拜访并了解过科罗拉多，后来才回到堪萨斯。米尔斯年幼时，他的母亲便给他讲过很多关于科罗拉多的故事，因此他对那里的自然和人文也就有了充分的了解。在少年时代，米尔斯不幸患上了严重的消化功能紊乱症，当地医生根本无法医治，但他们认为，在不同的气候环境中生活，可能有助于他康复，因此，他在14岁时便独自前往科罗拉多州的落基山区，由于从日常食谱中排除了以前经常食用的小麦，他的消化功能渐渐好了起来。

这段时间是1884年至1885年冬天。米尔斯来到科罗拉多的夏日避暑地——埃斯特斯公园，当时，游客已经开始涌入这一地区。在埃斯特斯公园以南大约14.5公里之处，在一个叫"朗斯峰谷"的地方，米尔斯安下了家。他在野外建造了一座小木屋，可以让自己随时欣赏朗斯峰壮丽的景色。在夏天，他就为表亲工作，带领游客游览整个山谷，还带领登山者攀登海拔4345米的朗斯峰。自从15岁第一次攀上朗斯峰，他就对这座山峰产生了特别深厚的感情，并对当地的地形、气候等自然条件了如指掌，因此，无论他在什么天气条件中前往顶峰，都能安全地返回。在那些岁月里，他要么独自一人，要么作为自然向导带着游客，先后攀登朗斯峰多达297次。

但是到了冬季，埃斯特斯公园就游客寥寥，为了维持生计，米尔斯便前往蒙大拿州的布特，在那里的铜业公司工作。由于努力、刻苦，他一路升迁至工厂工程师的职位。1889年冬季一场突发的火灾使得铜矿停工、关闭，因此他前往旧金山游历，在那里与"美国国家公园之父"、著名自然文学家约翰·缪尔不期而遇，并从此与之结下了深厚的友谊。当时缪尔正积极投身自然环境保护运动，缪尔执着的精神深深地感染和鼓舞了米尔斯。在缪尔的影响和鼓励下,他便开始"以一种让其他人相信他们见过的方式"来描写自己在科罗拉多的所见所闻。对此,米尔斯这样回忆:"如果不是因为他(缪尔),我可能只是个吉普赛人。"——只是漫游者而不是作家。不过,他也确实到处漫游,在接下来的十年中,他频频前往美国西海岸、阿拉斯加州和欧洲旅行,广泛的游历让他增长了见识,开阔了眼界。但最终,他还是回到落基山,让自己安顿下来进行写作,同时致力于环境保护活动、举办自然讲座,向公众宣传自然环保理念——在这一点上,米尔斯和缪尔极为相似。落基山之于米尔斯,正如加利福尼亚的群山之于缪尔。

1902年,米尔斯从蒙大拿州回到科罗拉多州,从表亲手中买下了位于埃斯特斯公园内的"朗斯峰山居"。他还在周边土地上置办地产,最终把"朗斯峰山居"变成了"朗斯峰客栈"。1906年,客栈不慎毁于火灾,但他很快就从废墟中重建了客栈,并使其远近闻名。他时常在这里款待客人,带领他们深入荒野探索,到了晚上,他则和客人们围坐在篝火旁,进行关于自然的对话……更重要的是,他还开始培训其他人成为自然向导。根据他的女儿爱德娜回忆,培训自然向导是米尔斯的一种重要特性。在此之前,还没有人正式培训过自然向导,米尔斯通过这样的行动,来扩展他对大自然的热爱。有趣的是,他早期培训的一个向导伊瑟尔·伯内尔,留下来担任他的秘书,并与他产生了感情。后来在1918年8月,两人结为伉俪,不久便有了一个孩子——女儿爱德娜。

1902年至1906年,米尔斯担任了"科罗拉多州雪量观察员",这份工作使他能够深入他所热爱的荒野,在工作的同时领略大自然的魅力。他当时的职责是在冬天测量山区积雪的深度,以便预测春天和夏天的雪山融水量。他在这个职位上干了几年之后,时任美国总统的西奥多·罗斯福便任命他为"政府林业演讲员"。1907年至1909年,他先后做过2118场演讲。在或高昂或低沉的嗓音中,他努力唤醒人们保护自然的意识,激发人们对树木、野生动物保护和户外探险的兴趣,还呼吁他的听众要"率先观赏美利坚",敦促政府改善他所谈到的那些风景场地的路况交通。此外,他还发表和出版了诸多关于自然和埃斯特斯公园地区的文章和书籍。

在1915年之前,米尔斯一直都在不断努力,坚持领导朗斯峰的居民呼吁政府尽早把朗斯峰周边地区辟为国家公园。为此,他四处奔走,不遗余力地敦促美国政府尽早建立落基山国家公园。他的努力得到了由缪尔创办的美国最重要的环保组织"塞拉俱乐部"和"美国革命女儿会"等团体的鼎力支持和帮助,最终他的努力获得了成功——1915年1月,美国国会终于批准建立落基山国家公园,米尔斯也因此被人们称为"落基山国家公园之父"。可以说,正是在他的力促之下,落基山国家公园才得以建立、开张并广迎游客。

此后,米尔斯还到美国各州发表演讲、举办讲座,大力呼吁人们对自然和野生动物进行保护,并以自己的经历为素材,写下了诸多涉及自然和环保的著作。但可惜的是,他在纽约地铁的一次事故中不幸受伤,折断了两根肋骨,肺部也被刺穿,再加上他长期的操劳,积劳成疾,最终于1922年9月21日去世,年仅52岁。

作为博物学家、环保主义者、自然文学家和自然向导，米尔斯不愧为建立落基山国家公园的首要功臣，人们自然不会忘记他。如今，落基山国家公园中的"米尔斯湖"，尤其是朗斯峰地区周边的"埃诺斯·米尔斯树丛""米尔斯冰碛""米尔斯冰川"等景点，当然还有如今已被开辟为家庭博物馆和商店的"米尔斯小木屋"，都是为了纪念这位自然先驱而命名的。因为他的努力，落基山国家公园成了美国风景保护区中最受游人欢迎的目的地之一。

米尔斯热爱自然，长期生活在落基山区，时常深入荒野漫游，熟悉山野间的山林草木、飞鸟走兽。多年来，他的足迹遍及森林、峡谷、湖畔、山顶，他或在山岭上观察、眺望，或在溪谷中扎营、生火，或在雪地上辨识、追踪动物的足迹……因此，他跟落基山地区的众多野生动物、森林植物、地质地貌都结下了不解之缘。1905年至1922年，他把自己在大自然中的诸多经历陆续写成文字，在《周六晚邮报》《乡间绅士，乡间生活》和《美国男孩》等当时发行量极大的报刊上发表了数百篇文章。更重要的是，他还在此基础上汇集成了16部自然文学著作，包括《埃斯特斯公园的故事和导游指南》（1905）、《森林故事》（1909）、《山野魔力》（1911）、《在河狸的世界中》（1913）、《山巅乐园》（1915）、《斯科奇的故事》（1916）、《你们的国家公园》（1917）、《探访大灰熊》（1919）、《自然向导历险记》（1920）、《荒野漫游记》（1921）、《在动物中间》（1922）、《追踪野生动物》（1923）、《落基山国家公园》（1924）、《地质传奇》（1926）、《山林的情歌》（1931）等。他的这些作品，本质上融合了科普信息、田野观察和个人轶事，以一种行文更优美、结构更紧凑的形式为读者提供了与众不同、别开生面的自然指南。作为最早对美国和欧洲读者深度描述落基山的作家之一，米尔斯在这些著作中以非虚构的笔法，饶有趣味地向读者讲述一个又一个真实的故事，展现了一个不为人知或鲜为人知的自然世界，以及他本人在这个自然世界中的种种际遇。其中既写了他越过山岭，沿着野生动物留下的足迹一路追踪，也有他深入森林，对各种植物进行细致的观察和探究，还有他本人独处于自然中时所产生的种种遐想和思考；既有对某一类动物的深入探访，如河狸与灰熊，也有对野生动物不同习性的仔细考察，如动物怎样过冬、动物的嗅觉、动物的警惕性和动物的领地意识等。他的描述深入浅出，文笔优美，或洋洋洒洒，或娓娓道来，始终以一个具有磁性的声音对读者讲述自己在野外与大自然的亲密接触和体验，让人读来倍感亲切。在美国，他的自然文学著作影响过好几代人，至今还是人们认识自然尤其是认识落基山地区的重要媒介，因此堪称"落基山自然百科全书"。

更为重要的是，作为美国早期环保主义者之一，米尔斯在字里行间始终流露出了一个强有力的声音，那就是人类对自然环境的保护已刻不容缓。他呼吁政府进一步采取措施，尽快建立更多的国家公园，并扩大现有的国家公园，以便将那些业已遭到人类过度放牧、伐木、开矿等活动侵蚀的风景区统统纳入保护范围。不仅如此，他还从经济学和社会公益性等方面着手，进行了深入细致的分析和苦口婆心的劝导。比如，他在经过详细对比之后，颇具远见地提出：畜牧业和伐木业等只是低端产业，所带来的经济效益很低，却对自然环境的破坏极大、贻害无穷；而把风景场地变成国家公园，大力开发旅游业，则要高端得多——这样的话，不仅会留住山野的美景，还会吸引络绎不绝的游客，更会带动当地和周边的交通运输、旅馆、农业等行业的迅速发展，使之大大受益。他这样呼吁："拯救我们的最佳风景，就是拯救人类状态和人性……风景是我们最高贵的资源……"米尔斯在那个时代就提出了这样的观点，不能不说具有远见卓识。

《在动物中间》是米尔斯的主要作品之一。全书由17篇自然随笔组成，篇什一般在5000~8000字之间，约12.5万字。在这部作品中，作者集中叙述了自己在山野间漫游、探索时跟野生动物频频接触的真实经历。他用细腻的笔触，栩栩如生地展现了那些在岩崩中从容面对雨点般的飞石，或者在岩壁上矫健地攀登的白山羊；不畏严寒，努力采集过冬干草，用奇特的叫声相互交流，时而惨遭鼬鼠杀戮和岩崩驱赶的高山鼠兔；在荒野中充分利用自己的特殊武器，逼退大型掠食者，或者钻进城市公寓的供暖管道安家，或者被当作宠物饲养起来的臭鼬；躲过了森林大火，在困境中依然执着地采集食物，或者迁移到新的聚居地，却面临食物短缺和遭遇狼群疯狂的猎杀，或者重返被废弃的聚居地重新开始生活，或者面临并应对接踵而至的灾祸的河狸；不顾饥肠辘辘，从远处的溪流赶来参加嬉戏，或者在遭遇野猫和丛林狼伏击时奋起还击，用利齿让敌人一命呜呼的水獭；在雪原上顽强地生存，无惧深雪和严寒等严酷环境，克服食物短缺的大角羊；装出一副跛足的残废相，试图把发现者从自己的巢穴附近诱开，或者采取有效的策略，对猎物进行围捕的丛林狼；偶然闯入人类的营地帐篷大肆捣乱，或者像喜剧演员一样表演，或者忠实地守护在烂醉如泥的主人身边的黑熊；在大自然中机警地觅食，在长期与人类的对抗中智力增长，一次次成功地避开人类陷阱的灰狼；在一望无际的大草原上面临重重杀机，带着幼仔与丛林狼不断周旋的叉角羚；在山林间朝着猎物偷偷潜行，伺机突然跃起、捕杀猎物，或者在不被发现的情况下，蹑手蹑脚地跟踪旅人的山狮；在原野上密密麻麻地挖掘洞穴，建立起豪华的"土拨鼠大镇"，硬生生地活埋入侵的响尾蛇的草原土拨鼠；当然，还有为营救幼仔而不幸残疾，机智地逃避人类一次次无情的追捕，最终让一个经验老到的猎人良心发现的灰熊母亲……此外，作者对各种野生动物——鸟类、啮齿类小动物、食草动物和掠食者如何克服艰难困苦而越冬，以及大大小小的野生动物使用的荒野小径和争夺优先通行权等方面，也进行了详尽而有趣的描述。在作者的文字中，不仅有精彩的叙述，更有作者对大自然敞开的人文情怀。

这是米尔斯作品在中国的首译。我相信，这些渗透了作者对大自然的深厚情感的文字，这些并非虚构的真实故事，对于当今的"美丽中国"具有十分重要的借鉴意义，不仅能让国人了解到大自然中鲜为人知或不为人知的种种细节，更能唤醒和提高他们对自然保护的意识。正如米尔斯本人曾经说过的那样："我生活的主要目的，就是要激发人们对户外世界的兴趣。"

那么就让我们出发，跟着米尔斯的脚步上路吧，去山岭，去森林，去溪流，去草原，去大自然！

2020 年 12 月于重庆云满庭

在动物中间

Contents

第1章	攀岩高手白山羊	1
第2章	追寻高山鼠兔	19
第3章	臭鼬见闻录	37
第4章	河狸抗灾记	57
第5章	水獭在游戏	75
第6章	雪原上的大角羊	91
第7章	丛林狼，大草原上的小丑	105
第8章	黑熊，荒野中的喜剧演员	123

在动物中间

Contents

第 9 章	在野生动物的小径上	141
第 10 章	重建河狸聚居地	157
第 11 章	机警的灰狼在行动	175
第 12 章	野生动物越冬记	195
第 13 章	平原上的叉角羚	215
第 14 章	追寻山狮的故事	233
第 15 章	河狸之地的饥荒	253
第 16 章	探访草原土拨鼠镇子	267
第 17 章	母熊历险记	285

第1章　攀岩高手白山羊

The Rocky Mountain Goat

在连绵起伏的高山地区，一群白山羊遭遇了突如其来的岩崩，纷乱的飞石如雨点般砸下来，而山羊们却从容应对，尽管有所损失，但整个群体最终度过了危机。面对猎犬的围攻，一只白山羊临危不惧，拼死抵抗，用锋利的头角重创来犯之敌，并找准机会逃下陡峭的悬崖，让追逐的猎犬望而兴叹。白山羊外表笨拙，实则机敏，堪称野外攀岩高手，面对垂直、光滑的崖壁，它们身形矫健，在领头羊的带领下一路上攀，最终抵达崖顶，不愧为登山者中的登山者，难有敌手。在漫漫的寒冬，它们身披沉重、厚实的外衣，任凭狂风暴雨肆虐，也丝毫不为其所动。而有时候，它们还会在山顶上尽情地享受阳光……

纷乱的飞石中，白山羊从容面对危险

一群野生白山羊（mountain goat）在山体的裂缝间蜿蜒穿行，时隐时现，越过雷尼尔山（Mount Rainier）上一条冰川的纤细的冰桥，向全世界显示自己是技能娴熟的登山者。

我从远处举起望远镜观察它们，仔细看了好几秒钟之后，才意识到它们是白山羊。这个白山羊群体还真不小，一共有27个成员，由母羊、公羊和羊羔组成，它们稀稀拉拉、弯弯曲曲地排成一队，鱼贯而行。一过了这道冰川，它们便停滞不前，四处观望，逗留不去。羊羔在嬉戏玩耍，成年的羊在友好地打斗、较量，一两对白山羊则在相互挠痒。耽搁了半个多小时之后，它们才沿着山峦出发。我悄悄地跟在后面，追踪它们。

然而，正当这群白山羊越过又一个冰坡时，它们遭遇了一场突如其来的滚石的轰击。一些大石块猛然从陡峭的山坡上飞落而下，撞击，跳跃，飞奔，以可怕的速度撕裂空气。不幸的是，这群白山羊恰好位于飞石撞击的路上，几秒钟之内，那些石块就在它们的头上跳跃而过，或者落到它们中间。其中一块小石头击中了一只老公羊的肩头，巨大的冲击力将它一下子掀翻在地，让它在山坡上滑坠了好一段距离。当它重新站起来时，它的肩头似乎已经被砸破了。尽管它竭尽全力控制自己的身体，但它还是继续滑坠，很快就翻滚到一道裂缝里面。它绝望地努力着，用有力的前蹄蹬住冰面，依附了一秒钟，试图爬上来，眼看就要成功了，却突然掉进了那道裂缝，消失得无影无踪。

白山羊群中，有几个同伴看了看它，但大多数白山羊还是伫立着，扬起头颅面对疯狂落下的飞石，没有一只逃跑，也丝毫没有混乱，没有惊慌。也许，此时对于白山羊，静静地伫立比迅速逃走更为安全，这样才最有可能避免成为飞石的靶子，而如果向前疾奔，或在如此密集的猛烈轰击中撤退，那就会更加危险。此时，它们进退维谷，前后左右都是如雨点般纷乱落下的飞石。但无论如何，白山羊都是聪明的动物，而这一群白山羊很可能以前也有过同样的经历，遭遇过同样的飞石袭击，因此经验十分丰富。当飞石完全停息下来的时候，那只长着胡子的领头羊才开始带领伙伴向前迈进。

直到最近，大多数白山羊还生活在人迹罕至的偏僻地区，无论是印第安人还是白人猎人都很少前往那样的地方。结果，往往在第一声枪响时,它们并不会受惊,只是缓慢地逃逸。受到攻击的时候,由于白山羊的这种迟疑,还有它那天生缓慢的动作,致使大多数早期猎人或设置陷阱的捕猎者将它称为"愚蠢的动物"。但是实际上,它根本就不愚蠢。有证据表明,它的机警性和智力发育,在它的好奇心和面对新危险的随机应变中统统表现了出来。

在白山羊不熟悉人类的地区,它显然根本没做出努力来防御敌人的进攻,也没有派出哨兵进行警戒。但是,在猎人到来和远射程步枪出现之后,它就迅速变得非常机警,开始寻求开阔、安全的歇息地,还派出哨兵负责警戒,监视周边的动静。它一直处于彻底的不眠状态中。当它在近距离受惊时,不会显得混乱或惊慌,而是以熟练的方式撤退。如果撤退之路被堵死,那么它就会从容不迫地转而选择另一条路。如果最终被逼上绝路,它就伫立着对抗,拼死一搏。

在如今的冰川国家公园(Glacier National Park)的一个冰川盆地的入口,猎人和猎犬曾经把一只雄性老白山羊逼到了绝境。那只老白山羊就伫立于滑落在悬崖底部的岩屑上面,它伺机逃脱,且做出了一两次努力。就在猎犬们从四面八方一拥而上的时候,只见它跃向一只猎犬,十分迅速地冲了过去,用锋利的角刺穿了那只猎犬,再一扭头、扯动,将其活活撞死。就这样,它以迅疾的动作连续杀死了3只参与围攻的猎犬,而第四只猎犬则被它活生生地抛到一道悬崖下面。其他猎犬看见这悲惨的一幕便怯战了,都迟迟不敢上前,最终一哄而散。

这只白山羊发现自己自由了，跳上一块壁架，开始不顾一切地攀岩，沿着那块壁架安全地爬了上去。攀登的过程中，它的四蹄准确地踩踏、落脚，尽管那壁架很窄，还布满细小的碎石，它却没有滑坠下来，仅有一些小石块掉了下来。这只白山羊如此冷静而从容地击溃了那群猎犬，正是因为它那临危不惧的精神，才使得它绝地逢生。因此，正如别人告诉我的那样，我相信白山羊绝对不可小觑，它实际上是堪与黑熊媲美的对手。

白山羊不愧为野外攀登高手

我从未听说过白山羊会出现任何害怕或恐惧的反应。它的恐惧似乎是一种不为人知的特性。在冰雪覆盖的顶峰上，在危机四伏的日常生活中，这样的特性曾经很可能是有害的，但后来通过进化，这样的特性早就消除殆尽了。白山羊非常果断冷静，会以实质性的沉着镇静来做出每一个动作，应对每一种突发事件。在危险发生的时候，甚至是在奄奄一息的时候，它都一直在熟练地使用自己的力量。一只带着羊羔的母山羊，勇敢地击退了猎犬的围攻，从容地撤退，这种行为表现出来的白山羊精神给我留下了深刻的印象。尽管那只母山羊最终被逼入绝境，但它还在不断战斗，即使在被好几颗子弹击中之后，它仍保持着伫立的姿态。

在遭受若干致命重创之前的一段时间里，白山羊都很顽强，通常不会死去，也不会屈服，而是以令人吃惊的活力奋起反抗，继续战斗。它拥有灰熊（grizzly）那样的生命力。就像牛仔们说到西部的偷马贼那样，白山羊"要很费劲才能射杀"。

就在同一天，我看见了一些白山羊肩并肩，头朝下，攀下一道垂直而光滑的崖壁。在这个过程中，它们沉着、冷静，似乎用自己的蹄和悬蹄来踩刹车。在它们排成一队鱼贯而下的时候，偶尔会踩落原已松动的石块，这样就可能会给率先下去的那只白山羊造成严重或致命的伤害。它们刚到达崖底的一个壁架，就停下来四处观望，其中一只还用后腿立起来，伸长脖子，从一块悬岩上啃食青苔。附近的另一群白山羊中，有两只白山羊跛得厉害，很可能是被飞石砸伤了，要不然就是摔伤了。这两种意外，似乎最有可能降临到白山羊或其他登山的动物身上。

落基山白山羊不愧为野外攀登高手。在我所知的所有大型和小型动物当中，在攀爬特别光滑和陡峭的崖壁这一方面，还没有哪种动物能跟白山羊媲美。太平洋海岸的那个登山组织就自称为"马扎马"——意为"山羊"，拥有这样一个优秀的名号，对于西北部冰峰的攀登者而言，是特别合适的。

跟所有攀登高手一样，白山羊脚踏实地，拥有适合攀登的四蹄。它那粗壮的黑色短蹄上，有一个厚实、橡胶一般富于弹性的宽大后跟，蹄的外壳十分坚硬，不过我认为，其硬度还不如大多数动物的蹄。

有一个季节，在阿拉斯加的一个小峡谷的入口处，我近距离地遇到了一个由7只白山羊组成的羊群。我推断它们可能是被逼到了绝境，为了不去过度地惊吓它们，我就慢慢前进，想方设法接近它们。察觉到我的临近，它们丝毫没有惊慌、骚动，而是立即逃走了。它们迈着中等速度的步伐，故意走向一道可谓光滑、垂直的崖壁，开始攀爬。这道崖壁陡峭，倾斜度达到 10~12 度。崖壁上有一簇簇细小的草丛扎根，还有些狭窄的壁架。白山羊们攀登了不久之后，便转向右边，显然是沿着崖壁上的一道裂缝而行，呈对角状地攀登了大约 60 米，不过它们的行动都很精准，都没失足滑坠。大多数时候，两只山羊还并肩而行，偶尔还有 3 只并行。然而，每只山羊都跟同伴保持着一定的距离，显然是为了确保安全。当它们接近崖顶的时候，它们在老公羊引导下鱼贯而行。

攀登的最后一段路程，被证明是这次攀登中最难以对付的。那只领头羊用后腿站立起来，胸膛紧贴着悬崖，前腿尽可能远远地伸出。它在测试岩石，直到找到稳固的立足点和可依附之处，接着将全身力量都用于前腿，以便向上挪动身体。然后它的后腿保证牢牢地支撑身体，完全控制了立足点。它一次又一次用后腿站立，向上攀登，攀住立足点，让自己上去。就在到达悬崖的天际线之前，它向上伸出前腿，可是显然没有找到足够安全之处。它沿着崖壁一点一点移动，每次移动几十厘米，进行尝试，可是它对找到的地方并不满意，于是又一点点往右挪动了大约一米。在这里，它微微蹲伏身子，猛然向上一跃，用前蹄攀住崖壁，把自己拖了上去，最终就伫立在天际线上。两三秒钟后，它继续前行，四处观望，紧紧注视着同伴。后面的每只白山羊依次沿着它所攀登过的路线，慢慢地成功攀了上来。

貌似笨拙、实则机敏的白山羊

约翰·巴勒斯①（John Burroughs）说，狐狸是自然史上腿脚灵活的小精灵。而白山羊则正好相反，我从来没有见过哪种大型动物在外形轮廓和动作上表现得如此僵硬、笨拙，仿佛只是一段段愚笨、行动缓慢的木头。狐狸则大为不同，机警、迅疾、优雅又灵巧，看起来名副其实。

白山羊比山地野绵羊（mountain sheep）小一些。一只成年雄性白山羊体重约为110公斤。它的长相确实有些古怪甚至丑陋，其身体沉重，肩头高耸，后半身则稍逊，有些像小水牛。它那古怪的脑袋长在短短的脖子上面，被承载于它肩头的线条之下。它有一张长长的脸，还有一撮胡子，那胡子十几厘米长，通常有点奇形怪状。头角几乎是黑色的，光滑而纤细，长在头顶上，微微向外和向后形成20~25厘米的曲线，最后形成角尖。公山羊和母山羊的角发育得相似，两者均以相同的技巧来使用自己的角。白山羊的毛略带淡黄色，但几乎都是白色，且全部粗浓、杂乱、蓬松。

它的奔跑速度并不快，动作犹如过胖、年迈、患风湿病的狗。它似乎濒临虚脱、崩溃，每次跳跃都要付出巨大的努力，落地时

---

① 约翰·巴勒斯（1837—1921），美国著名博物学家、鸟类学家、自然文学家。

又远远缺乏准确的落点。在它的训练中，它的动作几乎全部都称不上优雅。这个木讷的伙伴做出的几乎所有动作，都暗示着它的一些关节过于松弛，而大多数关节又绷得太紧。它的起身与卧下，显示出它仿佛不习惯自己的那种杠杆与铰链式的工作方式。

很多次，我都看见白山羊在尝试一种荒诞而笨拙的生活方式。卧下之后，它试图清除掉身体下面的地面隆起物或石块。它以僵硬的角度伸出一条腿或几条腿，会用其中一条腿来扒掉下面的那些不受欢迎的东西。有时候，它会挖掉一大块草皮，其他时候，它会把一两块石头移开并推出来。关键的是，它这样做的时候并不会站起来，甚至也不会离开那里，去别处另寻一个更好的舒适之处，如此的固执，似乎是它的生活方式和习惯的一部分。尽管如此，由于它对自己的活动范围了如指掌，因而让人对它产生了一种友好的感觉。在显然只有鸟儿才能飞抵的山峰，看见它在那里从容不迫地攀登之后，你就会开始欣赏它，尤其欣赏它的头脑与蹄在行动中的那种出色的协调。

虽然白山羊显得笨拙，但它是最不可能滑倒、跌绊、失足和滑坠的动物。也许，在陡峭的地方下行时，在所采用的Z字形下降和蛙跳式行动中，山地野绵羊胜过它，但在攀登几乎垂直、光滑的坡面时，我还没见过有哪种动物能与白山羊匹敌。它在岩石和冰上的行动非常稳定，百分之百有效。

如果你要说到那种你可能称为"耐力"的东西时，白山羊在此方面无疑名列前茅。它能整天都在各种天气中攀登悬崖和山峰。

另外，当它不忙的时候，它会在宽大的平面和开敞的悬崖边上嬉戏。它始终健康，始终做好准备。从很多猎人的观点来看，灰熊、山地野绵羊和野生白山羊几乎独自处于一个级别。由于追踪的猎人步步紧逼，它们就要求自己拥有一种高标准的耐力和技能。

在高山上挑战严寒，享受阳光

在北美大陆上，仅仅在美国西北部、加拿大西部和阿拉斯加的群山中，才会发现野生白山羊。在这些地方，大多数白山羊生活在林木线以上的崇山峻岭之中。这种白山羊是一种高地动物，除了在西北部海岸一带有极少数白山羊下降到接近海平面的地方生活，它们绝大多数都生活在高山上，生活在那些它们似乎必备降落伞的地方。

相比爱斯基摩人（因纽特人）的土地，很多高山更容易遭到暴风雨横扫。有时候，激烈的暴风雨会疯狂地持续很多天，让动物们很难寻觅到食物。然而对于白山羊，暴风雨是其生活的一部分，它拥有暴风雨转换的能量。它还能完全享受阳光和平静。在高山上，尽管冬天的狂风暴雨狂野地咆哮着，但白山羊在那里却能感受到温暖的契努克焚风[①]（chinook）一次次吹来，而阳光的周期也占据了支配地位。它喜欢阳光，在每个恰当的日子，它都会在阳光

[①] 从落基山脉东坡吹下来的温暖的干燥风，其会造成温度骤增。

充足的隐蔽之处度过几个小时。

在暴风雨持续期间，白山羊有时会躲在突岩中间，躲在那些洞穴般的地方，或者躲在密集地纠缠着生长的树木中间。但在大多数时候，即便是在冬天更寒冷的时段，天际线上狂风怒号，雪花愤怒地咆哮，白山羊也安详地生活在那些破碎的高处，靠近天空。它身披沉重但暖和的丝毛绒外套，就像穿上了一件厚实、蓬松而又长长的毛大衣，即便是面对最严峻的寒意，它似乎也完全无视其挑战。

在世界的山峦地平线上，需要付出极大的耐心和努力才能生活，但白山羊却因此而舒适自在。冰川成了它的一部分荒野领地，云彩则成了它的一部分风景。它生活的地方，往往是从浪漫的小溪开始启程，朝着神秘、遥远的大海而冒险旅行之处。在它永远俯瞰的高处，极寒的花朵与古老的雪地拥有一席之地。它踩踏大陆的顶峰，攀登翱翔的鹰隼休息之处。因此，大多数白山羊都出生、成长并死于树木的生活界线之上的山峰或高地。

白山羊清楚地展示出动物对环境的反应。当然，但凡能够生活在山谷、冰雪和峭壁中间的动物，肯定都脚踏实地、目光敏锐并且永远保持着机警。它必须观察自己迈出的脚步，观察每一步。它一次次沿着狭窄的山脊前行——在那样的地方，狗会失足滑坠，或者会被风吹落下去。它生活在危险的环境中——它常常会一脚踩空，或者从冰上滑坠下去。成功地生活在山顶上的动物，必须具备某些习惯和特性。白山羊那攀登岩石和越冰的技能，它那罕见的耐力，还有它那几乎永远保持着的警戒心，都表明它在这种环境中生活了很长时间，且得心应手。它那致命的角，还有它那使用角的非凡技能，表明它有时不得不为抵御来犯之敌而保卫自己，也表明它不得不跟自然因素进行斗争。

落基山白山羊通常以小群体生活，每一群有十几只或者更少，它的活动范围似乎并不很大。分散的领地中的当地山羊，每半年都要进行短暂的迁徙之旅——冬季和夏季的活动范围各不相同，但这似乎很例外。它们以高山植物、矮小的柳树和山坡及山峰上的灌木为食，它们也会自由地啃食青草。

白山羊也具有极度的好奇心

大角羊也生活在林木线之上。在有些地区，人们看见大角羊和白山羊混杂在一起。然而大角羊偶尔会远足到低地，而白山羊则停留在靠近天际线的峭壁和永久积雪之处，除了要横越到邻近的山脊或山峰上，它们几乎不会下降到林木线之下的地区。在山顶上，白山羊并不孤单，它们还拥有其他邻居：地松鼠（ground squirrel）、鼠兔（cony）、鼬鼠（weasel）、狐狸、灰熊、山狮（mountain lion）、岩雷鸟（ptarmigan）、雀类和鹰隼，然而除了在极少数地区，人们不会发现这些邻居生活在一起。

和我熟悉的那些机警的大型动物一样，白山羊也具有极强的好奇心。不同寻常的事物常常会吸引它的注意力，直到对其了解并熟悉之后，它的好奇心才会消失。很多次，在白山羊因为我的接近而撤退，还有几次，在它们认为要继续前进之前，我都发现它们伫立在一个峭壁的拐角处或大石头上观察我，并不急于逃走，仿佛是在好奇心的驱使之下对我进行了解。在这样专注的时候，它们就不像那些在自然史上拥有一席之地的动物。

在冰川国家公园，当我越过如今被称为福西拉德山（Fusillade Mountain）的一段冰坡的时候，我就在光滑、陡峭的冰面上坐下来，以便控制我的下行动作，获得更大的支撑面，以此在冰面上进行刹车、制动。我蹒跚地前进，在一块突岩上停下来四处观望，却不料发现有两只白山羊也在不远处观察我。它们就在一箭之地的范围内，都很年迈，长着一副长长的面孔，有更长的胡须，两者都以狗的方式趴卧着。就在它们观察我聚精会神地一步步挪动的时候，还显出一副滑稽、好奇的样子。

我不知道白山羊平均寿命有多长。少数频频光顾白山羊领地的猎人，仅仅给出了对其年龄的猜测。一个猎人告诉我说他射杀过一只酋长般的雄性领头羊，那只领头羊活得比它所有的牙齿和消化力所能承受的还长久。那只老山羊的四蹄严重磨损，身体看上去不过是一副蓬松的皮包骨而已。

尽管白山羊的家园有益于健康，但自然条件却非常严苛，冬天的暴风雪有时会无比漫长、严酷而且致命，因此白山羊的寿命很可能还不到十三岁。

我认为，白山羊少有事故性或疾病性死亡。直到最近，当人类成为白山羊的威胁时,其非正常死亡率才有所上升。实际上,白山羊只有极少数敌人,而且情况并不严重。由于它长期保持机警,在峭壁间来去自如,并能特别娴熟地使用它那致命而锋利的角来保卫自己,因此很少遭到山狮、灰狼(gray wolf)或者熊的攻击。不过有时候,鹰隼会猛扑下来捕捉它的幼仔,这一点倒是真的。

在古老的南欧,在亚洲,在北非,都分布着不同种类的野山羊。在我们这个大陆上,落基山白山羊就是它那个种类的唯一代表。它与岩羚羊有关。一些科学家说白山羊根本不是山羊,说它是亚洲羚羊的后裔,大约在50万年前才来到美洲。尽管如此,这种分类并没得到其他科学家的认可。落基山白山羊(Oreamnos montanus)与美国羚羊毫无关系,科学家需要对它做一次全面的尸体解剖,以便找出它与非洲种类的相似之处。

即便是换个称呼,白山羊也依然独特。它穿着蓬松、松垂的灯笼裤,是一种活着的珍奇之物。然后,我想起这种动物是登山者中的登山者。

第 2 章　追寻高山鼠兔

The Haymaker of the Heights

在岩石嶙峋的高山上，小小的鼠兔把藏身之所安置在岩石间的地表下面，它们时常栖息在岩石上，发出奇特的叫声，彼此之间交流种种信息。夏秋之际，它们就忙忙碌碌，辛勤地劳作，从附近的草甸上采集各种花草，并搬运到洞穴附近，堆叠起来晾干后，再转运到地下洞穴中贮存起来，作为过冬的食物。不过，严酷的周边环境也让它们时常陷入生存的困境：比起熊、山狮、丛林狼，身手敏捷的鼬鼠更是其大敌，鼬鼠会对鼠兔穷追不舍，一路深入其洞穴而大开杀戒，即便是鼠兔能逃脱魔爪，也多半九死一生；岩崩和雪崩时有发生，滚滚而下的洪流会无情地毁坏它们的家园，它们要么丧命，要么流离失所、背井离乡、另觅家园……

那只鼠兔溜冰似的滑过岩石，消失了

我第一次攀登朗斯峰（Long's Peak）的时候，无意间听见了一种陌生而野性的叫声或呼唤，时时重复着传过来：在林木线下面大约400米的小径旁，那种"斯基克""凯阿克"的声音来自一些大岩石中间。那可能是鸟儿或野兽发出的，一半是尖叫，一半是呼啸，我以前从不曾听到过相似的叫声。尽管那些叫声就在我的附近，然而我就是一直看不见那呼叫者。究竟是什么动物的叫声呢？

一只鹰发出尖啸飞了过去，它发出的啸声其实也很像这种神秘的"斯基克"，我就在附近，因而我判定正是那只鹰发出了这些"凯阿克"的声音。而就在那时，从我近旁的大岩石的另一边，传来了一阵瑟瑟声和一声"斯基克"。我匆忙四处探查，却发现那里空空如也，什么也没有。

这陌生的声音，就像回音一样无形，还充满了嘲弄的意味，时而响起，一路到顶峰。当我独自伫立在制高点上，我就猜想，那隐藏的呼叫者发出的叫声是从某处传来的。正当我放眼搜索，看见我附近的一块扁平的大岩石上坐着一只鼠兔。它的身长约有15厘米，外表很像豚鼠（guinea pig），却因为长着普通野兔的耳朵而可能被看作年幼的野兔。它那双圆圆的大耳朵修剪得很短。

我很少给野生动物命名，也从没想要这样做，可是，既然这是我看见的第一只鼠兔，而且是在朗斯峰顶看见的，我几乎就不知不觉地把它称为"落基"。

"落基"抬起鼻子和头颅，牢牢地支撑住自己的身子，仿佛要向前跳跃，且尖尖地发出一声"凯阿克"。它等待了几秒，又发出一声"斯基克"。我朝它迈出一步，它见状就离开了那块岩石的顶端。

那个冬天，我爬上山去寻找很多野物，却对这只鼠兔感到惊奇。我猜想它在山顶上度过了夏天，在低地度过了冬天。可是有人却告诉我说它会冬眠。在海拔3650多米的高处，我听见一声"斯基克"，然后又听见一声。一个小时之后，我就逐渐看见小小的鼠兔们在岩石上面栖息、奔跑，在我的四面八方大声叫唤，它们根本不是在冬眠，而更像是在学校的休息时间里进行自由活动。

这些鼠兔当中的一只，在位于海拔4330多米的天际线的一块岩石上叫唤。我朝它走去，想知道它究竟会让我靠得有多近。起初，它不时急促地发出那种"斯基克"叫声，显然没有注意到我，直到我渐渐靠近，距离它仅有三四米的时候，它才发现我的来临，然后它迅速滑过岩石，消失了，那速度和动作有些像溜冰。除了朗斯峰顶的那只鼠兔"落基"，这是我靠得最近的鼠兔。它从岩石上下来，没有采用几次短促的奔跑来迅速逃离我的那种方式，让我认为它肯定就是"落基"。

美国的鼠兔生活在世界的顶端，生活在这片大陆的顶部。跟它生活在一起的野生动物，还有鼬鼠、松鸡（grouse）和野生大角羊（Bighorn），然而，其他种类的动物生活在天际的高度都不如它，因此可以这么说，鼠兔占据了这片大陆的指挥塔。

"落基"从花草地采集干草过冬

然而，这些"岩兔"一年四季都肥肥胖胖，欢乐嬉戏，但我一直在猜想：它们究竟吃些什么呢？

第二年9月，我再次接近了"落基"。它站在那属于自己的一小堆干草顶端，独立地工作。这一小堆干草是它为即将来临的冬天所贮存的食物。鼠兔们吃青草和干草，还收获并贮存干草，使它们能舒适地生活在山顶上，不会忍饥挨饿。

"落基"贮存的那一堆干草几乎快要完成堆叠，但还不及膝高，仅有半步长。当我伫立着观看它和它的那一小堆干草，它就从干草堆上跳下来全速奔跑，越过一块块岩石——它的短腿能为它加多少速，它就能跑多快。它跑到十几步开外，消失在一块大石头后面，仿佛离开了这里,前往别的活动范围了。

可是不久,它的嘴里衔着更多的干草,又跑了回来。它把这一丁点干草扔在自己的干草堆侧边,便再次跑走,消失在那块大石头后面。

我朝着那块大石头后面观望,原来那里有一小片花草地。那是一个粗糙不平的空间,覆盖着草丛,点缀着野花,四周被大石头包围,而在这个地方的一角,还有冰和陈旧的积雪。大片荒凉的岩石环绕四周,朗斯峰的岩石嶙峋的峭壁,在那上面高耸而起。

那只鼠兔从干草堆返回这里,跃进花草地,迅速咬掉一些草叶,衔在嘴里再次跑回干草堆。当它第三次返回花草地的时候,它咬掉3根高而纤细的植物梗茎,其中的一根梗茎上,还有一朵蓝色的野花在飘动。它的嘴里交叉地衔着这些梗茎——在它的双颊边突出约30厘米,朝着自己的干草堆疾奔而去。

"落基"的干草堆里混合着很多种植物:长长短短、精细或粗糙的草叶;大大小小的树叶;木本的梗茎和多汁的梗茎……在很多梗茎上,还挂着一些花朵,有水杨梅(yellow avens)、高山龙胆(alpine gentian)、蓝色的花荵(polemonium)和紫色的樱草花(primrose)。

"落基"的家园大约位于海拔3960米之处。我发现这只鼠兔的活动区域,就在从这一海拔高度延伸到下面海拔约3000米的地带。在很多地方,林木线将鼠兔的活动区域分开。这一地带上,在崩塌的岩石和冰碛之间的地表下面,鼠兔能找到大量的生活居所。

鼠兔似乎生活在那种四周和地面都是岩石的洞穴之中。我不曾见过鼠兔的洞穴构筑在泥土物质之中。除了极少数例外的洞穴，其他所有的鼠兔洞都位于大块的冰碛石或崩塌下来的乱石中间，而这两种大片的岩体所含的泥土物质都较少。这些洞穴大多是现成的，鼠兔所要做的事情，只不过是去发现并占有洞穴而已。

在一块凹陷的冰碛残余中，我看见很多鼠兔洞暴露了出来。在大石头和大块的冰碛石之间，这些洞穴仅仅是一系列不规则地相互连接的空间。每只鼠兔似乎都拥有很多空间,但其用途各不相同，分别用来睡觉、贮存干草并且还可能用来锻炼。一只鼠兔拥有一系列相互连接的房间，几乎足以跟穴居者的城市媲美。在鼠兔的房间当中，一间装满了过冬的干草，另外3间则是精细的干草铺就的卧室。

虽然这些洞穴都在地下，但并非就没有危险。有时候，一条在地下切割的溪流导致冰碛沉积物突然坍塌，雪崩也可能会导致积雪沉积物深深覆盖冰碛，积雪融化时流下一道道水，致使鼠兔房间的屋顶发生严重的渗漏，迫使其小小的主人不得不搬走，去寻找新的居所。

滑落岩屑频频把鼠兔之家变成坟墓。在长期的日晒雨淋过后，所有的悬崖都会慢慢风化，最后崩塌成碎片。有时候，一大片依附在悬崖上的滑落岩屑重达几百吨，还有可能重达几千吨，突然从岩体上脱落、翻滚下来，跳跃、碾压又撕裂地表，致使鼠兔之家遭到严重的损毁，一些鼠兔当场殒命，而那些逃脱了被碾碎命运而幸存下来的鼠兔，纷纷恼怒地爬出洞穴，对外面发生的这种不必要的骚动表示强烈不满。

草堆干枯后，鼠兔就将其搬进洞穴

有一天，正当我越过高处，在一座从高地水平面升起300来米的山峰侧边，传来了一阵咆哮声和撞击声——一片垮塌的岩石扬起了尘埃之云，弥漫了空气，遮天蔽日，好几分钟才消散。当那些回音渐渐消失的时候，就传来了鼠兔们此起彼伏的呼唤和惊慌的叫声。我赶忙跑到岩屑落下的坡底一看，才发现那里四处散落着刚刚破裂的岩石碎片。一大片岩石原本是在峰顶附近崩塌的，但滑落岩屑在漫长的山坡上撞击下来，撕裂了地表，四处散落，遍布在300米或者更宽的山坡上。随着岩石碎片在山坡上微微翻滚，我能听见它们发出的声音逐渐减弱，其中，吱嘎声、呻吟声和摩擦声夹杂在一起。

这场岩石滑坠暂时变成了一场冰川石流（rock glacier），混乱不堪的破碎岩石缓慢地向下滑落。对于鼠兔们而言，众多正在发生改变的地下洞穴并非安全之地。

许多鼠兔发出"斯基克"的叫声，四处蹦跳。而鼠兔的大敌——鼬鼠也匆匆逃离这个危险地带。但是，一些鼠兔和鼬鼠很可能已经惨遭碾压而殒命了。

就这样，那些鼠兔被赶走，但它们很可能在附近找到了可以容身的洞穴。我确定，就在距离这场滑坠的底部不远处，很多鼠兔都找到了满意的避难之所，在那些不曾受到撞击的岩石中间的鼠兔洞里过夜。

鼠兔居住地带的上部界线，呈现出荒凉的外观。无论是岩崩还是冰碛，通常都使得地表一派乱象，留下了时间的痕迹，而又了无生趣。然而就在这些地方，沿着狭窄的突岩，在很少被疾风吹到或被流水堆积的土壤中，有一些还不到一平方米的空间，里面生长着各种植物：矮小的灌木、草丛、健壮的野花。

以干草形式出现的干缩食物，能使鼠兔忍耐严寒，度过漫长的冬天，快乐地生活在温血动物特别的边界上。在这个地带上，鼠兔悠闲自在地生活着。

"落基"把自己的干草堆安置在大石头之间，就在那块平坦的大石头下面。除了收获时节，它每天都要在那块岩石上栖息几个小时。等到干草堆干枯完毕，它就将其一点点搬运到它那位于地下的房子之中，堆叠在一个或多个岩壁房间里面。所有鼠兔的干草堆，似乎都安置在洞口旁边和里面，尽可能在受到保护的安全地点。在9月，"落基"割掉草丛，并堆叠起自己的干草，然后在10月初，我就看见它开始把干草运往地下居所。

这些鼠兔的干草堆大小不一，形状各异，平均小于一只蒲式耳桶。但我见过一些较大的干草堆，其容积是一蒲式耳桶的两三倍。

堆叠而起的干草堆的形状各异，有圆的形状，有狭长的形状，其他的则是有角的形状。但这些干草堆鲜有良好的形状，一般来说，干草堆的外貌状若一堆被风吹扫的垃圾，或者纯粹像是一堆被扔掉的干草。干草堆总是被置放在岩石之间或岩石的背风面，这样的布置显然是为了防风。

在一个地方放置一个干草堆，通常是鼠兔的习惯。可是我很多次看见一个地方有2个、4个，还有一次是5个干草堆被聚集在一起，在每一个干草堆附近，都有相同数量的鼠兔洞口，这也说明这些干草堆分属于不同的主人。

然而，对于鼠兔的家庭生活情况，我还知之甚少。我也不知道鼠兔的平均寿命为多少年。在圣胡安山脉(San Juan Mountains)中，一个探矿人连续4年频频看见同一只鼠兔，而我也在连续3年中每年都好几次看见"落基"。就在第二年夏天，我偶然发现"落基"的一只耳朵被撕裂了，那裂开的伤口后来从不曾愈合。至于这样的情况究竟是怎样发生的，我就不得而知了。

我看见的所有鼠兔都独自采集干草。然而在同一片草地上，我曾见过有5只鼠兔同时在采集干草，其中一只的左后腿瘸了。每一只鼠兔都在来来往往地切割干草，把收获物搬运到自己的干草堆上。其中一个干草堆距离那片草地有30步之遥，而那只瘸腿鼠兔的干草堆，幸好距离草地只有8步之遥，要不然它收割、搬运起来就会相当吃力。

鼬鼠是鼠兔最顽固而致命的敌人

这种鼠兔是普通野兔、松鼠、河狸（beaver）和草原土拨鼠（prairie dog）的亲戚。尽管它的家位于地表之下，但它在醒着的大部分时间里，都是在户外度过的。在地面的某一块岩石上，它喜欢长时间地栖息在阳光下，有时甚至还栖息在风雨中。

除了在收获期间，或在寻找新家的时候，它很少劳动。很多时间，它都仅仅那样坐着，坐在一块高于周围的水平面0.6米或更高的岩石上，而且一坐就是几个小时，显然是在做梦。

在"落基"的洞口旁边，有一块硕大而扁平的花岗岩石板，这块石板长一两米，被下面的大石头托起，具有一定的高度。每到收获季节，"落基"都要把干草堆叠在这块突出的石板边缘，除了在采集干草的那段忙碌的时间，它几乎每天都要在这块石板上度过好几个小时。

"落基"背靠岩石，一个小时或更长时间都会一动不动，栖息在洞穴附近的一个地点，偶尔会发出一声叫唤，仿佛是在提问，然后又庄重地聆听远处的那些鼠兔发出的回应。有时候，它好像在重复一种叫声，仿佛是从自己的位置上向其他同伴传递一条消息。有时候，很多这类"斯基克"的叫声，可能仅仅是鼠兔之间的普通交谈，而其他的叫声，则是以不同的音速和音调进行调整后而发出，有时候迅速、带有特别强调的口音，或许是对可能存在的危险发出的警告，要不然就是在通知同伴某种无害的东西正在临近。

一个春日，我来到"落基"的洞穴旁边，却没有看见它的踪影。我等待良久，然后就把我的毛衣放在那块花岗岩石板上面，便继续前行，去探访另一只鼠兔的家。在我回来的时候，"落基"已经在家了，它像一只看门的小狗那样，一动不动地坐在我的毛衣上面。

还有一次是在6月，"落基"外出到干草牧场上去吃那些短短的植物幼苗。我站在距离它3米的范围内，它却旁若无人地继续进食，仿佛根本不知道也不在乎我的存在。它偶尔发出"凯阿克"的叫声，那种叫声似乎是要传递给远处的同伴。它似乎并没有观察我，然而就在我移动脚步的那一瞬，它飞快地跑到一块岩石下面，消失得无影无踪。

在我发现鼠兔的任何地方，它们都很胆怯。我发现在某些地方，很多鼠兔以前可能从不曾被人造访过，也就是说，它们一生都不曾见过人类。

距离"落基"最近的那个鼠兔邻居，居住在距大石头那边约60米远的一个洞穴中。当我在一个冬天拜访它的时候，我发现的踪迹表明，这只鼠兔和"落基"用叫声相互交流过。

在一定程度上，这种鼠兔似乎是旅行者，也似乎是探索者。有时候，它们会攀登到距离最近的山峰顶上，偶尔还下降到更低处的土地上。

有几次，我在朗斯峰和海拔约4270米的其他山峰顶上，看见过这些探索者。偶尔也有一只鼠兔来到我的小木屋周围，花几天来游览观光、避难，在木材堆里过夜。我的小木屋位于海拔约2750

米之处，而距离这里最近的鼠兔活动领域，也在山腰之上约1600米之处，由此可见，这些鼠兔从自己的家园走出了多远。

一个下雪天，当我外出追踪一些山羊的时候，我从"落基"的家园附近经过，便转向一侧去拜访它，希望能看见它的身影。可是就在我到达它的洞穴上的那块岩石之前，却看见一只鼬鼠径直朝我走来，那家伙肩上扛着一只软绵绵的鼠兔，还用利爪攫住受害者的喉咙。那只鼬鼠看见我，竟然毫无反应，继续走向我，我还以为，它看见我的时候可能会略过我而去。当时，它似乎匆匆地把猎物带向某处，很可能是带回家去享用。

我见状，便拿起一大团雪朝它扔去，却砸中它身边的一块岩石。那家伙从岩石上跌落下来，匆匆越过积雪，可还是紧紧抓住那只鼠兔不放，将它拖拽到一块深不可及的大石头下面。

在"落基"之家旁边的那块岩石上，还有洞穴周围的所有岩石上，我都没有发现皮毛或血迹。鼬鼠攫走的可能是另一只鼠兔。但我不清楚"落基"究竟怎么样了。它很可能被它的房子岩壁的下沉给碾碎了，要不然就是狐狸、鹰或鼬鼠把它给捉住了。但无论怎样，我都再也没有见到它了。我知道，在那个秋天，那个忙忙碌碌、小小的干草采集者，就再也没有出现在大石头中间的那片草甸上了。

鼬鼠是鼠兔最顽固而致命的敌人。鼠兔显然惧怕鼬鼠。尽管熊、山狮、丛林狼（coyote）、狐狸和鹰偶尔也会捕捉鼠兔，但鼬鼠却经常乐此不疲地捕捉鼠兔，对其大开杀戒。鼬鼠的身材敏捷、有力而纤细，能够一路追踪鼠兔，钻进野兔洞这个更小的藏身之地，将其抓住。在冬天，它是雪白的白鼬（ermine），它那雪白的外衣能使它在积雪上显得无形，隐藏自己的身形，很容易让猎物遭遇不幸。它的速度能够超过鼠兔，况且它还是训练有素、技巧娴熟的杀手。对于鼠兔，即便能侥幸逃脱鼬鼠的魔爪，也很可能是九死一生。

岩崩和雪崩屡屡毁坏鼠兔的家园

冬天，在鼠兔生活的高地漫游期间，我偶尔在地表发现一堆干草。在冬天来临之前，大多数干草堆都被转移到了洞穴之中。

当一个干草堆被留在外面，那通常就意味着可能发生了这样的事情：要么是这个干草堆能够例外地躲避风雪的侵袭，鼠兔因此可以轻易而安全地取食；要么就是那小小的主人已经丢掉了性命；要么是一场雪崩或其他自然灾难迫使它离开了自己的老家。

一个阳光明媚的早晨，我穿上雪鞋，早早就出发前往高处，去搜寻那些散落在朗斯峰一侧的岩石中间的鼠兔干草堆。在林木线上，我发现了一个干草堆因为靠着悬崖而被保护得很好，然而附近有一只大角公羊刚刚留下的踪迹，那个大家伙对着那堆干草伸出了脖子，享用了几口。这堆干草的其他部分都不曾被触碰过。周围的积雪上毫无鼠兔的踪迹。这堆干草外貌残缺。在附近毫无遮蔽的干草地里，是一只山猫（lynx）还是其他觅食者捉住了这干草采集者？从各种踪迹来看，这个主人或干草堆叠者显然有好几周都不在这附近了。一根缓慢形成的冰柱，几乎充满了通往鼠兔洞那久未使用的入口。

靠着一场大型岩崩发生地的底部，有一片面积约三公顷的草甸，上面杂草丛生。在夏天，这里覆盖着茂盛的草丛和野花。3个大型干草堆就位于这片岩崩发生地的底部，在大块岩石的包围之中，疾风完全吹不到干草堆。因为附近的草地资源丰富，这些干草堆被构筑得很高大。在接近干草堆的地方，有3个入口直通下面的鼠兔洞。

难道这3只相邻的鼠兔在一起劳动，切割、搬运和堆积这3堆干草？每一堆干草仅仅相隔十几厘米，并且都是从附近的一片面积约25平方米的草甸上切割来的。可是，很可能每一只鼠兔都是通过独立劳动，来完成自己的收获的。

在远远的山腰上，我在积雪上发现并看见一只鼠兔历险的踪迹。在越过一片积雪覆盖的荒凉的雪崩之地时，我偶然遇见鼠兔的踪迹一路向下，于是我就回溯它的踪迹，去看看这些踪迹究竟来自何处。

回溯追踪到400多米处，我就遇见了一处不久前雪崩的发生地：雪崩混合着花岗岩碎片在一侧扫掠了下来，破坏了一部分冰碛，毁坏了一只鼠兔的家园。这场雪崩肯定发生在一周或更久之前。在被疾风扫掠的地区边缘的积雪上面，留下了那只鼠兔混乱的脚印。

然而，那只留下痕迹让我追踪的鼠兔离开了那个地方，它继续前进，仿佛它知道自己要去哪里。它不曾犹豫，也不曾停止，更不曾掉头回顾。它究竟去了哪里？我离开那些被雪崩毁坏的残骸，一路追踪它的痕迹。

它的踪迹通往一道山岭上面，然后又沿着山坡下来，来到我最初发现那些踪迹之处，再沿着一片台地左转大约 400 米。在那里，那些踪迹消失在巨大的岩石下面。

当我搜寻远处的踪迹的时候，在岩石间形成的一个洞穴般的地方，我看见了一小堆鼠兔的干草。这堆干草旁边，是一个鼠兔洞的入口。在那一层薄薄的积雪中，有鼠兔留下的无数痕迹。我根据那只鼠兔的痕迹追踪到了这个洞口。

当我停下来检查下面的东西时，却听见一只鼠兔在上面叫唤。我从洞口徐徐转身，看见两只鼠兔栖息在同一块岩石上——其中一只很可能是那个小小的干草堆的主人，而另一只则是来自那被毁坏的家园的避难者。

第 3 章 臭鼬见闻录

Introducing Mr. and Mrs. Skunk

臭鼬在荒野中独来独往，尽管它们行动缓慢甚至笨拙，而一旦遭遇敌人，尤其是在短兵相接的时候，它们就会充分利用自己的那件特殊武器——喷射出的臭气来击败对手。即便是身材硕大的黑熊和身形敏捷的狐狸，在攻击臭鼬幼仔的时候，也被臭气熏得晕头转向，败下阵来。一对长途漫游的臭鼬寻求历险和娱乐，途中洗劫了鼠巢，还跟丛林狼进行了殊死搏斗。城市公寓中，暖气系统出了故障——原来是一只臭鼬在管道中安家，将其严严实实地堵塞了。探矿人把一只硕大的臭鼬当成宠物，饲养在自己的小木屋里，毫不怕人。营地上，两只臭鼬不停地打斗，互不相让，结果被捕猎者一脚踢进了小溪……

黑熊和狐狸被臭鼬熏得晕头转向

臭鼬（skunk）大大咧咧，期待其他动物伙伴一看见自己就赶快奔逃。它没有做过多少训练，没有任何高速奔跑的技能，还在所有的加速之中，付诸很多尴尬、笨拙的努力和行动。

9月的一天，一只臭鼬闯入了我置身其中而进行观察的小树丛，它停在一根旧圆木旁边，开始挖开一点泥土，寻觅幼虫。就在它饱享幼虫的时候，它遭到了一枚落下的松果打扰。那枚松果很轻，但粘着斑斑点点的软松脂，在砸中了它的尾巴的时候，就粘在了上面。这自然就让那只臭鼬烦恼不堪，它不停地抽打尾巴，还团团转动，一直忙碌到把那枚松果彻底甩掉。

一只忙碌的松鼠正在收获松果，根本没注意到自己本来已经到手的松果掉到了何处。又一枚松果掉了下来，这次，这枚松果没有落在那只臭鼬的后面,却落到了它的前面。那臭鼬已经饱受打扰,不胜其烦,便笔直地竖起尾巴,摆出一副防卫的姿态。

那只臭鼬本来一直专注于自己的事情,可是被一枚松果砸中并转化为自卫姿态之后,它就四处环视,僵直地转动脖子,试图观察树冠上的动静,而就在那时,又一枚松果"啪嗒"一声掉在了它的身侧,这可让它惊骇不已,便开始以最快的速度逃出了小树丛。正当它充分准备好要采取行动的时候,另一只松鼠弄掉了又一枚松果,只见那枚松果弹跳起来,砸中了那臭鼬附近的地方。因此,那臭鼬更是恐惧不已,拔腿就跑,不要命似的掠过我而逃之夭夭。我清楚,这是我所见过的臭鼬以最快速度奔跑的纪录。

在平常的生活中,臭鼬随时都做好了防御的准备。它如此有准备,以至于熊、山狮或灰狼都很少尝试去惊吓它、招惹它。我从不曾尝试去惊吓它,可是一只臭鼬却吓到了我。

当时,我沿着陡峭的山腰小心翼翼地前进,那里不仅杂草丛生,还因为覆盖着六七厘米厚的积雪而非常滑溜。然而,尽管我十分小心,但双脚还是不听使唤,一下子就失去了附着力,让我在那滑溜的山坡上失去了平衡,迅即翻到,向下滑去,在滑坠过程中,我轻轻转身,抓住一小丛灌木,在我站稳之前又抓住第二丛灌木,却看见那丛灌木后面躲藏着一只臭鼬,而此时它也猛然看见了我。由于下滑的巨大冲击力和拉扯力,那丛灌木竟被我连根拔起,因此灌木、臭鼬和我乱作一团,全都滑坠下去。

此时,我每一秒都在期待那只臭鼬会严格地专心于自己的事情，不会注意我。在滑坠和翻滚中，我完全在臭鼬上面滚动。然而因为"无事可干"，它肯定是受到了太多的刺激，因而没有对我采取行动。

至于臭鼬幼仔，其战斗武器在哪个年龄阶段开始发挥作用，还没有可靠的判断方式。在幼仔的防御武器发育成熟之前，如果敌人或入侵者出现在它附近，幼仔就会摆出一副令人印象深刻的姿态——竖起一条黑色羽毛似的尾巴，表现出将要放臭气的样子，来进行有效的欺骗。

我偶然遇到过一头黑熊，它朝着一对臭鼬幼仔发起攻击，但几分钟之后，那家伙就意识到自己完全打错了算盘。黑熊留下的足迹显示它停下来观看幼仔，在冲击之前还做了一番思考。它前进，停下，伫立在一堆岩石后面，恐怕嘴里还念叨着这事。臭鼬虽然年幼，但年龄究竟有多大，却不得而知。也许黑熊以前品尝过美味的臭鼬幼仔，可能它尚未严肃认真地对待过臭鼬。当我走近一看，发现那头黑熊在一根圆木上擦脸——原来它被臭鼬喷了一脸的臭气，然后就匆匆忙忙跳进了小溪洗澡去了。

有一次，就在我观察一家子臭鼬之时，一只狐狸大摇大摆进入了现场。那狐狸身披奢华的长袍，毛色光亮，显得十分英俊。它伫立在阴影中，慢慢靠近一只臭鼬幼仔。但不幸的是，它没看见臭鼬母亲就在附近，便一跃而起，试图去抓攫臭鼬幼仔，殊不知在空中遭遇了那老臭鼬喷出的臭气，如此严峻的考验让它不得不突然转向，它完全顾不上自己那身价值1000美元的皮毛，在灌木从中和小溪边的淤泥滩上四处乱滚，颠簸，翻腾。

一个小女孩怀抱着什么东西朝着一幢房子跑来，大喊："瞧瞧我发现了什么可爱的小动物！"她在门廊上的客人中间快乐地蹦跳，放下围裙，6只臭鼬幼仔从里面掉了出来！

生活在我的小木屋附近的臭鼬家族

臭鼬究竟能够重复放出那种酸性的臭气多少次呢？它对着骚扰者或敌人放出多少酸性的臭气才会放完呢？在我年轻的时候，这些问题都让我对自然史产生了浓厚的兴趣。

大家都如是说，臭鼬能8次重复使用那种令人惊骇的火力。

一天早晨，两个男孩带着他们的狗跟我一起外出的时候，我检验这种说法的大好时机就来了。

在一片开阔地里，我们偶然遇见了一只臭鼬。没有遮蔽物，前方一览无余，我们带来的3只杂种狗很快就遭遇了臭鼬放出的两次臭气，无一例外，它们停止了吠叫。两个男孩都遭到了那种臭气的攻击。而在这样的情形中，我始终左躲右避，为这些展示和臭鼬提供的实证兴奋得手舞足蹈。

在臭鼬对狗采取行动的时候，它的臭气的影响范围和领域异乎寻常。它显然从一个立足点上移动着身子，抛洒出一股水平的化学气味，接着又抛洒出一股几乎垂直的气味，然后这些臭气扫掠边线。在远处，一股细微、纯粹的臭气击中一个地点；在近处，它成了一朵喷洒出来的臭气之云，四处弥漫。

当这天真的林中小猫咪在喷出8次臭气之后停顿下来，我就确信地感到它肯定用完了自己的"弹药"，殊不料这种想法完全是错误的，它还没有用完！

很多年来，我一直都在尽量避开臭鼬——那有着黑白的羽毛尾巴的贵族。这通常并不难，它喜欢独处而不受干扰，因此用一种排外、令人气馁的氛围来把自己包裹起来，把敌人挡在外面。

很多次，我都获得了跟臭鼬进行试验性的相遇的机会，此后我就发现它们很有趣，而且可靠。从它们身上，你知道要期待什么。臭鼬专注于自己的事情。它很独立，不允许任何人拍它的后背，不允许小狗去追逐它。对于任何人和任何外衣不同者，它都一视同仁，绝不例外。

我认为，很多年来，生活在我的小木屋附近的臭鼬家族都认为我是好邻居。一对交配过的臭鼬就在我附近生活了3年，为我提供了众多机会，让我对臭鼬的生活有了深入、细致的观察。臭鼬的衣服始终干净而明亮，在它们擦亮自己那闪耀的黑白皮毛之际，我常常在它们的巢穴前面靠近，伫立。有几次，我看见老臭鼬衔着蚱蜢和耗子进入巢穴，给那些嗷嗷待哺的幼仔喂食。有几次，我看见一大家子臭鼬浩浩荡荡地离家，朝着田野出发，到那里去狩猎，要不就是去游乐。

我最后一次看见那对臭鼬夫妇，是在那棵老针枞被大风吹倒，砸毁它们的巢穴之前。那个时候，臭鼬父母跟孩子们在外面嬉戏、玩耍。臭鼬母亲发出嘘声，用尾巴轻抚幼仔，而幼仔们则试图抓住母亲的尾巴。臭鼬父亲则仰卧在草丛中，四足朝天，用脚把两三只幼仔举起来摇摆、翻滚，一派其乐融融的景象。

漫游的臭鼬夫妇寻求历险和娱乐

每一只臭鼬都有一片活动范围，它们会在那里度过一生。那片领域的直径大约300米，它们在里面或狩猎或漫游。我附近的几个臭鼬家族留下的足迹，都显示它们很少远离巢穴超过150米。可是，有一只臭鼬却两次漫游到了1.6公里之外，而对于行动缓慢的臭鼬，这两次外出算是远游了，显然，那只臭鼬是去游山玩水，而不是去狩猎。

曾经有一对臭鼬夫妇漫游到山腰上，寻求历险和娱乐，我暗中跟踪它们，并解读它们留在积雪中的印迹。它们在峭壁间攀登了600多米，朝着荒野深处探索了超过1.6公里。在路上，它们发现一个老鼠巢穴，并将其洗劫一空，还杀戮了其他耗子，但留下尸体并没有吃掉。这次远游是一场欢快的游乐嬉戏，而不是外出觅食的远征。

回家的时候，这对臭鼬夫妇并没有原路返回，而是选择了一条跟它们上山时走过的路线不同的路线。它们闲散地旅行，走最长的路，在一个地点停下来玩耍、嬉戏，又在另一个地点坐下，很可能是在阳光下打盹。

在一个地点，它们显然奋起反抗来保卫自己。在距离它们3米之内的一根圆木后面，留下了丛林狼的踪迹，臭鼬留下的踪迹则显示出它们采取过防卫的姿势，此外还有丛林狼疯狂地跃起和撤退的踪迹，这就是留在积雪上的故事。

我与臭鼬有关的真实经历，多半是我为了熟悉它们而试图更接近它们的结果。然而有很多次，当其他人享有这种经历，我却成了单纯的旁观者。于是我通过多年的户外生活，了解了臭鼬会干出无数有趣的事情，在这些事情当中，臭鼬的特点并不是散发出来的臭气，这就成了有趣的中心。

一个大雨滂沱的夜晚，一只臭鼬母亲带着5只很小的幼仔，闯入了一个家庭的厨房，当时我暂时停留在那个家庭。这些臭鼬很可能被淹过。作为突然闯入的不速之客，臭鼬母亲被杀死了，幼仔们则被抛出窗外等死。然而那臭鼬父亲还活着，第二天傍晚我出去寻找那些幼仔，正当我四处查找时，却看见臭鼬父亲走进草丛中，把一只幼仔衔出来。它用嘴巴衔住幼仔的后背，把它搬动了一两米，将它放下来，然后又衔起另一只幼仔。那臭鼬父亲最后衔起两只悬在嘴边的幼仔，把它们转移到树林中。

一个在外面嬉戏的臭鼬家庭跟我偶然相遇。这一家子一共有8个成员。当时我背靠松树坐在一根圆木上，下定决心不移动身子。在我的面前，那臭鼬母亲踩踏在一根刺藜上，退缩，又抬起脚来检查。所有的臭鼬都聚集在它的周围。当它们这样或那样移动，一会儿在阳光下，一会儿退回阴影中，它们那闪耀的黑白身子就显得好像刚刚经过了冲洗和擦亮。它们无疑刚刚修饰了自己,要去参加一场聚会。

它们没有注意到我,就开始玩耍、嬉戏、跳跃、四处扭打。然后,它们排成单行纵队,围绕着一棵树相互追逐。接着,它们突然群集,开始围绕我背靠而坐的那棵松树疾奔起来。我看见它们消失在西北方的区域后面,然而当它们从东南方回来的时候,我已经不在那里了。

一只硕大的臭鼬在我面前装死

在蒙大拿,我坐在一道低矮的悬崖顶部,俯视下面的一丛浓密的柳树。一头鹿似乎非常厌恶那丛柳树,没作停留便匆匆前行、离去。然后一只丛林狼也打着喷嚏从里面疯狂地夺路而出。一只松鼠爬下去探察,却不料它又迅速爬上松树,嘴里急速地说着什么,而且还发出威胁的声音。动物们表现出的这些不同寻常的举动,让我大惑不解,很好奇,于是我前去探察,在这样的情况下贸然前往,常常会招致危险,但也能解开谜底。于是我动身下去,打算对那丛柳树一探究竟。从悬崖侧边,我拉到了一棵松树伸出的大枝,抓住那树枝荡出去,然后一松手落到地上,而就在此时,我一下子闻到了上升的空气中弥漫着的臭鼬发出的臭气。

有时候,很难正确地预知一只臭鼬的下一步行动。我的小木屋旁边的臭鼬邻居时时在夜里一路巡游,而在白天又再度巡游。

对于飞禽和走兽的往来运动，它们通常显得漠不关心，除非那些飞禽和走兽靠近，它们才会有所反应。在其他日子，它们会观察视力范围之内的一切移动的东西。有一天，我匆匆走下一个山坡，匆忙之中一不小心，我那双沉重的鞋就踢到了一只硕大的臭鼬，将它踢得失去了感觉。我站在一旁等待，观看它渐渐复苏过来。它一看见我站在旁边，便翻动了一下身子，直挺挺地装死。

我认为，臭鼬幼仔跟随父母待在一起时间约为一年。在少数实例中，我观察到了冬眠的臭鼬巢穴内部，臭鼬一家子都冬眠在一起。显然，幼仔们在第一年的冬天跟父母待在一起，来年春天就离家远行，各奔东西。

我曾经快乐地前往一个探矿人的小木屋，在那里度过了一些时日。当那位探矿人到外面去割点肉——挂在小木屋后面的肉的时候，在他的壁炉旁边，我简直无法坐下去。

因为在这里，我熟悉的第一件事情就是门口站着一只大臭鼬。它朝我这边观看，然后毫无情绪地朝我走来。如果你想要提高兴致和引入悬念，那么一只臭鼬的出现就再合适不过了。

我极力直绷绷地坐着。要让那只臭鼬转变方向或者我要躲开它，可能要做出更多的努力。然而，我要是知道它的下一个动作，我就会首先移动——出人意料的是，它一下子就跳到了我的大腿上面。

要躲开它已经太迟了，于是我静静地坐着。它站起来，把爪子搭在我的身上，开始查看我。我并不在意，没有把它弄下去，而它也没有马上走开。我站起身来，想着它就会滑落下去。然而，它根本不肯放弃我，用一只前爪紧紧抓住我的背心衣兜，继续悬挂着，我没敢冒险去过于猛烈地摇撼它。

最后，我意识到它肯定是一只宠物，就坐下来开始轻轻抚摸它。它友善地接受了抚摸，到了探矿人回来的时候，我还安闲自得。

一只臭鼬幼仔在鸡窝里找不到新鲜的鸡蛋，便开始玩耍唯一的陶瓷蛋。它对那只陶瓷蛋如此感兴趣，如此专注，以至于我走近了它也没注意到我。那只幼仔滚动陶瓷蛋，四处抓扒，用前爪轻拍，然后又嗅闻。它的表情显得一本正经，甚至严肃得滑稽。不久，它就躺了下来，用前爪把陶瓷蛋举到头上，然后用四足玩耍，还把它滚过自己的腹部。最终它像一头小熊那样站了起来，用前爪把陶瓷蛋捧在腹部，带着困惑的表情察看。

臭鼬在寓所的暖气管道里面筑巢

享受嗅觉的乐趣是空旷的乡间给人的快乐之一，松树、野花的芳香，雨水、太阳和土壤的气味，秋天芳醇的香气，还有臭鼬那难以抑制的臭气。

有一次，在一幢城市公寓中，突然没有暖气了，致使居民们连续投诉了两天。门房人员给炉子不断添加燃料，大力加热，可是居民还是继续抗议。暖气系统出了故障，主管道肯定被什么东西给阻塞了，于是那门房人员操起拨火棍，往管道里面刺戳，却激起了什么东西,从里面传来一阵活跃的抓挠声。原来是一只臭鼬在进行抗议,然后那家伙就慢吞吞地爬了出来。而那臭鼬发出的抗议——它发出的臭气,立即传到了每个房间,而那些抗议臭鼬带来的恶臭的人,则匆忙逃出每个房间。

印第安人说臭鼬肉是美食。山狮和丛林狼频频尝试去抓住臭鼬,就暗示着它确实是一种珍馐。

在大草原上,有一个古老的笑话就解释了臭鼬的这种定义:"臭鼬,就是那种用杆子去杀死时并不安全的动物。"可是,西北部的印第安人说可以用杆子来杀死臭鼬,还说用一根杆子锐利地重击其背部,麻痹其神经的活动,就不会有臭气了。

在跟一个乌鸦族印第安人(Crow Indian)对话时,他向我保证说他自己具有用杆子成功杀死臭鼬的能力,还说他计划再猎杀一只臭鼬来做晚餐。更要命的是,他要我跟他共进这样的晚餐。

他拿起一根杆子,邀请我一同前往。我告诉他说我打算沿着溪流而下,到下游去过夜,可是他根本听不进去,坚持要我留下来。正当我准备好要离开的时候,他的全家和部落中的一部人都前来抗议,因为他们计划第二天带我去看一个熊窝和一些河狸幼仔。这下子我就完全无法逃避了。

炖臭鼬肉端上桌来,我感到他们的样子比我自己所摆出的样子还要庄重,但因为不想得罪这个部落的人,我只得鼓起勇气尝了一口炖臭鼬肉。然而有些事情却始终没法完成:我尝试着把那块肉吞下去,可是它就是不会主动滑进胃里。这些印第安人一直在看着我,他们突然爆发出狂野的笑声,这下总算把我给解救了。

我想知道,臭鼬背上的乌黑之中呈现出的干净白色分叉条纹,是否会让它在夜里被看见。这种可见度可以防止别的动物跟它发生冲撞,因而就避免了发生这样的冲撞的后果?臭鼬昼夜巡游,这种清楚的黑白外衣可能是一种保护,防止它被误认为是其他动物。

臭鼬很容易落入陷阱。它是个愚蠢的家伙,几乎没有什么策略或猜疑心。对于攻击,它所采取的保护措施如此之好。它可以非常容易地攫取另一种动物所保护的食物,以至于它很少激动或迅速离开。它似乎从来都不匆忙,也不担忧什么,只是慢吞吞地自行其是。

我不相信自己错过了近距离观察臭鼬的机会。当然,我也从没打算迫使自己去冲撞它们。可是,我再三遭到它们的奇袭,并且好多天才恢复过来。

有一次,一丛灌木中挤满了臭鼬,我根本没有察觉便跳跃到那丛灌木上面,它们受到惊扰之后就匆忙地逃出来,一哄而散,停下来等我离开。因为它们拒绝被驱赶到更远处,我不得不给它们让路。

臭鼬并不是坏家伙,它们仅仅拒绝被粗暴对待,拒绝把盐撒在它们那羽毛似的尾巴上。臭鼬领地上的每一种动物,迟早都要远离臭鼬,拒绝跟它发生任何联系。然而实际情况是,臭鼬往往率先转身。

将要采取行动的臭鼬掉过头来,竖起尾巴。林中的每一种动物在遇到臭鼬的时候都会感到惊讶："现在运气如何？"在这种突然遭遇的情况下，要么是其他动物用头获胜，要么是臭鼬用尾巴获胜。当臭鼬转过身来，这个世界就这样逃离。

捕猎者把两只打斗的臭鼬踢进小溪

我曾经见过的沙漠臭鼬是强有力的猎手。两只臭鼬还乐于在自己的猎杀物旁边摆出姿势来给我照相：一只臭鼬猎杀了一条1.5米长的响尾蛇（rattlesnake）；另一只臭鼬则猎杀了一只沙漠鼠（desert rat）。可能还有患上狂犬病的臭鼬，但我不曾见过它们，也不曾见过在光秃的沙漠上荒废自己生命的臭鼬受害者。

臭鼬的性格和习性，显然随着它用来自卫的臭气进化到一种有效的状态。如今，它行动缓慢而愚笨；以前，它或许在精神上很警惕，在身体上很能干。它的亲戚水貂（mink）、鼬鼠和水獭（otter）都具有非凡的力量。同时，它的这些亲戚都拥有令人讨厌的气味，尤其是水貂。而在同类中，唯有臭鼬将臭气作为它那影响广泛的防御手段。

臭鼬似乎起源于亚洲。可能在大约100万年前，它们就越过从西伯利亚到阿拉斯加的大陆桥来到了美洲。在西部的那些州里，人们在化石沉积物中发现了非常古老的臭鼬化石。

有一天，一个设置陷阱的捕猎者跟我一起在野外扎营，突然他一边呼喊"赶快"，一边冲上来，抓起帐篷门帘，消失在一片树丛后面。因为傍晚时分，夜幕还未完全铺开，他这样抓攫帐篷门帘，还疯了似的匆忙离开，都暗示着什么。可是，至于其原因，我从不过于迅速地提问，而且这一次还没有机会提问。

当我环绕树木而行，我看见前面有两只打架的臭鼬被那个捕猎者分开。两只臭鼬因为他多管闲事而恼羞成怒，便转而朝他进攻，但他躲进帐篷门帘后，臭鼬们几乎无法实施攻击。于是，它们又重新开始打斗，咬啮、抓挠，四处滚动，此时那捕猎者冲过去，把一只脚插进它们中间，用腿一摆，一下子就将其抛进空中。它们溅落到小溪之中，然后在水中分开，游到小溪对岸去了。

第二天，一只臭鼬从营地下面的树林中走出来，沿着柳树林中的小溪一路进食，再越过外面的一条通道离开。我一路跟着它，对它观察了一个小时或更久。

起初，我还认为它是一只幼仔，便开始接近它。可是当我还在安全的范围内时，我就举起野外双筒望远镜观察它，跟它保持着一定的距离。然而，我因为它是幼仔而感到满意——因为它竟然允许一只甲虫夹痛它的鼻子，蚂蚁麇集在它的全身，它才停止了挖掘蚁丘，而它逮住的一只耗子还咬住了它的脚。

它从草根中间挖掘，吃掉甲虫、蚂蚁、蛴螬，找到一只不新鲜的耗子尸体，从一根树桩旁边获取蛴螬，大快朵颐吃掉整整一群毛虫。然后，它就开始蹒跚着步子穿越开阔地。在那里，它擅长捕捉蚱蜢。它通常用一只前爪捉住这些跳动的昆虫，而在其他时候，它则用两只前爪或牙齿来捕捉。

它似乎根本没有怀疑附近有什么危险，更没有停下来四处环顾，探查动静。没有别的臭鼬临近。它笨重地回转过身来，走向柳树林，在那里，它遇见了那个捕猎者。他们面对面停下来，隔着一人宽的距离相互对峙。那只臭鼬期待捕猎者和它所遇见的飞禽走兽都迅速撤退，或者躲到一边为它让路，而它当时所面临的对手却并没有这样做，它似乎感到很惊讶。

等了一分钟，那只臭鼬就以常规速度经过捕猎者而匆匆离去，且始终没有抬头看一眼。

第4章 河狸抗灾记

The Persistent Beaver

一场森林大火来势凶猛，烧毁了断树聚居地的河狸所依赖的过冬食物——池塘边的山杨，致使其不得不冒险远足去采集。一只山狮寻踪赶来，潜伏在瀑布边伺机捕猎，不过这个家伙并不走运，它不仅没能扑中猎物，反而还失足掉下了深潭。但祸不单行的是，两棵被烧毁却依然挺立的针枞，终于承受不住狂风的吹击，轰然倒进池塘，砸中了河狸房子，导致河狸居民伤亡惨重。正当在水中嬉戏的河狸幼仔快要被流水卷走之际，它的母亲从水下浮起来将其驮住，载回房子。自然灾害之后，河狸们或上下迁移，或留下来修复家园，但到了第二年夏天，随着山洪暴发，池塘严重淤塞，河狸房子再也无法居住，河狸们就被迫彻底废弃了这个聚居地。

遭遇森林大火和山狮的突袭

我看见一场森林大火从山上扫掠下来，势如席卷，很快就蔓延到断树河狸的聚居地（Broken Tree Beaver Colony）上面。我知道，生活在当地的河狸居民会安然无恙，它们完全可以在自己的房子中避难。它们建造的5座房子散落在水中，犹如小岛或古代的湖泊居所，由泥土筑成，可以防火，完全能助它们躲过一劫。米克尔山（Mount Meeker）上的融雪汇集成了一条水量充沛、欢腾活泼的小溪，一路流淌下来，穿过这个池塘，而在池塘四周的岸上，环绕着一棵棵高耸的针枞。

河狸们从这场烈火的严峻考验中幸存了下来，然而不幸的是，就在附近，它们所盼望的冬天食物——山杨，绝大部分却被烈火摧毁了。这一丛山杨，还有每一棵可能为它们提供树皮食物的落叶树，统统都被这场大火烧毁或烤焦了。

然而，即使面临这样严酷的天灾，这群聚居的河狸也没有迁移到别处谋生，而是花费了好多时日来修复家园，清理大火掠过之后倒在池塘中的树木残骸。由于冬天渐渐临近，还有溪流太浅等因素，河狸要外出旅行的确很危险，因此前往别处重新构筑家园和收获食物，或许并非明智之举。

10月初的一天夜里，这些聚居的河狸努力劳动，咬断了少数逃过那场大火而残存下来的山杨。那些山杨原本伫立在一个小树丛中，在池塘下游百余米之处。几个夜晚之后，河狸们就开始拖拽那些被咬断的山杨，拖着它们努力走向上游，前往自己的池塘。但是，这项搬运工作异常艰难，因为在那个收获地和池塘之间隔着一道瀑布，阻断了水路，这样就迫使河狸们不得不在瀑布前面暂停下来，转而把每一根山杨从水里拖到陡峭的岸上，再绕过瀑布，进行水陆联运。

一旦离开了水，旅途便可以说是危机四伏。就在朝上游搬运山杨的第二个夜晚，一只掠食的山狮偷偷寻踪而来，在瀑布边埋伏以待。从泥泞的山坡上留下的足迹和其他痕迹来看，当时这只山狮对两只正在实施水陆联运的河狸发起了攻击，但并没成功。由于河狸事先察觉到了山狮的存在，及时逃脱了魔爪，因此这个掠食的家伙不仅没能扑中猎物，而且还因为用力过猛，在泥泞的山坡上失足滑倒，掉到了下面深深的水潭之中。显然，那两只河狸当时在拖拽一根重约36公斤的山杨，但由于此次意外事件，在第二天早晨，那根山杨就被留在了山坡上。

由于山狮的袭击，朝上游搬运山杨的工作就暂时停顿了下来。剩下的那些被咬断的山杨，则被河狸们堆积到附近的一个"安全池"中。河狸们用来作为大道的浅溪，里面通常都设有一个安全池，这些搬运者将其作为港口，一旦遭到攻击，它们便能够迅速潜入其中，逃脱灾难。冬天的食物供给通常被贮存在距离河狸房子一两米之处，而今在这样的情况下，冬天食物的贮存地就远离了河狸池塘，只能位于180多米之外的那个安全池中。尽管如此，河狸们通过把食物贮存在那里，尽可能扭转原本糟糕的形势。

在遭遇山狮袭击的两天之后，河狸们就开始在池塘北边大约45米之处咬断树木。河狸们辛勤劳动，苦干实干，很快就清理出了一条小道或者是运输木头的小径，将咬断的树木通过这条小径拖往池塘。两棵原来倒在小径上的树干，因为挡道而被咬成了几段，被分别滚到了小径之外。穿过柳树形成的岬角，一条大约60厘米宽的通道被彻底清理了出来，那些被咬断的树木被陆续拖进池塘，置放在贮存的食物堆顶上。

一天早晨，沿着这条清理出来的小径，一些被咬断的树木被遗弃在那里，这样的情形表明河狸们在搬运时被迫仓皇逃窜。在接下来的3个夜晚，它们都偃旗息鼓，没有任何动静，根本没去搬运那些树木食物。留在泥淖中的足迹表明，一只掠食的山狮一直在周边巡游，伺机而动，准备随时对这些胆敢出来冒险的河狸大开杀戒。

祸不单行，针枞倒下砸死河狸

聚居地的河狸要生存下去，就必须迎接很多危险和各种艰难困苦。可以说，那里的每一座河狸老屋都充满了故事，会让人激动不已、兴趣盎然。河狸们建造房子和堤坝的过程中肯定还存在着持续不断的忧虑。森林大火或其他意外事件就可能迫使它们放弃自己原来的聚集地，不少河狸就可能离开老屋，但旅途中危机四伏，很容易遭到掠食者的围攻与捕杀，许多河狸因此而丧命，只有一些河狸幸存下来，抵达新的家园，重新开始生活。

但是，尽管情况如此糟糕，断树聚居地的河狸也没有放弃自己的家园，相反，它们咬断池塘上面溪流边的山杨，继续收获、采集。它们收获的一些山杨距离池塘很远，在溯溪而上800米开外。在能把这些山杨推进溪流且顺水漂浮下来之前，它们必须突破一道异常艰难的障碍——聚集在一块大石头前面的老树和枝条。但河狸们不畏艰险，硬是在这些阻塞物中间咬出一个洞，然而，它们却依然面临着危险。有一天，在一条浅溪里面，一只河狸冒险远远地溯流而上，去采集食物，却不料被一只灰熊捉住而丢了性命。在这个不幸的秋天，除了上述的这些意外事件，很可能还有其他河狸丧命。到了冬天，当池塘和溪流都冻结起来，河狸们的收获工作也就结束了。那个冬天，这些河狸居民可能生活得十分悲惨，它们的口粮严重不足，导致它们饥肠辘辘，艰难度日。

一个冬日，一只河狸游往下面的安全池，我透过冰层观察它的活动：它从池底的山杨堆上搬走一小段山杨，衔着它一路溯溪而上，返回池塘。在那道冰封的瀑布底部，我找到了一些被咬断的山杨，上面的树皮都被河狸吃掉了。就在我仔细检查这些情况的时候，我在瀑布底部意外发现了一个洞孔或通道，这个隧洞穿过泥土而延伸到池塘之中。通过这条地下搬运线，河狸们就可以直接从自己的池塘出发，安全地抵达它们贮存在下游的食物供给处，从而就避开了那些在周围徘徊的掠食者的捕杀。

不久前发生的那场森林大火如此猛烈，烧死了池边的众多高大的针枞，在枯死的树干上，那些高高的、被烧掉一半的簇团状物在风中摇摇欲坠，情况十分险恶，随时都有倒下来的可能。在一天夜里，狂风大作，其中两棵死去的针枞终于承受不住大风的吹击，轰然倒在池塘之中。较小的一棵砸在一座河狸房子的顶上，但那座房子四壁厚实，而且被冰层牢牢地封冻了起来，因而撑住了这次沉重的打击，这棵倒下的针枞被撞得断成了几段；另一棵倒下的针枞则砸在另外两座河狸房子上面，其下坠的力量如此巨大而沉重，致使河狸房子屋顶犹如蛋壳一般地破裂了，至少导致其中的 4 只河狸丧命，还有一些河狸受伤。

终于熬过了冬天，春天早早就来了，这无疑让那些饱受痛苦的河狸欢欣鼓舞，这个万物复苏的季节之所以受到它们的欢迎，是因为春天让它们的生活重新充满了生机。随着植物的生长，它们再也不会像前一个冬天那样艰难度日了。在 5 月和 6 月，池塘周围的植被繁茂起来，形成了一处风景优美之地：草丛和野花把池岸装饰得明亮、绚丽；针枞顶端密集地开着秀美的花朵。鹿群结束了冬季的迁徙，从低地上来了，野山羊也从高山上下来了。树林里，尤其是在柳树上，挤满了快乐交配的鸟儿：水鸫（water-ouzel）靠近自己的过冬之处筑巢、歌唱；鹪鹩（wren）依旧非常漂亮；安静的蓝鸫（bluebird）和很多聪明而警惕的喜鹊（magpie）在四周忙忙碌碌；克氏乌鸦（Clarke's crow）则依然维持着它们那种喧闹的名声，叽叽喳喳叫个不停；而知更鸟（robin）还是知更鸟。

河狸幼仔骑在母亲背上，宛若乘船

5月的一天早晨，我悄悄接近池塘，躲在池边的一根圆木后面观察，我的藏身之处距离最大的河狸房子还不到6米。我之所以如此靠近，是希望看见河狸幼仔。但是，由于我在那根圆木后面过于频繁地爬来爬去，结果骚扰了一只知更鸟，它立即发出了一阵纷乱的吵闹，似乎在对我的出现进行严正的抗议，而且还警告周围的动物说此处藏着一个怪物。令我没有料到的是，其他鸟儿也纷纷赶来助战，加入这场吵嚷，试图把我从那里赶走，然而我坚持待在原地，并不为之所动，结果这些鸟儿在骚动了两三分钟之后，眼见自己的抗议不奏效，便匆匆飞走了，各自归巢。

不久，在河狸房子和我的藏身处之间的水面上，出现了一个褐色的鼻子。当一只母河狸爬到一根从水中突出的针枞木头上时，它的身体就倒映在水里，跟岸边那片土地上的针枞和蓝天上的白云融为一体，显得格外美丽。接着，它就开始梳理自己的皮毛，进行梳妆打扮。在用一只后爪初步抓挠了一阵之后，它就站起来用前爪梳理，有一阵还用两只前爪同时进行梳理。偶尔，它还会用后爪的第二根脚趾上的双重趾甲进行抓挠。河狸厚重的皮毛、沉闷拥挤的房子很容易滋生寄生虫，而它们正是通过这种坚持不懈的沐浴、梳理和清洁，才抵抗住了无数寄生虫的侵袭。

几个早晨之后，河狸幼仔就出现了。在堤坝更远的一端，河狸母亲假装在进行某种修复工作，吸引了我的注意力，在我注意到那些幼仔之前，有5只幼仔穿过池水从房子里面显身，并蹲坐在房子的一侧。不久以后，一只顽皮的幼仔就沿着一根突出的枝条朝外面爬去，接着就猛然翻滚到水中，而其他幼仔则似乎对这样的意外司空见惯，丝毫没流露出惊讶的神态。

落进水中的那只幼仔也毫不在意，朝着池塘外部游去，游不多远，却不料被卷入了水流，水流越来越快，开始带着它漂过堤坝。就在这个时候，它的母亲出现了。母亲就在它的下面浮升起来驮住它，而那只幼仔则趁机顽皮地蹲坐在母亲的背上，露出河狸在多数时候都毫无表情的那张脸。然而在一些场合，河狸露出的表情是恐惧、惊讶、热心甚至强烈的快感。那只幼仔坐在母亲的背上，很快进入了梦乡，而母亲驮着它朝房子游去。靠近房子，幼仔就醒了，以平常的方式从母亲背上爬到房子上，仿佛是刚刚搭乘了一艘渡船，这样的情形，对于它肯定早已是家常便饭。

几周之后，那只曾经试图赶走躲藏中的我的知更鸟母亲，好几次因为自己孩子的安全问题,而表现出可怕的激动。如果有任何不同寻常的事情发生,它都会神经质地鸣啭,强调可能有什么最糟糕的事情即将发生。在这个季节,那知更鸟母亲选择了在河狸房子的顶部筑巢,在它看来,那显然是最安全的地方之一——毕竟位于水中央,但是那么多发生的事情,却让它受到了极度的惊吓,它没有死于心脏病就算是奇迹了。每当河狸幼仔变得活跃的时候,知更鸟的幼雏都显得焦躁不安。每天早晨,当每一只河狸幼仔爬到房子外面,都仿佛会依次爬上屋顶去玩耍,面对这样的情形,那可怜的知更鸟母亲自然就担心得要命,几乎变得歇斯底里。尽管它始终心存恐惧,但最后它还是成功地搬了家,把一窝幼雏都安全地转移到了别处。

淤积物迫使部分河狸迁移

到了夏天,断树河狸聚居地的大部分成员都放弃了这个聚居地,迁往别处谋生。一些河狸前往溪流下游约800米之处,构建了一个新的营地,在那里重新开始生活。而另一些河狸,除了一个例外,全部都一路向北,前往池塘北部的第一条溪流上,充分利用了那里的一个以前废弃的河狸聚居地。这个重新利用的聚居地距离断树聚居地其实并不远,陆上距离只有大约800米,可是走水路,河狸们则要一路游到溪流下游的分叉处,再从那里拐弯,顺着另一条溪流溯流而上才能抵达,这一距离有将近5公里之遥。

不过，这里倒是一处绝佳的生活之地，河狸们仅仅对以前废弃的旧堤坝稍做修复，其效果就比新筑的堤坝还好。整个夏天，这个聚居地的一只孤独的河狸四处闲逛，它还一度回到了故居——断树聚居地。盘桓了一阵之后，最后它才下定决心，把自己的命运托付给下游数公里那个建成已久的聚居地。

这个夏末，就在位于断树聚居地的池塘上面的溪流上，一场巨大的山崩突如其来，碎石和泥沙如同一道洪流滚滚而下，崩塌下来的碎屑物严重地阻塞了水道，形成了堰塞，一个又大又深的池塘由此形成。从这道由残骸构成的堤坝和被撕裂的山坡上，水流裹挟着大量沉积物滑落下来，很快就充斥了水域，以至于那池塘看起来好像被泥沙填塞满了。

为了在池塘上面构筑堤坝，聚居地每一只留下来的河狸都不辞辛劳，日日夜夜、全力以赴地劳动。但是，这个新建的池塘似乎效果不理想，很容易招致沉积物，也容易致使那些沉积物一直停留在这里，始终难以清除。尽管如此，河狸们还是夜以继日地修筑那道堤坝，显然是为了阻隔那些被源源不断裹挟而来的沉积物，为自己创造更好的生活环境。

那些留在聚居地的河狸居民，仅仅修复了五座房子中的两座，在这两座房子之间，它们陆续堆积了绿色山杨和柳树，用作冬天的食物供给。然而，还在它们咬断那些树木之前，它们就已经在自己的家园北边构筑了一道堤坝。这道堤坝所蓄的水是通过一条水沟或水渠，从那容易招致沉积物的池塘上面某处的溪流中引来的。

当新池塘灌满了水的时候，一道小山脊将它跟旧池塘隔开，看上去有点"双湖"的味道。穿过这道宽约 6 米、长满草丛的小山脊，一条大约 90 厘米宽、30～60 厘米深的水渠被挖掘而成，以便连接新、旧两个池塘，方便了河狸们的往来。从新池塘北岸那边的一片冰碛坡上，河狸们陆续拖来了一棵棵收获的山杨。水渠和新池塘的开辟，大大缩短了河狸们拖拽运输的陆上距离，这就使得收获变得更安全，避免了那些随时可能潜近的掠食者发动的突袭，同时也使得运输更迅速、容易。

老河狸在白天劳动，收割山杨

有时候，河狸们根本不顾掠食者的威胁而在白天工作。一天下午，正当我躲在附近观察的时候，一只老河狸从水中爬出来，一路摇摇摆摆地走上山坡，很快，它就在一棵大山杨边上停了下来，这棵山杨是此前其他收割的河狸留下来的，其底部严重膨胀，似乎品质不佳。只见那只老河狸凑上前去，啃了一口树皮，面无表情地吃了起来。显然，树皮没问题，因为吃了树皮之后，那个老伙计就开始切割了，它把靠在大树底部的一大堆垃圾一点点扒开，伫立在膨胀处，慢慢咬啮这棵树。在不断咬啮的过程中，一片小小的木屑楔在它的两颗上前齿之间，使其有些难受，于是它用右后腿第二趾的双重指甲抓住那片木屑，将其拔了出来。后来我前往切割现场查证，那只河狸咬断的山杨，直径超过了 25 厘米，河狸能切割如此大的山杨，确实有些罕见。一般来说，河狸咬断的树木直径在8~15厘米之间，而这棵山杨树，直径实在太大了，完全超过了我的想象。不过，我所测量过的河狸咬断的最大的树，是一棵三角叶杨（cottonwood），直径竟然超过了一米！不过这样的例子毕竟是极少数。在硕大的老树上，粗糙的树皮都没被吃掉，可那些被咬断来作为食物的平均木（average tree），所有的树皮都被吃得一干二净，而且还有一小部分木材也被吃掉了。一般来说，河狸对食物还是很挑剔的，它们很少会去咬断枯死的树木，而且只有在紧急情况下才会去收割松树或针枞，对于河狸而言，松树和针枞之类的树种肯定是"粗粮"，它们饱含油脂，显然很难以入口，也难怪它们在万不得已的时候才以此充饥。

对于河狸，水路运输远比陆地运输方便得多。有一天，我看见另一只河狸咬倒了一些小山杨，每次都吃力地拖拽着一两棵山杨树前行，一直拖到池塘。在采集了十几棵或更多的山杨之后，所有的收获物都被那只河狸一一推进水里，接着，它就跳进水中，紧靠着这个小小的筏子，将两只前爪搭在上面开始游动，将其推往靠近旧池塘中心的那个食物堆。

收获结束的时候，断树聚居地池塘中的河狸又开始了一场劳动：用泥巴覆盖自己的房子水线以上的部分，而那些泥巴则是它们从房子基础周围的池塘底部一点点挖掘出来的，这样做可谓一举两得：既给池塘清淤、疏浚，又牢牢地加固了房子。搬运泥巴的时候，它们有时用前爪抓着泥巴，有时用尾巴钩住泥巴，有时还在一对后腿之间拖拽泥巴。然后，它们在池底挖掘了一条水道，这条水道从房子一直延伸到堤坝。与此同时，它们还挖掘了另一条水道，那条水道跟堤坝的走向相平行，而那些被挖掘出来的物质，则全都被置放在堤坝顶上，算是对其加固。而且，它们还在池底挖掘一条浅沟，从房子延伸到那条连接两个池塘的水道。

泥沙沉积，河狸废弃断树聚居地

第二年夏天，断树聚居地所在的山区多雨，经常大雨连绵，导致山洪频发，很快就使得池塘塞满了沉积物，而大部分沉积物都来自以前那场山崩带来的岩屑。这些沉积物越堆越高，最后高及堤坝，河狸们不得不放弃这个古老的断树聚居地，被迫前往别处谋生。

河狸不同于其他动物，它们一般都拥有永久的家园。河狸对自己的老家有一种强烈的归属感、依恋或热爱，为了避免家园被毁坏而被迫迁走，它们会不断去劳动，再三去冒险，以便维持聚居地的正常运转。它们会挖掘水渠，构筑堤坝，甚至在陆地上穿越漫漫长途，穿越危险地带，去拖拽食物，也可能在老地方继续艰难生活。它们的祖先可能出生在这里，它们自己也可能在这里度过了一生。然而，在大多数案例中，一个聚居地并不会被那么长久地连续使用，洪水、火灾或者食物短缺等因素，都有可能迫使河狸居民离开故土，前往别处去另觅家园。

在遗弃断树聚居地的池塘时，有一群河狸奋力溯溪而上，来到了那场山崩发生之处，占有了一个岩石崩落的堰塞而成的池塘。它们在这里安营扎寨，采集食物，还在岸边挖掘了一个洞或巢穴，却并没有建造房子。在这个巢穴和池底之间，由一条地下管道或通道相连。

聚居地中剩下的河狸再度出发，前往旧池塘北部大约 90 米处，在那里构筑起了一道堤坝，其长约 18 米，多半是用泥巴和草皮构筑而成的。河狸们就地取材，把这些物质从当地挖掘了出来，在加固堤坝的同时，也让池塘充满更多的水。它们开始挖掘一条壕沟，把挖掘出来的物质堆积在堤坝开端更低的一侧。于是，这条沟渠不断得到拓宽、加深，一直持续到整个池塘竣工。所有挖掘出来的物质，无一例外都被利用了起来，堆积在堤坝上面。

显然，河狸们故意选择了这个地点来修建房子和池塘。房子被建筑在池塘中，一道泉水在旁边流淌，可以为池塘提供一部分水源。冬天的食物供给就贮存在深深的洞孔之中，而构筑房子的物质，就是从那个洞孔中挖掘出来的。到了冬天，汩汩而来的泉水阻止房子和食物堆附近的区域冻结，防止了寒冰折磨这些河狸居民。河狸们显然明白将房子构筑在泉水附近的好处。这种泉水，通常位于房子入口和冬天的食物堆之间。

由于泉水从地下涌出，河狸池塘就不曾被沉积物塞满。当水源完全来自洁净的泉水，河狸们就几乎完全摆脱了沉积物的侵蚀和困扰。这个聚居地在使用了 18 年后，池底也仅仅覆盖着一层薄薄的沉积物，大大小小的溪流都没有注入这个池塘，从而就避免了溪流沿岸的泥沙被流水裹挟进入池塘。当附近有其他更容易于建造的地方，河狸偶尔且很用功地在这类地方建筑的时候，情况就可能是这样的：这个池塘之所以坐落在这里，是为了避免招致沉积物。这里成了另一个河狸的聚居地——针枞河狸聚居地（Spruce Tree Colony），至今河狸们仍在这里惬意地生活。

第5章 水獭在游戏

The Otter Plays On

静悄悄的冬夜，尽管水獭们饥肠辘辘，它们却自得其乐，在封冻的溪畔嬉戏：或沿着滑道自上而下地飞速滑行，或摔跤、角力，或混战、奔跑……作为自然界伟大的旅行者，它们喜欢成双成对或成群结队离开家园，外出远足，探索那些野性的地区。一旦遭遇敌人的进攻，它们无论是在水中还是在陆地上，都会进行殊死搏斗。它们身手不凡：在水中，它们是强有力的捕鱼能手，游泳速度能超越闪电般的鳟鱼；在陆地上，它们是可畏的斗士，在它们的利齿下，野猫一命呜呼，丛林狼也领教了它们的凶猛。水獭拥有独特的行为方式，它们构筑的嬉戏的滑道堪与河狸构筑的堤坝媲美……

霜一般的月光下，水獭在滑道上嬉戏

一只身体修长的黄褐色动物从树林中走出来，来到一条山溪的湍滩激流边，停顿了片刻。它的身体结构跟达克斯猎狗（dachshund）相仿，有着结实的脖子和海狮那种扬起的小头颅。只见它一跃而起，跳进奔流的水中，以一种让人激动的方式冲进激流。它在激流底部潜行，在我的对岸爬出水面，停下来回头观望它的同伴。那个同伴伫立在湍滩激流的顶端，也跃进水中，随着那被撕裂开来的迅疾的流水欢乐而行，一路游向对岸，跟同伴会合。

然后，它们一起爬上对岸湍滩激流的顶端。这两个铤而走险者再次展示出自己在激流中奔走的技能，那场面令人激动。它们是美国水獭（American otter），这是它们在嬉戏、玩乐。但是，这样的情形也充满了危险，仅仅是一次失足，迅疾的流水都会把它们冲到突出的岩石上，把它们撞得粉身碎骨。在第三轮游戏中，其中一只水獭依附在一块大圆石顶端，那块石头位于疯狂地形成漩涡的水流上，在浪花间时隐时现。片刻之后，另一只水獭从它的背上冲过去，顺便竭力将它踢进水里，情况十分危险。

很多年来，尽管我时常出入于树林，见过无数的水獭用于嬉戏的滑道，而这次经历也只是我熟悉这种大胆而能干的动物的开始，可以这么说，水獭的那种嬉戏的习性和特征，让荒野多么富有生气！

或许，嬉戏是这种特殊动物的显著特点。它们经常成双成对、成家族地嬉戏，或者跟那些为了这一特殊的目的而聚在一起的伙伴嬉戏，而且乐此不疲。显然，在这种与狩猎或交配无关的空闲时间，它们才嬉戏。水獭在佛罗里达，在落基山，在阿拉斯加嬉戏；在一年中的每一个月嬉戏；在阳光下，在月光下，或者在黑暗中嬉戏。岸边的滑道显得很滑溜，好像始终是刚刚才使用过，这些都表明了水獭在持续不断、乐此不疲地嬉戏。

我所观察到的最感人的水獭嬉戏，发生在一个静悄悄的冬夜，那场嬉戏上演于梅迪辛博山脉（Medicine Bow Mountains）中的一条溪流边。那条铺满积雪的滑道显现在月光下，一棵孤独的枞树影子横跨这条滑道。滑道长约12米，沿着一道陡坡伸展到下面的河边。这条滑道有连续两个夜晚都没有使用了，然而在这个晚上，大约在9点，这些水獭滑行者就开始出现，其中一对水獭率先滑行，它们结伴爬上陡坡，又单独滑下来。此时还看不见其他水獭，可是仅仅在几分钟之后，就有 14 只或更多的水獭陆续来到现场，参与嬉戏。

大部分水獭滑行者从冻结的激流冰层上的一个口子钻出来，然而其他水獭却在积雪上面沿着河流走下来。当这个地区的水獭族群稀少的时候，参与嬉戏的很可能就不止当地水獭，或许还包括了一个广阔的区域的水獭代表。留在积雪上的踪迹表明，有 4 只水獭或许是一家子，它们来自另一条溪流，越过了一道相隔的高高山岭，旅行了七八公里才来到这里。不仅如此，其中很多水獭都不是当地的居民，它们来自 30 公里之外或更远处。

这个冬天一直干燥而寒冷。最近在白天看见的少数水獭都远离溪流，在积雪上捕猎松鸡和野兔。在冬季，水獭的食物来源稀少，它们时常会忍饥挨饿。或许这些寻欢作乐的水獭，很可能是所有水獭，无不饥肠辘辘，可是从它们嬉戏的场面来看，你几乎猜不出它们饥饿不堪。

这就是这些滑行者所玩的旋转木马游戏：在滑道旁边，它们以单行纵队鱼贯地爬上去，而同时，一个接一个滑行者飞快地滑下来。每个滑行者似乎都这样开始：头朝前地跳跃或俯冲，在滑道上飞速滑下，四腿向后展平。通常，每个滑行者都径直地飞速滑向底部，尽管其中一个滑行者有几次以一个角度滑下，并在最后以一个滚动来结束。一次成功的滑行，会让滑行者在光滑的冰上滑得很远，偶尔还会让它滑向更远处的河岸。

滑行了半个小时之后，所有水獭都聚集在滑道顶上，玩起了摔跤角力竞赛。一些水獭左躲右避，触碰，紧随，后腿支撑身体，用前爪扭住对方，然后滚动，翻身。不仅如此，几个表演场面还会同时发生。好几次，一只水獭把另一只水獭追逐到离群体四五米之远；还有一次，一些水獭成双成对地站起来，把前爪搭在对方的肩上，好像在跳华尔兹舞。最后是水獭们自由参加的一场混战，一场场面盛大的奔跑。一只水獭似乎发现了追寻的目标，也许是一只松果，便匆忙地奔去，而所有其他水獭都紧随其后。然后，仿佛是得到了大家的一致同意，全部水獭都沿着滑道一起冲了下去。在滑道底部，它们快乐、满足地四处滚动了几秒钟，然而仅仅是几秒钟，因为一些水獭很快就重新爬上了滑道，成双成对地滑下来。这天晚上，就在这霜一般冷淡的月光下，这场嬉戏持续了一小时，水獭们一直沉寂缄口，没有发出叫声或其他声音。当我悄悄离开这里走向营火的时候，它们还在继续滑行、玩乐。

水獭喜欢旅行，冒险探索野性的地区

水獭是自然界最伟大的旅行者之一。它可以在溪流中游很多公里，或者跨越漫漫长路，旅行到群山之中。在陆地上，它通常会选择最平坦、最容易行走的道路，可是我曾经看见它从一道岩石嶙峋的绝壁攀爬下来，其速度和技能恐怕唯有大角羊才能超越。它拥有一个永久性的活动范围，这个活动范围通常很大。它可以靠近溪岸或湖岸的树根下面的巢穴中溯流而上或顺流而下 30 多公里；它有时越过树林前往遥远的湖泊，有时越过分水岭前往一条邻近的溪流。有时候，它似乎要迁移到别处去生活。

水獭为了食物或历险而进行的漫长旅程，有时候需要历时好几周，旅途肯定让它们的生活充满色彩和刺激。在一条深深的水道中顺流而下，游出很多公里，可能只需要一两个小时；然而溯流而上，常常能抵达溪流的源头。穿过一级级瀑布和水流不足的水域的旅行，通常会迫使这些旅行者从水道中爬上岸来，缓慢前进，这就无疑让意外事件有了无穷的发生机会。而对于水獭幼仔，这是多么值得记住的经验！

在旅行的时候，水獭可能成双成对、成家庭或者成群而行，它们几乎没去考虑途中可能遭遇的危险：灰熊仅仅咬上一口或者用掌一击，便能轻易地杀死它们，可是水獭凭借其灵敏，往往会防止这种进攻的发生。一群灰狼可能把这些旅行的水獭逼到绝境，但很可能是在自身损失惨重之后才能将水獭杀戮。我了解到的唯一成功的攻击案例，是一只山狮对一只独行的水獭发起的。然而这个身体修长、咬啮凶狠的家伙的行动如此有效，让我可以想象：即便是山狮这样凶猛、敏捷的捕食者，也通常会避开水獭行走的小径，免得遭遇麻烦。

从一处水域走向另一处水域，如此漫长的陆上旅程，似乎只有足够足智多谋的头脑，才能面对并解决存在于那些未被探索的领域中的所有事件。在附近的溪流和湖泊之间，有一些被用得磨损了的老路。通过容易行走的坡度，这些伙伴多半会开辟越过丘陵地带的道路。即便是这些越过分水岭很多公里，很少使用且未被注意的漫漫长路，也很可能是水獭们使用了很久的小径。

这些水獭，幸运的种群，拥有那么多空闲时间，前去旅行和探索那么野性、浪漫的地区！每一次激动地观察完它们之后，我都要去搜寻很多个小时、很多天，试图发现水獭探索者的另一支队伍。然而，对这些野性、独特、喜欢冒险的水獭群体，我只瞥见过几次，而且每一次时间都很短暂。

在各种地方，在玩乐或获取食物的活动中，在嬉戏或搏斗的活动中，水獭的表现始终都很出色。它似乎只害怕人类。尽管它可能遭到更大一些的野兽的攻击，但它并不十分担心。当它想要旅行它就去旅行，它在水里也在陆地上旅行，在白天也在夜晚旅行。很显然，它能够照顾自己。尽管我不曾见过它这样做，然而我也能乐于相信这种 9 公斤重、鼬鼠一般的伙伴，及其被公认的故事：它们能杀死幼熊和鹿，淹死灰狼或狗。

大水獭入侵河狸池塘，以寡敌众

水獭堪称斗士。有一天，我在远离水域的雪地上偶然遇到水獭搏斗之后留下的痕迹，痕迹表明水獭遭到了野猫（wildcat）的伏击。那片被大范围地践踏的积雪，讲述了这场不顾一切、十分漫长的拼死搏斗。最后那只野猫死在那里，而水獭在积雪上留下了两个被压下去的血淋淋的空间。在通往河流的路上，它还停下来处理过自己的伤口。另一次，两只丛林狼的遭遇证明了水獭的凶猛，它们朝一队陆地迁移的水獭的后卫发起了进攻，却遭到了猛烈的还击，最后只得逃之夭夭，却在飞逃中差点跟正在追踪的我撞了个满怀。

水獭或许是进入河狸池塘，并让河狸担忧的唯一动物。一天早晨，我瞥见河狸池塘中发生了一场异常激烈的战斗。这场战斗发生在一只入侵的大水獭和无数保卫家园的河狸之间。大部分战斗都在水下进行，我根本无法看清，然而池水的变化却表明了其激烈程度：水面在很大一片范围内都被搅得浑浊不堪，从攻击发生之处开始，一路延伸到那流入的小溪——在那里，那只身受重伤的水獭在河狸的围攻下，寡不敌众，逃之夭夭。

河狸和水獭都能在水下停留很多分钟，在这段时间里，它们都做出极度的、最有效的努力。在这场战斗中，这些斗士有好几次浮上水面来呼吸换气。当那只水獭两度出现在水面的时候，它还跟一只大河狸缠斗个不停；还有一次，它被好几只河狸团团围住，无法突围，其中一只或多只河狸咬住了它，当它挣脱的时候，它又遭到了单独一只河狸所发起的强劲殴打、伤害，因为它一心要想逃走，那只河狸似乎也就有些手下留情，满意地放它逃去。对于这只水獭，尽管陷入极大的困境，但它还是坚持住了，而且以寡敌众，这就是一种成就。河狸也是水中高手，它在水中觉得舒适自在，无拘无束，此外，它还拥有厉害的利齿，而且它是使用利齿的大师。

尽管水獭原先是陆生动物，但它现在却成了水中大师。它长着有蹼的脚、海狮一般的长脖子，这些特征都赋予它一种特别适合在水中旅行的动物的外表。它比鱼儿游得快，能成功地搏击陆地上的灰狼和水中的河狸。然而，它在陆地上依然具有非凡的能力——它在漫长的旅行中保护自己，让自己免遭强敌的魔爪。有一些脱离队伍的水獭，偶尔还会爬上树去，入侵松鼠的地盘。

水獭是强大的猎手，它通过偷偷摸摸的潜近和突袭，来杀戮比它本身还大的动物。它还是最成功的捕鱼能手，在水中的能力被评估为A1级。在水里，它那敏锐的眼睛，它那迅疾的速度，使它能够游得比闪电般的鳟鱼（trout）更快并将其捕获。鱼类是它通常所吃的主要食物，但必须是刚刚捕捉到的新鲜鱼，而不是那种死去已久的鱼。此外，它对淡水螯虾（crawfish）、鳝鱼（eel）、野兔和鸟儿也来者不拒。尽管如此，它天生就是美食家，对食物特别挑剔，只想吃更上等的部分。它从来不贮存食物，也不掉头回去吃完剩下的猎物残骸。食物供应越是丰富，它就对自己捕获或杀戮的每一只猎物吃得越少。

贮存食物不是它的习性，保存食物从来就不是它的习惯。

就像所有机智敏锐的动物一样，水獭始终对新的事物和不平常的事物充满好奇。它拥有一种行动性格，结合了适当的小心谨慎和勇敢大胆。有一天，一只水獭匆匆忙忙地行走之际，在沙砾上不小心碰到了一只被丢弃的沙丁鱼罐头盒，那只罐头盒叮当作响，它受到了惊吓，跳跃了三四次，再转身回顾，想知道那究竟是什么。它环绕并小心翼翼地推进，慢慢接近并触及了那只罐头盒，发现这东西无害而有用。于是，那只水獭就像小猫玩球一样，伸出爪子来掴打、追逐、玩弄罐头盒。不久之后，另一只水獭也参与了进来。有好几分钟，它们都粗暴地对待那罐头盒，攻击它，追逐它，奋力地去触及它。

在母亲的强迫下，水獭自幼学习游泳

虽然水獭遍布北美各地，但只有在阿拉斯加和加拿大北部，它的族群似乎才密集、兴旺。在大多数地区，水獭堪称稀少。尽管其数量不断减少，却固守着自己最原始的领土。它拥有照顾自己的超凡能力，这样的能力让它避免了惨遭绝灭的命运，尽管它穿着一件价值不菲的皮毛外衣，让人类垂涎三尺并对其大开杀戒，它也不曾被斩尽杀绝。在英格兰，它残存了下来，却依然遭到有规律的猎杀和诱捕。猎人们骑着马、操纵猎犬追踪它，就像追踪狐狸一样。

在追逐猎物的时候，它冷酷无情；在保卫自己和幼仔的时候，它凶猛可怕；然而它在家庭中却充满了慈爱，跟伙伴们游玩。如果一只老水獭被捕猎人设置的钢夹子夹住或遭到射杀，它的配偶就会寻找自己那已经失去的同伴，它会到处漫游，偶尔还会哀号好多天。也许，它们才是真正不离不弃的终身伴侣。

大约在5月1日，雌水獭产下1~4只幼仔。也许在6周之内，幼仔们一直闭着眼睛。它们或许在长到4个月的时候就开始断奶，好几个月随着父母奔跑。父母为幼仔觅食，似乎专心致志地抚养它们。一旦得到父母的允许，它们就跑到阳光下去蹦跳、嬉戏或睡觉，不过，它们始终处于父母警戒的目光之下。那些过于接近水獭幼仔的意外入侵者，都会遭到水獭父母的无情攻击，最终落得个悲哀的下场。一只本来想伺机而动的鹰或猫头鹰，受到水獭那传得很远的咆哮声和嘶嘶声的警告后，便只得离开，前往别处寻求好运。如果水中有高潮，附近有山崩或人类的临近威胁幼仔，水獭父母就把孩子依次转移到一个遥远的巢穴。

水獭幼仔被我冠以不同的名字，如"幼仔""小不点""小家伙"。而它们最喜欢的游戏，似乎就是"捉迷藏"。它们可能会躲在母亲后面、圆木后面，或者躲在水下，躲过玩伴的搜寻。

水獭拥有碾压性的强大咬合力，还拥有那犹如虎钳一样悬着的双颚。两只幼仔之间的"拔河"，双方都用牙齿各咬住一根木棍的一端，或许是在为将来做有效的准备。有时候，它们可能独自或双双骑在母亲的背上，让母亲驮着它们在水面下游动。当它们再大一点的时候，母亲就会在它们下面突然溜走，让它们惊骇、骚动，就这样，母亲迫使它们学习游泳。尽管它们的大多数习性很可能属于本能，但它们也必须接受游泳训练——这毕竟是它们的生存之道。

水獭的身体修长，有六七十厘米长，长着4只短短的腿，腿上有蹼和带爪的脚。一只水獭体重为7~11公斤，它身披皮毛外衣，皮下有一层厚厚的脂肪，因此在冬天毫不惧怕严寒，却喜欢在冰冷的溪流中出没。同时，它还喜欢在夏天的生活。尽管它有着自己的习性，但它也具有鼬鼠和海獭（sea otter）那样的行为方式。

水獭能发出多种声音和叫声。它满意地吹出呼哨，发出信号或唧唧声，它发出嘶嘶声，昂首作势，咆哮，它嗅闻，发出很多种咆哮。

它那活跃的大脑、永远的机警、敏锐的感官，还有那敏捷的身体，在为了生存的斗争中赋予它罕见的武装。在这种斗争中，它通常是征服者。一天晚上，在我的营火边，一个懒散而十分留心地设置陷阱的捕猎者说："相比荒野中的其他动物，水獭具有更多的特性。可以这么说，有三四种动物隐藏在它那层皮肤下面。"我发现水獭的确如此，名不虚传。无疑，关于这种难以了解的半神秘动物，肯定还有很多有趣、未曾记录和看不见的习惯，等着我们去挖掘。

在高度进化的嬉戏习性方面，水獭可能要名列前茅。有时候，很多水獭会预先聚集到一个地方，为游戏做准备。在我们讨论野生动物的行为方式的时候，水獭应首当其冲：水獭为了嬉戏而构筑的滑道，堪与河狸构筑的堤坝媲美。有趣的是，这种能干的动物多才多艺，且技能十分有效，这使其成为那种似乎最为频繁地注意游戏的动物。

第6章　雪原上的大角羊

The Bighorn in the Snow

大角羊，这些高山之主、峭壁之主，生活在林木线之上的高处，这些性格坚韧的顶峰居民，根本无惧深雪和严寒。在狂风肆虐的山顶，在光秃秃的空间，它们无视严酷的环境，不但会捉对嬉戏，还会顺利地诞下后代。它们勇敢，能干，自力更生，始终注意并利用对自己有利的一切通道和机会。偶尔，山间突发的雪崩会给它们带来死亡，却也带来生机——原来埋藏在深雪下面的植物露了出来，为它们提供了应急的食物。大雪重压的冬天，11只大角羊奋力下山觅食，结果伤亡惨重，只有6只抵达；另外5只大角羊被雪困住，重返高山时遭到猎人的驱赶，最终在树林覆盖的坡底成功地度过了寒冬……

一只大角羊前来造访我的小木屋

一天早晨,一只老山羊从高山上走下来,穿过深厚的积雪,来到我的小木屋前拜访我。为了尝试熟悉对方,我们双方已经花去了好几年的时间,而大多数这样缓慢的接近,都是由我主动尝试的,然而在这个早晨,这只山羊成了我真正的邻居,当我开门的时候,这峭壁的主人似乎很乐于看见我。尽管在野性居民当中,有很多腼腆的大家伙都接受了我,还把我当成了朋友,我也不曾希望为了跟一只野生大角公羊有一次足够亲密的接触,而用正确的姿势去做必要的自我介绍。

我在小木屋门外伫立了一会儿。对于我们俩,这种情形有些令人尴尬,我们的接近也有些令人困惑,然而,我最终实现了跟大角羊的实际接触。我动作缓慢地前进,去跟它打招呼,始终以低沉的声调跟它谈话。很显然，它在漫长的时间里所获得的经验和本能，就是需要它立即退却。我一度通过兴趣和好奇去控制它，可是不久它就后退了几步。我再次缓慢地前进，用那种宇宙通用的语言的语调对它说话，毫不动摇地向它保证一切都毫无问题，我不会伤害它。尽管它没有受到惊吓，却以呈直角的撤退方式离开。我以一个截断它的角度而缓缓前进，随着这个动作，它停下来盯了我一会儿，然后开始转身离去。

我开始全速追逐它，它也加速退走，可是我穿着雪鞋，能够轻易地围绕着它而行，它迅速明白了试图逃脱我是一种愚蠢行为——就像我认为它接受了我一样。它攀上一块垂着雪幔的大石头，昂起头颅，骄傲得犹如希腊神祇，然后就那样盯着我。

不久，它就放松了下来，不再紧张，露出了饶有兴趣的友好神情。然后我向它走去，正式介绍自己，一边迅速地评论和唠叨，一边缓缓前进。我问它生活得是否高兴，问它对于天气的看法和它的群体的状况，最后我还告诉它说建立禁猎区是我的业余爱好，我相信，它对置身于这样的庇护所有着浓厚的兴趣。当我距离它还有几米之遥，把这一切都以最为友善的声调说了出来，但它依然保持那种几乎冷淡的好奇。

终于，我乞求它给予我为它拍照的宝贵特权，当时它并没处于良好的拍摄位置，我就把它赶往一个距离我的小木屋更近的地点。然而让我惊讶的是，它竟然愿意被我驱赶！它一路缓缓前行，仿佛常常被驱赶，仿佛走向自己喜欢的地方那样，毫无受惊的样子！

在我的小木屋旁的溪流边，在散落的松树和柳树中间，我围着它拍摄了好一些照片。我终于走近了我的大角羊朋友，摸摸它的后背，摸摸它的角。它也并没受惊、害怕，却显得对我表现出来的这些关心很享受，似乎还乐于跟我结为朋友。然而，我无言的大伙伴，我从你的造访中获得了最多的东西！

后来，它还前来拜访了两次，一次是在初冬，一次是在隆冬，它满怀尊严和信心朝我走来，从我的手上一点点舔食盐巴。

无惧严寒和深雪的高山之主

在内华达山脉和落基山脉，栖息着无数的大角羊或野山羊群，在林木线之上海拔约3660米的地方，它们拥有经常聚居生活与非常熟悉的出没之地。尽管在春天，它们常常会旅行到下面低地去寻觅最早冒出地面的绿色植物，在夏天转而去寻觅盐巴。而在环境迫使或命令它们离开的冬天，它们似乎也并不迁徙。随着暴风雪的来临，或者它们遭到敌人的攻击，它们也会立即在峭壁间高高地攀登，到接近鹰隼翱翔之处。

这些高处因此成了野山羊的家园。羊羔降生在峭壁和雪地间的光秃之处。这些山羊都接近天空，迎着暴风雪而不屈地伫立。它们身披长长的粗糙的毛外衣，几乎可以防水，把它们包裹得很暖和，且让它们不惧严寒。

在一次旅行中，积雪观察员带我翻山越岭一路前行，越过北美大陆分水岭（Continental Divide），那时，一场大雪刚刚过去，天空渐渐明朗起来。就在我们朝顶峰攀登的时候，经过了3个鹿群，而那些鹿都陷入了深深的积雪之中。然而，疾风扫掠了不长树木的顶峰，在某些地方，积雪被疾风深深地掘开，而在其他地方，积雪被疾风抛积成了厚重的雪堆。在海拔约3660米的顶峰的高山平地上，我绕着一道峭壁前行，在那里的沼泽地里近距离地偶遇了一群山羊，疾风吹走了那片沼泽地里的大部分积雪，那些山羊或聚在一起，或散落着，还有几只躺着。在这样的高处，山羊们已经忘记了暴风雪，而远在下面林地山坡上的麋鹿（elk）和鹿，却被积雪深深地困扰着。因为置身于山顶上的这个开阔处，这些坚韧耐寒的顶峰居民可以无视深深的积雪，也无视积雪蓄意的融化，反而显得安闲自在。

当我经过的时候，它们聚集在那被疾风扫掠之地最远的角落，好奇地注视我。于是我开始追溯它们跌跌撞撞一路走来的踪迹，一直追溯到那个几乎有1.6公里之遥的隐蔽之处，它们在那里忍受了3天的暴风雪。然而在通往无雪牧场的大部分路段上，这些大角羊都在高山那非常的边缘上旅行，疾风和重力把那些边缘上的大部分积雪都清除干净了，因此十分便于它们行走。在顶峰下面几米之处，它们靠着一道背风的岩石之墙，伫立在暴风雪中，紧紧地依偎在一起。雪花飘旋而下，把它们深深地掩埋起来。正如它们留下的蹄印和身体印痕所清晰地显示出来的那样，要摆脱这样的深雪，并且穿过深雪到达顶峰，需要经历漫长而艰难的努力挣扎。

这场暴风雪很普通，深深地覆盖了好几个州，为时两周的严寒也随之而来。在这条山脉和其他山脉几百上千公里沿线，鹿和麋鹿都在忍饥挨饿，而顶峰上的无数山羊群，却逃脱了这种严重的痛苦。

显然，山羊知道自己的活动范围，熟悉怎样在深雪中保护自己的技巧。山羊群在山峦顶峰上过冬的这一事实，显示出它们在高山上的死亡率比在低地要低，而且生活条件也比低地要舒适。

在我出发越过锯齿关（Sawtooth Pass）的那天早晨，积雪非常深厚。天空一片灰白，一些懒散地飘落的雪花表明积雪可能会加厚。很快，雪花就疾速地飘落了下来，风号叫了起来。只有在一阵阵飘雪的交替之间，我才看得清前方的情形，然而我继续前行，因为前进毕竟比后退要容易。

我从顶峰上经过，却没料到疾风在另一边疯狂地咆哮。我放弃了被积雪掩埋的小径路线，只得顺风而行，极度小心翼翼地把自己保持在可控的范围之内，唯恐微风都会把我从意想不到的悬崖边上吹下去。气温降至零下几摄氏度，我一直在注意自己的鼻子、手指和面颊，以免它们被冻结。

突然，两阵狂暴的疾风接连吹来，把我驱赶到一块棚架般的岩石下面躲避。半分钟之后，一阵漫长的平静来临，雪尘从空中被清除干净。此时我清楚地看见，就在距离我约9米的地方内，有一些山羊，其中两只在被疾风扫掠得光秃秃的地方啃食着什么，另一只则躺着，它们没有遮蔽处，都暴露在光天化日之下，任凭狂风劲吹。

接着,我看见了两只羊羔,我看不见其他的羊在干什么。那是两只羊羔啊!正如它们周围的光秃空间所显示,它们正处于疾风猛烈吹击之处。它们相互推挤,头角抵撞在一起,用后腿高高站立起来。正当我观察它们时,又一阵疾风咆哮而至,那两只羊羔停了一秒,然后迎风疾奔。疾风吹到它们身上,它们高高地跃起来迎接疾风。我瞥了它们最后一眼,才缓缓离开。

雪崩给山羊群带来死亡,也带来生机

当一场大雪袭来,积雪还没有被疾风吹走的时候,我正在高山上扎营。除了山尖和锋利的山岭,降雪深深地覆盖了万物。为了去看看山羊群怎样应对这种严酷的环境,我穿着雪鞋去旅行。在暴风雪期间,一群山羊伫立在一道悬崖下面。当纷飞的大雪停息的时候,山羊群便跌跌撞撞来到这高山平地陡峭的边缘,冒着失足翻倒下去的危险,沿着2.5厘米或更窄的立足处前行了大约1.6公里。在顶峰以陡坡的形态急剧降临而下之处,它们还到立足处外面去冒险。在它们到达之前,积雪的重量引发了顶部的积雪崩塌。积雪就这样从上而下撕裂到底部,刮走了宽宽的一幅雪,让那里成为无雪带。在这条清除了积雪的狭长地带,山羊群在满足地进食,原来,雪崩让深埋在积雪下面的草丛露了出来。

在山羊群食物短缺的时候,大大小小的雪崩经常刮走积雪,为其开辟出应急的进食空间。穿着雪鞋在大陆分水岭上长久地远足，我经常看到一群群山羊出现在雪原上。它们很勇敢，很能干，完全自力更生，始终注意着每个对自己有利的通道和机会。

有一次，当山上积满了雪，我在高处搜寻了很多个小时，也没有发现大角羊的踪迹。可是在下山的时候，我却偶然从一块突岩上发现了一些大角羊，那里很狭窄，但阳光明媚，没有积雪，山羊群的践踏和身体的温暖很可能有助于清除这块突岩上的积雪，让这里成为一个可栖之处。在这里，它们能找到可以维持一周或更久的稀少的食物供应。我无法辨别它们究竟是在这里度过了整场暴风雪，还是在暴风雪之后才姗姗来到这里的。

在高山地区，无数突岩和刀锋般的山岭上几乎没有积雪。这些地方的岩缝和壁凹常常可以容纳一些枯草、高山植物和苔藓，这些东西经常可以提供应急的食物，拯救被积雪围困的山羊群。

山羊是头脑冷静的伙伴，这样的特征也适合那些紧密地往来于悬崖的动物。可是有一天，当我从一道陡坡上走下来，无意间引发了一群山羊的混乱。当时它们正聚集在一起，饶有兴趣地观察我接近到它们20来米的范围内。我以前也接近过它们，而这一次当我靠近的时候，我试图用照相机给它们拍照，结果不慎导致自己尴尬地跌倒，那群本来沉迷于好奇的山羊见状，便骚动而逃，但不幸的是，它们还没来得及观察前方的落脚点就开始跳跃起来，而第二次跳跃让它们落在光滑的冰面上，以至于每只山羊都在冰面上失足、跌倒，滑出了很远，滑到了山坡底部，然后所有的山羊都重新站起来，有规律地排列着飞逃而去。

当然，一些意外事件也会降临到山羊的身上。偶尔，山羊会跌死或者被纷飞的滚石击倒。有时候，一些年老体弱的山羊无法摆脱深雪的围困，最终丧命。极少数时候，巡游的山狮会遇上山羊群，杀戮其中的一只或多只，山羊则往往因为虚弱或结壳的积雪而几乎无助，难逃厄运。有几次，我还了解到一只或多只山羊被突如其来的雪崩击倒、埋葬。

实际上，山羊并没有很多敌人，而且，它们还拥有阳光灿烂的日子。在高山上，很长时间都是阳光明媚，没有积雪。有时候，一场暴风雪可能持续很多天都沿着山坡怒号而下，而山羊群身处暴风雪云之中，或者完全置身于暴风雪云的表面之上，因此雪花完全触及不到它们。在它们的常驻邻居中间，有野兔、白鼬、一群群岭雀（rosy finch）和白雷鸟（white ptarmigan）。对于这些邻居，山羊毫无兴趣，而对于狡猾的狐狸、短尾猫（bobcat）和山狮，它们却始终保持着高度警惕。

5 只山羊被困在低地的深雪中

降雪就像降雨，分布得并不均匀。在积雪堆积的高处下面很短的距离之内，有时候一两个山坡没有积雪。在其他时候，顶峰是光秃秃的，而低地却被覆盖着过于厚重的积雪。对于自己的活动范围所提供的一切有利条件，山羊们似乎都会迅速发现，并加以利用。

一个大雪重压的冬天,一群几乎快要饿死的山羊向低地进发。在下面约 600 米之处的土地上,好些地方在阳光下呈现出褐色,没有积雪。我不知道究竟是这种环境引导它们下山,还是它们并不知道低地的良好条件,还是它们陷入了绝望,总之它们已经极度虚弱,第一天还没有下到林木线,就被大雪困住了,它们在深雪中靠着一道悬崖过夜。第二天早晨,其中的一只山羊在悬崖脚下冻饿而死,其他山羊继续挣扎着朝山下走去,一路跌跌撞撞穿过深厚的积雪。

在积雪中,山羊群通常由最强壮的头羊率领。有时候,山羊群一路穿过深及其背部的积雪而奋力前进。领头羊用后腿伫立,伸展着前腿,向上、向前跳跃,让自己在积雪上冲刺。它们费了好大的体力,行动却十分缓慢,也没走出多远。

这群从高处奋力下山的山羊,利用了有利条件:一片片突出的岩层,以及下面树林中一根根将它们托在雪面上的圆木。在这 11 只离开高处的山羊当中,有 5 只在下山的过程中死去,只有 6 只最终抵达了山下浅雪的地面,在那里的林间空地上,它们几乎停留了一个月。

有一年冬天,我看见 5 只山羊被困在低地的一片深雪中。随着暴风雪的来临,它们开始动身返回高山家园,却没想到遭到了猎人开枪射击,被赶了回来。它们被积雪困住,便躲在一片覆盖着森林的山坡底部,那里有一道泉水的出口。这个开阔的地点的方圆面积也不过区区一箭之地，但泉水汩汩地倾泻而出，融化了大部分积雪。在这里，这群山羊停留了好几周，此处不仅有适当的食物供应，还为山羊群提供了足够自由活动的空间，这样它们就可以进退自如，抵御大群灰狼的进攻。显然，狼群并不会攻击在冬天置身于高处的山羊。冬天，在这种泉水流淌之处，往往会有鹿、麋鹿和山羊驻足。

在正常情况下，山羊是平静的，而且经常嬉戏。在山羊聚集的时候，它们似乎最喜欢嬉戏。通常它们会捉对嬉戏，相互冲撞，推挤，佯攻，跳跃，还用角轻轻缠斗，常常用后腿垂直地站立起来。如果一场较量特别活泼，其他山羊就会停下来旁观。在它们给予注意的同时，也干着某些不同寻常的事情。有一天，我看见一群山羊故意越过一个雪堆，而当时它们完全可以轻而易举地绕过雪堆。这些山羊因为饱食和温和的天气而显得精力充沛，那雪堆就在它们缓缓行进游戏的小径对面。

在攀登技巧、警惕性、忍耐力和嬉戏性等方面，还没有哪一种野生草食动物超过大角羊。它们因为生活在疾风扫掠之处和一定的海拔高度上而繁荣兴旺。总的来说，当春天来临，山羊身上的脂肪要多于在下面树林庇护所或低地上过冬的鹿。任何健康的动物，无论是熟悉冬天的山林野外知识的人类，还是野生动物，都在雪花飘落的时候快乐地生活着。

第7章 丛林狼,大草原上的小丑

The Clown of the Prairies

丛林狼，这个大草原上的小丑，骗术极高：当它们认为自己的巢穴被人发现，便会做出一副跛足的姿态，力图诱骗发现者去追逐，从而离开巢穴和幼仔，第二天它们便将幼仔转移到另一个秘密的巢穴。丛林狼既拥有灰狼的机警，又拥有狐狸的狡黠。在结伴捕猎的时候，它们往往会采取这样的策略：一个成员尽力去吸引猎物的注意力，而另一个成员则伺机发动偷袭，十分奏效，但有时，在猎物的拼死反抗中，它们也会在对方的头角上或蹄子下非死即伤。在自然经济学上，丛林狼具有颇高的价值：它是很多果园害兽的天敌，在捕鼠方面位居第一，更是捕捉草原土拨鼠和地松鼠的能手。在寂静的大草原上，丛林狼的叫声十分奇特地回荡着，此起彼伏，汇集成大自然的小夜曲……

丛林狼假装跛足，诱骗我离开其巢穴和幼仔

阳光下，9只健康的丛林狼幼仔在全力以赴地嬉戏。在搜寻了很多天之后，我终于发现了它们的巢穴。这些幼仔一心玩耍，根本没有注意到我的存在，而我也喜欢观察它们为生存而进行的游戏、训练。它们角力，打斗，嬉戏，滚动又滚动，咬着对方的脚和尾巴，偶尔，所有的幼仔还快乐地发生混战，闹成一团。

在巢穴上面的山冈上，它们的母亲正缓缓巡游，在天际线上来回走动，不可能逃脱我那搜寻的目光。但很快，它就察觉了我的存在，便试探着接近我，在距离我9~12米的范围内经过。我密切地观察着那些幼仔，假装没有看见它们的母亲，根本没理睬它。接着，那只雌丛林狼转身，依然在更靠近我的地方经过。这一次，它的一只前脚似乎跛得厉害，它还抬起了一条后腿——原来它正

绞尽脑汁，努力用各种方法来诱骗我去追踪它，从而使我离开它的家园和幼仔。

山坡下面，一个移动的物体吸引了幼仔们的注意力。一旦辨认出那是什么，它们就疾速蹦跳着迎上前去。走出不远，它们就止步了，坐了下来，仿佛前面有一道不可逾越的界线。显然，丛林狼的巢穴周围有一个小小的安全地带，丛林狼父母决不允许孩子们走出这个地带的边界线。这个时候，丛林狼父亲从山坡下出现了，双颚之间衔着一只长腿大野兔（jack rabbit）。它迅速走上前来，丝毫不曾怀疑我就躲藏在附近。那些幼仔多么热切地看着父亲！当父亲走上来，幼仔们便一拥而上，开始猛然咬住父亲嘴里的那只野兔，开始用力撕扯。很快，丛林狼母亲也匆匆加入了它们的行列，享用猎物，用餐完毕，它们全都急急忙忙钻进了巢穴。第二天早晨，我再次前来探察，却发现这个巢穴已经被遗弃了。当丛林狼认为自己的巢穴被发现了，通常就会紧急搬家，把幼仔迅速转移到另一个备用的巢穴，真可谓"狡狼三窟"！

还有一次，另一只雌丛林狼故意"声东击西"，诱骗我去观察一个空巢穴，而其实它的孩子藏在800米之外的另一个巢穴中。那只雌丛林狼在把食物带给幼仔的过程中发现了我，便诱骗我前往那个空巢穴，还故意偏离自己的路而前往那里，然后又从空巢穴的另一个出口离开，沿着一条迂回的路线继续前进，回到那些嗷嗷待哺的幼仔身边。在养育子女的过程中，丛林狼父母会轮番外出捕猎，并把食物带回巢穴，喂养幼仔。

丛林狼父母会诱骗猎人或设置陷阱捕猎者，让他们离开它们正在使用的巢穴或幼仔藏身的地点，这样的情形我屡见不鲜。我还见过一只或多只丛林狼待在一只"残废"的同伴附近，仿佛在照顾它，但其实，那只不过是它们在玩弄鬼把戏而已——竭力诱骗接近的猎人离开那里。

有人说过，相比任何体型相等、形态活泼的动物，美丽的丛林狼的皮肤下面掩饰着更多的残暴。它那成功的狡诈，还有它那冷酷无情的谋生方式，导致它遭到它所劫掠的那些受害者的诅咒。然而，即使是处于缺乏猎物的时节，它也总是显得饶有兴趣，好像始终在享受生活的乐趣。

丛林狼有灰狼的机警和狐狸的狡黠

丛林狼无疑是大草原上的小丑。它聪明、玩世不恭，还是优秀的表演者；它喜欢行动和冒险；它的确是个快乐的家伙，流露出几分哲学家的意味，还充满了智慧。

我曾经见过一只丛林狼看着一幢为人所弃的房子——那房子已然摇摇欲坠，而那家伙则流露出一副对人类的失败进行嘲讽的样子。有时，它在某一户人家离家的时候捉住了一只鸡，将其带到后门廊上饱餐一顿，然后把鸡毛都留在那里，仿佛是故意做给主人看的。有两个夜晚，一只丛林狼袭击了一个定居者的鸡棚，两次还把鸡毛留在我的营地旁边，好像是要把它所干下的恶行嫁祸给我。它的这种行为，简直是命令我离开那片乡间土地！

我曾经耗费了大半天时间，试图给一只丛林狼拍照。它似乎知道我没带武器，而且不会伤害它，便允许我接近到适当的距离之内，可是不会允许我靠得太近。最后，它在一道悬崖边躺下来，假装要睡觉，可是当我接近到几乎足以可以给它拍照的地方时，它却站了起来，看了看我，还打着呵欠，仿佛是疲倦了，接着一溜烟跑了。它通常做的恶作剧，就是把狗从营地或牧场上诱骗到某个地方，那个地方对它来说很安全，也很有利，然后它便仗着对地形的熟悉，对那只狗发动突袭，把狗乱糟糟地赶回老家。

有一天，我坐在山坡上，观察牛群中的牛犊做出滑稽动作和古怪姿态，就在那时，两只丛林狼小跑着进入了现场。它们并没有引起牛群的惊慌，牛群甚至没有看它们一眼，自顾自地低头吃草。那两只丛林狼心照不宣地四处缓慢走动，绕来绕去，仿佛在精心挑选牺牲品，或者在寻找一头距离寿命结束指日可待的牛。在我的附近，有一头残废的老牛，年迈得可能根本就不希望再活下去了。当那两只丛林狼看见它的那一瞬，其中一只就坐了下来，简直是在心满意足地欣赏眼前的景色；而另一只则干脆躺了下来，等待一场即将开始的盛宴，还露出一副从容而轻蔑的嘲讽神态。为了给这个场景增添些许效果，一些喜鹊也加入了丛林狼的行列。为了率先抵达将要举行的盛宴，喜鹊通常具有足够高远的预见能力，堪称动物中的"先知"。

在亚利桑那的一片沙漠上，我看见两只丛林狼一路向前行走，竟然没有头颅。它们究竟在对我玩弄什么鬼把戏——当我伫立着观看这个魔幻的场景的时候，这就是我脑海中蹦出的第一个念头。

原来，在远远的沙漠上，有一片悬浮在空中的湖泊幻景，两只丛林狼正好出现在幻景附近的边缘下面，因此它们的头颅便隐没在幻景之中，即使在沙漠上，它们走动的无头身体，也显得很让人吃惊。

丛林狼有一种奇特的智力天性。它拥有灰狼的敏锐机警，也拥有狐狸的大胆狡黠。它那张狐狸一般的脸，有时会露出严肃而喜剧的表情。在其他时候，当它坐着、观看或聆听，把头朝着一边倾斜，尖尖的耳朵微微向前突出的时候，它还露出一种非常期待的神情。它拥有的行动、特性和姿态，甚至让它在构成寓言要素方面胜过了狐狸。

丛林狼常常拥有3个或更多的巢穴

在印第安神话中，有无数的神话都涉及了丛林狼。实际上，它取代了狐狸在欧洲原始民间传说中所拥有的地位。无数的印第安部落，在日常事务中都供奉着丛林狼。这些印第安人笃信丛林狼具有大胆和狡黠的特点——从被禁止的火源中去攫取火焰，并将这种持久的安慰传递给没有火的北美印第安人。在大多数印第安部落中，丛林狼拥有很高的地位，它们受到了亲切的对待，很多印第安人的狗就是丛林狼的后裔。

丛林狼是一种走路迅速、机智敏锐的小型动物，颜色为茶色或黄褐色。它当然是一种狼，但它的体重仅为它那身材硕大的亲戚灰狼的一半多。它原来分布在北美洲的大部分地区，尽管依照科学的方法，它被分成了一些种类和亚种，但在颜色和习性上，这些不同种类的灰狼却非常相似。

丛林狼的活动范围很少超过方圆 16 公里，而在山边则例外。在那里，其活动范围有时是这一数字的两倍。在很多地区，一对丛林狼会让自己通常拥有 7~10 平方公里的活动范围，而在其他地区，有一些配对的丛林狼的活动范围较小，仅在方圆 2.6 公里内。

一对丛林狼或许是终身伴侣，尽管其中的一只丛林狼经常单独外出捕猎，但夫妻俩通常也会一起出行、捕猎。据说它们的寿命一般为 5~15 年。我曾对一只丛林狼连续追踪了 8 年，当我初次遇见那只丛林狼的时候，它就显得成熟了，而当我最后一次看见它的时候，它也根本没有显露出衰老的迹象。

当丛林狼不外出捕猎的时候，它通常就躲藏在巢穴里面，然而它不时也躲藏在下层林丛和沟壑之中。我测量过的一个丛林狼巢穴，这个巢穴潜藏在几乎有 1.2 米深的地下，长度达到了大约 4.3 米，在靠近更远的端头处，巢穴扩展成了一个类似房间的空间，而且这个空间还在向前延伸，通往一些小小的凹穴。这个巢穴可能是丛林狼自己挖掘而成的，也可能是它们改造的獾（badger）留下的老巢。偶尔，它们也利用大块石头之间的那些洞穴般的空间来构筑巢穴。巢穴通常位于偏僻之处，巢穴入口被隐藏的石块或灌木所遮蔽，往往很难被发现。

丛林狼常常拥有3个或更多的巢穴。变换巢穴可能有助于它们抑制寄生虫的生长，但我确信，它们变换使用巢穴是为了迷惑追逐者，并让其无功而返。很多人头一天还看见丛林狼一家子都生活在一个巢穴中，第二天前来深入挖掘，结果却一无所获——里面已经空空如也了。

丛林狼幼仔出生于4月或5月，一窝约有5~10只。它们迅速地成长，几周之后便显露出丛林狼幼仔的那种狡黠和嬉戏的特性。在安全的时候，它们就在巢穴外面度过好几个小时，在阳光下角力、挖掘或睡觉。在我所探查过的两个巢穴中，每只幼仔都拥有自己单独的小隔间或凹穴，而且从爪印上来判断，这些小小的空间或许是幼仔自己挖掘而成的。7月，幼仔们被父母带到外面的世界，在那里，它们开始向原野学习求生的战略战术。

殊死搏斗的鹿，撞断了两只丛林狼的肋骨

丛林狼是迅速的奔跑者，速度能轻而易举地超过灰狼，一般的马也无法赶上它，在猎犬中，很可能只有灵提能追上它。然而，尽管它奔跑迅速，但在追逐长腿大野兔和羚羊的时候则常常落败，这两种长腿的逃逸者可以把它甩在身后，让其望尘莫及。

丛林狼常常成双成对，偶尔也成群地外出捕猎。在成双成对地捕猎的时候，其中的一只会闲散地捕猎，或者假装捕猎，把草原土拨鼠或其他猎物清晰地纳入自己的视野范围。而正当这只活跃的丛林狼吸引猎物的注意力的时候，另一只丛林狼就偷偷接近，迅速跑过去扑到猎物的身上。总而言之，它们利用自己的智力来节省跑路所耗费的体力，拯救自己的生命。它们之所以能获得成功，是凭借其偷偷潜近的本领，而绝不是纯粹的身体耐力。

羚羊、野兔和其他动物频频被几只参与追逐的丛林狼捕获。它们通常在围猎的地方散开，形成一个强大包围圈，如同进行接力赛一样奔跑、捕猎。有些丛林狼十分狡猾，潜伏在被追捕的动物急奔而来的小径附近，在猎物可能经过的线路上进行截击。当猎物体力衰弱的时候，所有的丛林狼便会联手发动进攻，一拥而上将其扑倒、猎杀，然后便开始享用这顿饕餮之餐。

不过，丛林狼的捕猎也并非总是成功。我就见过长腿大野兔突破丛林狼构筑的圈子，迅疾穿过大草原。还有一次，一只遭到追捕的羚羊以锐利的角度转身，接着就加速逃走，两只追逐的丛林狼很快就体力不支，放弃了跟羚羊的竞赛。一只头鹿被几只丛林狼惊吓得一路狂奔，却在一个灌木环绕的小小的开阔地里突然停了下来，在这里，它勇敢地面对那些疯狂的追捕者，进行了如此有效而又成功的殊死搏斗，致使两只扑上来的丛林狼被撞断了肋骨，其他进攻者见状，不得不退避三舍。

在怀俄明的平原上，一只羚羊几次出发去饮水，可是都没能抵达水源，就转身匆匆跑回了出发之地。当我走近一看，发现它身边还带着一只幼羚羊，附近有一只丛林狼走来走去，一直在观察它和它的幼仔。一部分时间，那只丛林狼就在附近徘徊，如果那雌羚羊把它赶走，它又立即返回，在幼羚羊附近危险地来来往往。我相信，这羚羊母亲已经很可怜了，某种猛兽已经抓走了它的一只幼仔，我害怕那只丛林狼把它累得筋疲力尽，然后伺机猎杀幼仔。

灰狼在并不需要食物的时候，也常常实施杀戮，那仅仅是为了好玩而放纵自己大开杀戒。我认为，丛林狼很少这样做。在食物丰富的时候，它变成了表演者，玩游戏和举办音乐会。然而，当命运之神为它提供额外的食物，它就很可能将食物隐藏和贮存起来。有一次，一个矿工发现自己的驮马上丢失了半只羊，半个小时之后，我沿着他一路走来的小径回溯，行不多远，就发现一只丛林狼正在掩埋一部分羊肉，它就像狗一样，依靠鼻子聚拢一些遮盖物，将猎物覆盖起来。它吃得肚子浑圆，从它的身体轮廓来看，毫无迹象表明它是那种食物匮乏的瘦狼。

丛林狼是很多果园害兽的天敌

丛林狼吃任何具有食物价值的东西：肉、果实、草和蔬菜类植物，只要这些东西青绿和成熟，它统统都来者不拒，照单全收。它具有一些坏习惯：猎杀大型食草动物的幼仔，捕捉鸟儿并抢劫其巢穴，为了猎取鸡、鸭和火鸡（turkey）而袭击畜棚……还有一些时候，它以绵羊为食，偶尔还会猎杀牛犊。它常常捕捉鱼或青蛙，吃根须、嫩枝，或者以瓜果果腹。

丛林狼很聪明，它们常常接近猎人或设置陷阱捕猎者往来的小径或营地。在这里，它获得了营地留下的丰富的残羹剩饭，还有那些遭到捕杀的动物被丢掉的部分。我知道它还跟山狮一起游历，沿着熊的小径进行追踪。在某些地区，肥胖的花栗鼠（chipmunk）在秋天隐退到洞穴中，短暂地陷入了沉睡状态，但在地面还未冻结的时候，丛林狼就会前来精力充沛地苦干一番，把它们挖掘出来享用。然而在自然史上，这只是丛林狼熟悉并善加利用的很多琐事之一。

然而，丛林狼进食的习惯并不都是坏的。某些时候在每个地区，所有时候在一些地区，丛林狼在经济生物学上可谓名列前茅，它们可跟移民们默契配合，铲除那些具有破坏性的害兽。它在水果种植的地区特别有用，在捕鼠动物名单上位居第一。在捕鼠这个方面，它堪称大获成功者，是草原土拨鼠、地松鼠（ground squirrel）和野兔所恐惧的天敌。

如果作为清道夫的食腐动物对自然界有帮助，那么丛林狼就是这个群体中重要的一员。它喜欢动物腐尸，无论腐尸多么恶臭或存留的时间有多么久远，它都来者不拒。我曾经看见一只丛林狼跟渡鸦（raven）和秃鹫（buzzard）一起享用一头死去的骡（mule）。它在自己的同伴面前并没显露出一丁点羞耻，因为，尽管它寻求历险，而且几乎成了一种"兵痞"，它也拥有一种自豪感，那就是并不认可那些合作者。

丛林狼通常被认为是懦夫，然而对于它的特征而言，这好像并不是一种恰当的分类方法。胆小和小心谨慎是它为生存所必须付出的代价。无论在什么时候，只要有任何东西需要它通过显示勇气和好斗的血性来获得，它都会毫不犹豫地将其展现出来。它很少胆怯地避免成为远射程步枪的靶子，也很少从猎犬群那压倒性的优势中溜走。冷酷无情和轻率鲁莽，并不等同于勇敢。

丛林狼持久地使用自己的智慧。在犹他的一片沙漠上，我常常看见丛林狼观察秃鹫飞翔。如果秃鹫在哪里降落下来，它就知道哪里有食物，便会匆匆跑过去，混迹于那些饱餐者中间。当它在平原或沙漠上结束一场遥远的探险归来时，它似乎利用地标来作为引导物，它似乎认得那些以前见过的醒目的物体，并将其当作路标来使用。

在智力上，丛林狼高于一般动物，这一事实表现在它能迅速让自己去适应周边环境的变化。如果它遭到带着猎枪、猎犬和钢夹的人类的追逐，那么它就变得特别机警。然而如果附近没有人试图打击它，那么它就会靠得很近，并显示自己的存在，而且经常都很大胆。

丛林狼的嗓音，大平原上交替传递的小夜曲

在科罗拉多的卡农城（Canon City）附近，一个苹果种植者给我看了一只利用他的果园为生的三条腿的丛林狼。那只丛林狼来到这里已有四五年了，非常温顺。它以残羹剩饭为食，并且非常聪明地待在房子周围的那一片安全地带之内，从不会僭越。

可是丛林狼从未忘记教训。它那敏锐的感官和智慧，似乎始终保持着警醒，即便是周边环境已经长时间对它友善，它也丝毫不会放松警惕。我曾经待在一个与世隔绝的牧牛场上，那里禁止狩猎。可是有一天，一个人拿着猎枪漫步到田野上，当他还在800多米开外，丛林狼就警惕起来，并发出了警报。对于我来说，这个人和猎枪的出现，跟人们拿着鱼竿没什么两样，然而那些聪明的丛林狼既能嗅闻到也能辨别出猎枪。很快，所有的丛林狼都一哄而散，匆匆逃走了。当那个枪手逗留之际，有一两只或者更多丛林狼坐在自己能远眺原野之处，对他进行监视。然而在那枪手离开之后的几分钟内，所有的丛林狼又漫步着回来了。

在怀俄明西部，距离一座牧场房子不远处有3座山丘。在这些山丘上，灰狼和丛林狼频频聚集、号叫。有一天，一些捕猎者把钢夹安置在每一座山丘上。那个傍晚，灰狼和丛林狼唱起了它们通常唱的小夜曲，然而，它们却沮丧地聚集在山丘之间。它们很快就让自己适应了这种新环境。

丛林狼有一种特别的嗓音，这成为丛林狼的一个独特之处。通常，它在展示语言这个方面做出的努力是在较早的傍晚，清晨则很罕见。它们通常是成群或稀稀拉拉地散落着，举行自己演奏的音乐会。这是小丑们的音乐会，其中有各种变换的嗓音，这黄昏之歌中的所有停顿，充满了那些令人吃惊的"口技表演者"所做出的努力。这种嗓音会立即传往四面八方，所传播的距离长短不一，两三只丛林狼的努力，似乎就像一个拥有无数散落的成员的丛林狼群体所发出来的。

丛林狼使用自己的嗓音有其他原因，而不是为了取乐。它拥有一种给同伴传递信号的语言，它警告同伴们要当心危险，告诉它们要注意机会，它还打听消息并要求援助。通过与同伴的合作，它经常把自己从危险中拯救出来，保护自己需要的食物。丛林狼之间的这些联手努力，可能在很大程度上是通过它用嗓音和语言表达处境的能力来实现的。

通过一些丛林狼的重复叫唤，它的信号时常被传递到很多公里之外。丛林狼的首领登上一座孤立的小丘，对着沉寂的大草原宣布它的命令。这种宣布得到了 1.6 公里或更远的丛林狼的重复性回应。更远之外，在四面八方，这个命令被其他丛林狼重复发出。因此，不到一分钟，在半径很多公里的范围内的大多数丛林狼，都得到了最新消息或最新命令。

有时候，大草原上的空气层成了一块圆润的传声结构板，它会远远地越过大草原上的沟壑与山丘，清晰、毫无阻碍地传递这些荒野的无线电叫声。单独一只丛林狼的清晰的音符，常常清晰地越过 3~5 公里的半径范围而回响。当丛林狼群体聚集在山谷中，音乐会那野性、变换的旋律和律动就充斥在近处和远方之间的空气中。这可能是如同在风一般的咆哮中到达了高潮，然后又分类成有很多嗓音的号叫。

我喜欢听到丛林狼的叫唤和遥远的叫声。这些基本元素的音符是纯粹的快乐与野性的音符。对于我,它们并不忧郁。它们嬉戏、玩耍作乐的音乐会,让我想起那些精力充沛的男孩所做出的愉快的努力。

在大平原的荒野和奇妙中,<u>丛林狼</u>那独特的叫唤占有一席之地。

第8章 黑熊，荒野中的喜剧演员

The Black Bear Comedian

一只小黑熊闯进了测量队的营地，这个不速之客把厨师的帐篷弄得一塌糊涂，还爬上附近的树，做出各种滑稽、可爱的姿态，无论如何都不肯下来。性情古怪的探矿人饲养了一只小黑熊，当来访者接近它，它就会躲在树后，露出半张脸来窥探，还爬进一只大木桶，顽皮地滚下山坡。一只正在树上睡觉，被飞石惊扰了好梦的小黑熊，竟然抓住探索者的长杆玩耍。黑熊母亲外出的时候，两只小黑熊躲在树上打闹、嬉戏、追逐，无论探访者如何追逐，就是无法将其逮住。森林勘查员饲养的那头黑熊——"塔尔宝贝"，一度在西部广为人知，它通过出色的表演为主人赢得了大量的酒，即使主人喝得醉如烂泥，瘫倒在街头沉睡不起，它也忠诚地守候在主人身边，寸步不离……

一只小黑熊躲在树后，窥探我的临近

一个星期天下午，正当所有人都在四处闲荡的时候，一只黑熊突然闯进了美国测量队建立的营地，还闯进了厨师的帐篷。那位厨师厌恶黑熊的闯入，便试图转身穿过帐篷后面逃出去，可是那里并没有门，由于他在慌乱中试图强行穿过帐篷篷布，结果致使帐篷垮塌了下来，落下的篷布罩在他和黑熊身上。那只黑熊非常困惑，而且很不习惯"穿"着帐篷，就在它努力摆脱篷布而爬出来的时候，生动地表现了置身于暴风雨中的大海的一幕。

此时，所有的人都聚集了过来，在周围看热闹。黑熊从那垮塌的帐篷下面现身，然后顽皮地爬到附近的一棵树上，有些困惑地俯视着我们，而且还想要嬉戏。

这是1891年夏天发生在黄石国家公园（Yellowstone National

Park)的拇指间歇泉盆地(Thumb)的事情。当时我是这支测量队中的服务生,对野生动物产生兴趣已经有好些日子了。当我待在黄石国家公园的时候,我会利用每一个机会来研究树木和动物的生活习性。我会频频爬到树上去探究枝头结出的果实,去认识掠过那些果实的昆虫或捕食那些昆虫的鸟儿,因此我自然而然就被大家称为"爬树者"。而现在,大家异口同声地要我这个"爬树者"大显身手,爬到树上去把那只黑熊弄下来!

当然,在一棵树上爬满熊的时候,肯定没有人愿意爬上去。但大家好说歹说,最终说服了我爬上黑熊歇息的那棵树旁边的另一棵树,将它逐走。经过一番努力,终于把黑熊赶下来了。起初黑熊爬上树时,是头朝上迅速爬上去的,现在下来时,它的尾巴在下,轻而易举地倒退着爬下来。就在它触及地面的那一瞬,四周响起了一阵如此喧闹的叫喊声和拍打外衣的声音,使得那黑熊一度感到十分困惑,不清楚自己究竟是应该战斗还是嬉戏。于是它决定再次爬上树去,可是它在混乱中上错了树,竟然从我置身的这棵树下面爬上来了!

从那时起的漫长经历中,我现在意识到了那只黑熊只不过是想顽皮、嬉戏,因为它还不到一岁。事实上,黑熊既不凶恶也不危险。我听到人们给它取的一个最适合的名字,就是"森林快乐的小无赖"。这家伙逍遥自在,随遇而安,思考明天怎么生活,并不是它的麻烦。

不过,我所见过的黑熊最令人惊讶的胡闹,是一只宠物小黑熊的恶作剧。我在科罗拉多群山中的一次漫游期间，来到了一个行为古怪的探矿人的小木屋，这位探矿人总是把某种动物当作宠物来饲养。这一次，不知他从哪里弄来了一只小黑熊，经过一段时间的喂养，这只小黑熊对这个地方产生了强烈的依恋感，根本不愿意离开了，因此主人就再未给它拴上链条，而是让它自由地生活。当主人外出工作的时候，它就整天待在小木屋附近玩耍、嬉戏。

当时我穿着鹿皮鞋悄悄接近那座小木屋，我对那只小黑熊的最初的认识，就是它躲在小木屋后的一棵树后面窥探我的临近。它直立着，身体躲在树后，我只能看见它露出的一小部分头颅和一只眼睛。当我接近它，它就跑来跑去，让树木挡在我们之间，让我根本无法接近它，好像在跟我捉迷藏。

最终，它朝树上爬了一两米，当我围绕着树缓缓移动，它就像松鼠一样四处侧向移动，尽管它始终偷偷地看着我，它也将自己的身体恰当地躲藏在树后面，作为遮掩。在我走向小木屋前面的过程中，它就爬下树来，当我为了看见它而从前面的拐角处扫视的时候，它也从后面的拐角处偷偷看着我。

由于我对它始终保持着一种活跃而愉快的对话，它显然就断定我是友善的，便渐渐没有了戒心，于是像男孩一样开始表演、炫耀，做出种种滑稽的动作。旁边有一只直立的大桶，顶盖早就不翼而飞，那只小黑熊便跃进去，并故意将桶翻倒在陡坡上，那只大桶便随着小黑熊在里面活跃的步调而滚下山冈。途中，小黑熊还伸出前爪，操纵着大桶滚动的线路，控制其滚动的速度。

那只小黑熊抓住长杆玩耍起来

还有一次,在一场森林大火逼近之前,两只小黑熊从森林中逃了出来,但它们一停下来,便马上露出了其真实的本性,欢乐地蹦跳、嬉戏起来,即便是那些危险地逼近的火苗也无法让它们变得严肃。开阔地里,伫立着一棵孤零零的树,那两只小黑熊你推我搡,试图阻止对方爬上去,却围绕着那棵树快乐地缠斗、捶打、翻滚,它们如此喧闹,以至于吸引了附近的其他野生动物,让它们暂时忘记了对于逼近的火焰的恐惧。

比起我了解的其他动物来,黑熊具有更多的类似人类的特性。可以说,它就是伪装起来的男孩,除了某种引发恶作剧的事情,它不会长久地去做任何事情。偶尔,它发现事物无趣,就像被关在屋里要完成作业的男孩,完全不知道自己要干什么,它需要跟同伴玩耍。

它犹如孩子一样胆小、害羞,它没有进行伤害的意图,它不会吃掉坏孩子,也不想那样做。能给它带来快乐的事情,莫过于跟那些耍闹作乐的孩子一起蹦跳、嬉戏,而那些孩子的父母并不喜欢黑熊,还诽谤过黑熊的性格。

换句话说,相比黑熊那几乎依然被人们公认的长期拥有的性格,它的真实性格恰恰相反。千百万个书面故事和口头故事把它说成是凶恶、肆意、残忍的杀手,其实都是误解和偏见。只有在被迫的时候,它才会进行战斗或采取攻击性行动。其实它并不凶恶,在大多数时候，它都会主动避开人类，仿佛自己是瘟疫。

一天，我在爬一道悬崖的过程中，偶然踩松了一块大岩石，而这块岩石坠落的时候，引发另一块更大的岩石松动、滚落。第二块岩石也迅速坠下去，却砸中了一棵树，树上有一只小黑熊正在睡觉。那棵树被砸倒在地，惊扰了那只小黑熊的好梦，只见它匆忙起身，迅速奔逃到最近的一棵树上。然而不幸的是，它逃上去的那棵树被成吨落下的飞石砸掉了树冠，并不高大，因此它只能爬到距离地面仅有四五米之处。

为了把它弄下来，我拿来了一根长杆，并轻而易举就戳到了它。起初，它伸出爪子进行自卫，将我伸向它的长杆左击右打，显然是受到了惊吓，被逼到了绝境而奋起搏斗。我继续轻轻地戳它，不久它就平静了下来，竟然开始抓住那根长杆玩耍起来，就像小猫拿着一根移动、挠痒的嫩枝或绳子那样快乐地玩耍。

黑熊是我见过的貌似真实的虚张声势者。它的毛发竖起，上唇向前突出，迅速迸发出一阵呼哧声，显得很可怕。它以这种方式让自己摆脱了种种困境，获得了种种不劳而获的可口食物。它的大多数虚张声势的争斗都用于娱乐、消遣，为了追逐一个目标，它会远远地偏离自己的道路，前往探索。无论如何，如果这种虚张声势无效，那么它就会带着难以置信的冷漠继续前行，然而在不到一秒钟的时间里，它就会对别的事情产生浓厚的兴趣，或者成功地假装出很感兴趣，因此让人感到这种虚张声势是从它昨天的外表上判断出来的。它常常就像男孩，拥有一段欢乐或可怕的伪装时光，其间这种虚张声势就体现了出来。

熊喜欢游泳，常常在夏天跳进溪流或湖泊，在水里尽情地玩乐一番，接着便爬到岸上晒太阳，或者爬上树端把自己的身体晾干。

北美大陆的熊类中，灰熊不会爬树，爬树对黑熊来说易如反掌，这种本领让它如同猫一样。它能用猫一样的前爪迅速爬上树干。而它爬上一根小杆状的树，就像爬上大树那样从容。

小黑熊仰躺在树端，呼呼大睡起来

黑熊可能被人称为"栖木动物"，它大部分睡觉和醒着的时间都是在树端上度过的。它通常拥有一棵特殊的树，并把这棵树连续使用好几个月甚至好几年。当它遭到猎犬紧追不舍，或者附近有灰熊出现，或者有任何让它吃惊甚至害怕的事情发生的时候，它都会立即奔向一棵树，迅速爬上去。对于灰熊，黑熊始终心存畏惧。

万一有危险，或者黑熊母亲为了觅食而离开幼仔、踏上漫长的远征，它都会赶紧把幼仔打发上树，而幼仔们则会老实地待在树上，等到母亲归来。有一天，在科罗拉多的怀尔德盆地（Wild Basin），正当我观察一只母黑熊和两只幼仔吃着一路旅行而来的蚂蚁之际，那只母黑熊突然抬起头来，然后把鼻子伸向幼仔。尽管没有一点声音，尽管两只幼仔有些不情愿，但它们还是立即朝着一棵树下走去。那黑熊母亲抬起前爪，仿佛要走向它们。看到母亲做出的这种姿势，幼仔赶快跑向树。而到了树下，它们又犹豫起来，紧接着母亲就冲来，大声发出呼哧声，这一下子就让它们飞快地爬上了树干。然后母亲离开，走进了树林。

幼仔在树冠上待了好几个小时，一直不曾下到地面。那棵树是一棵黑松（lodgepole pine），伫立在18~21米开外，当时我躲在一块冰碛旁边进行观察，那棵松树比我的观察点要低一两米，因此我看得很清楚。我看见幼仔站在枝条上，朝着母亲的身影消失的方向观望了好几分钟。然后，它们上上下下探索了整棵树，在树枝上到处攀爬，然后开始穿过树冠进行比赛、嬉戏、打闹。

它们的行动很像猫，偶尔也像松鼠，有时还很像猴子，始终都很活泼、令人颇感兴趣，当然，它们还很像熊。偶尔，它们攀到树木的上部，沿着一根大枝远远地走到外面，开始角力、扭斗。有时候，它们从那根枝条上掉下来，而就在掉落的那一瞬间，它们用爪子迅速抓住下面的大枝，一刻也不停地摇摆着爬上去，要不然就落到另一根大枝上。它们还一度从树干爬下来，来到距离树底一两米之处，当它们重新迅速爬上去的时候，下面那只幼仔猛然伸出爪子，抓住上面那只幼仔的后腿，把自己的一只前爪依附在同伴的身上，最终把它从树干上拉下来。就这样，两只幼仔上下交换了位置，继续向上攀登。

片刻之后，在树干上一个有三四根大枝相交之处，一只幼仔蜷缩起来睡觉，另一只幼仔则仰躺在靠近树顶的一根平展的大枝上，呼呼大睡起来。

我意识到无论发生什么，这两只幼仔都会待在树上，根本就不会下来，便决定去捕捉它们。尽管这两只小黑熊几乎活泼地嬉戏了两个小时，却似乎毫不疲倦——我爬到树上，把它们从树底追逐到树顶，又从树顶追逐到外面的大枝上，再从大枝上追逐到树底，可无论我怎么努力，就是无法接近它们。

好几次，我把其中的一只幼仔赶到了一根大枝的末端上，然后竭尽全力将它摇落，试图让它跌到地面。很多次，我紧紧抓牢附近的一根大枝，竭力摇动，迅速来回移动那根大枝的末端，可是幼仔们却轻而易举地紧紧地抓在上面，丝毫不会放松。它们不时还只用一只爪子，偶尔只用一只脚爪来控制和支撑身子，然而我就是无法把它们摇落下去。

最后，我不得不拿出我的短柄斧，把一只幼仔紧紧抓住的大枝几乎砍断，才总算结束了这场尴尬的追逐。我突然折断那根大枝跟树干之间仅存的一点连接的树皮，将大枝和那顽强的黑熊幼仔扔掉，让它们一起坠向地面。没料到的是，那只幼仔轻轻地触及地面，在我几乎还没来得及从跟着它坠下去的眩晕中完全恢复知觉之前，它就在我的下面顺着树干又爬了上来！

一个春日，当我一个人在山中旅行，我在一片旋动的雾霭和湿漉漉的积雪中驻足，仔细探查动物留下的踪迹。置身于浓雾之中，我只能看见前方一两米之处。正当我仔细观望之际，却不料一只黑熊突然从阴沉的浓雾中现身，径直朝我走来，身后还跟着两只幼仔。当那只母熊第一眼看见我的时候，我也看到了它的脸上露出了急躁不安的表情。它停下来，随即发出一声愤怒的号叫，就像担忧、焦虑的母亲一样左右推转并止住前行的幼仔。紧接着它们就匆匆转身离去，消失在来路上，那母熊还伸出爪子，灵活地掴打幼仔们的屁股，催促它们赶快撤退。

黑熊主要是素食者，有冬眠的习性

就像大多数动物一样，黑熊也拥有本土的生活环境。它的领地大约为 32 公里或者更小。在这片领地上，它很可能度过了自己的有生之年，然而在春季，它也可能下山，前往山麓小丘上那些最初萌发嫩苗的野生花园上去觅食。我曾多次越过山口追踪过黑熊，探究它们的活动范围，有一次，我还在朗斯峰顶发现了一只黑熊留下的足迹。

尽管黑熊主要是素食者，但它对任何可食之物都来者不拒。在柔软的土地上，它会挖掘出丰富的柳树根和山杨根，拔起无数的植物以求食其根茎。它还吃草，吞食成百上千棵野草。在夏天，它走出很多公里，前往盛产浆果的地方，从那里的多刺灌木丛上吃掉大量浆果；它还咬断李树的末梢，将上面李子连同树叶一股脑儿地吞食下去。

夏天，在雪原和冰川的边上，我看见它吃下成千上万不幸丧生的蚱蜢、苍蝇和聚集在那里的其他昆虫。它特别喜欢吃蚂蚁，常常捣毁蚁丘，将其撕成碎片，当蚂蚁蜂拥而出，狂怒地爬来咬它的时候，它便将其消灭干净。为了寻找蛴螬、蚂蚁和它们的卵，它会撕碎千百根腐朽的木头和树桩。它还自由自在地吃蜂蜜、蜜蜂和蜂巢。它常常让自己娱乐消遣，通过追逐和捕获蚱蜢，展现出最有趣和最像人的表演场面。

在盛产鱼类的乡间，它四处搜寻鱼，偶尔逮住活鱼，由于它过于不安宁也过于懒惰，因而成不了优秀渔夫。我见过它捕鱼时的情景：把鼻子插入纠缠着的小溪边缘的树根中。有时候，它能捕获那些为穿过浅浅的涟漪而挣扎的鲑鱼或鳟鱼。

偶尔，它也捕捉野兔或鸟儿。但是，它所获得的大部分肉都不新鲜——那些腐肉是它捡来的，此前的猎杀行为跟它毫无关系。它会吞食那些腐烂了好几周、散发出浓烈恶臭味的腐肉。它捕捉的耗子恐怕比猫捕捉的还多，因此，在经济生物学的领域中，它应该被人们评估为有用的等级。不仅如此，它还吃掉很多其他令农夫大伤脑筋的害虫、害兽。

黑熊以前的活动范围很广，几乎遍布北美大陆，现在也很宽广。它的颜色与活动随着地区的不同而变化，这或许是因为不同的气候和食物来源所致。

然后，它有一点在各处都相同——无论在哪里，它都有冬眠的习性。在更寒冷的地区，这种习性进化得更佳。在秋天结束的时候，它通常都吃得肥肥胖胖，大腹便便，在漫长的冬眠开始时，它会构筑一个临时巢穴，在里面斋戒和睡眠好几天。

等黑熊把胃完全腾空之后，它就会隐退到冬眠区域过冬。这个冬眠之处可能是一棵倒下的树的底部挖掘而成的，靠近翻过来的树根，也可能是巨大的岩石之间的一个粗糙的洞穴，还可能是位于一堆灌木枝条下的巢穴。有时候，它睡在光秃的地面上，或者睡在洞穴的岩石上。然而，它通常会把一些干草、树叶之类的垃圾扒进自己的巢穴，作为"床铺"，然后爬进去睡觉。这种为了过冬而隐退的时间，随着纬度的不同而不同，但通常在同一个地区，所有的熊都在同一时期隐退到巢穴之中，最普遍的冬眠时间是在12月初。

灰熊对冬眠区域的选择更为特殊。相比黑熊，灰熊希望自己得到更好的保护和隐藏。有时候，熊会在晴朗的天气中出现几小时或几天。我知道，在隆冬，它们会短暂地出来一会儿。

在任何地方，在3月1日和5月中旬之间，随着春天的来临，熊就现身了，公熊通常要比母熊早出来两周，或更早。通常情况下，它们都会立即动身前往山下。最初的几天，它们吃得很少或根本不吃东西，而且可能用柳树的嫩枝、青草和茁发的幼苗或松树皮来开戒。

森林勘查员豢养的黑熊"塔尔宝贝"

黑熊幼仔在隆冬降生。母熊通常一次分娩3只幼仔，但实际数量在1～4只不等。在出生的时候，这些无助的小家伙的体重很少超过230克。我猜想，如果它们再大一些的话，它们的母亲就无法孕育它们了，因为母亲在生下它们之后的大约一个月内，还不得不忍耐冬眠期间的"斋戒"。

到了5月,幼仔及其母亲从阴暗的巢穴中现身,此时幼仔们就显得非常狡黠,简直就像一个个毛茸茸的活泼的小球,十分可爱。到这个时候,它们的体重和大小都犹如棉尾兔(cottontail rabbit)。在颜色上,它们也各不相同,可能是黑色、肉桂色或者乳白色。

跟灰熊一样,黑熊的颜色也跟种类无关。然而对于黑熊,如果皮毛是黑色,那么它的爪子也是黑色;如果爪子是褐色,那么皮毛的颜色也与之相配。对于灰熊而言,其爪子的颜色和身上的毛色通常都不相配。

幼仔和母亲之间的嬉戏,是难得一见的有趣的嬉戏场面。每一次嬉戏时,母亲都以懒散的姿势躺下一小时,任凭幼仔们在它身上到处顽皮嬉戏,直至那些小家伙心满意足。

母亲会用狡黠、力量和勇敢来保卫幼仔。在荒野,没有什么比失去母亲的孤儿幼仔更可怜:它们在死去的母亲身上不断呜咽的行为,显示出那种深沉的依恋,那场面甚至会让人伤感、落泪。当它们被人从死去的母亲那里带走时,它们会极力反抗、拼死挣扎。

在大多数案例中,母亲似乎是在幼仔生活的第一个秋天为其断奶的。然后在那个冬天,幼仔们一起窝在巢穴里面。在一些案例中,幼仔们直到第二个秋天才断奶,在第一个冬天,它们无论何时都一定会跟母亲一起窝在巢穴里面。第二个冬天,幼仔们尽管渴望着到外面去嬉戏,但还是一起窝在巢穴里面。在第二个夏天,幼仔中的兄弟姐妹也不在一起嬉戏。长大到两岁之后，它们就单独嬉戏，或者跟它们年龄相仿的其他黑熊幼仔嬉戏。

黑熊幼仔被囚禁的时候，脾气温和、顽皮嬉戏。然而，如果它们遭到逗弄或骚扰，就变得令人担忧，甚至随着年龄的增长而变得危险起来。如果你的敌人冒犯了你，就送给它一只受过虐待的黑熊幼仔。它是一种高度紧张、容易兴奋的动物，如果它被迫服从某种骚扰、逗弄或偶尔被残忍地对待，那么它就会变得具有报复性。有时候，它甚至会寻找麻烦，一旦战斗起来，它就跟斗牛犬一样顽强、勇敢，令许多对手难以匹敌，败下阵来。

我养大的那两只熊的脾气极好，从来不给我找麻烦。我知道还有其他类似的例子。因此，我偏向于得出这样结论：如果对黑熊施以一种连续性的温和、善良的对待，那么它们的性情就始终会温和、善良。

有一两年，一个沉迷于酒色的森林勘查员和他饲养的那只忠诚的黑熊，成了西部的明星。那只黑熊的胡闹和玩笑，能够轻而易举地给勘查员赢来足够多的酒，让他大部分时间都烂醉如泥、沉睡不醒。有很多次，当我在夜班之后的清晨走向我的小木屋，我都会发现那个勘查员沉睡在通往我的宿舍的街道入口处，而那只忠诚的黑熊——"塔尔宝贝"，就寸步不离地坐在他的身边，耐心地等待主人醒来。

黑熊拥有充分进化的大脑，因此可以把它归入荒野机警的动物。它的各种感官进化得令人惊奇——这些感官似乎始终在坚守职责。当一个可能来临的敌人还在1.6公里之外时，黑熊就能充分利用嗅觉和听觉，接收到一条威胁性的无线电信息移动或穿过静止的空气。因此，要接近一只野黑熊几乎是不可能的。

不过跟黑熊在一起，就像跟其他动物在一起一样，你首先需要确认你的每个动作的安全性，因为这种动物极其机警，位列那些友善的动物之首。

黑熊从不曾被当作狩猎动物来保护，一年四季，猎人都被获准带着猎枪和猎犬去追逐它。因为它濒临灭绝，也因为它把自己的很多精神赋予了荒野，我们就应该确定一个持续多年的禁猎期，以便保护森林中的这个快活、欢闹的伙伴。

第 9 章 在野生动物的小径上

On Wild Life Trails

荒野世界中，野生动物旅行的小径密布、交集。在小径上相遇时，野生动物要么友好相处，要么视而不见，要么为争夺优先通行权而发生冲突、大打出手。灰熊遭遇臭鼬，主动退避三舍，让开小径；两只灰熊相遇，为了给予对方优先通行权，双方都故意绕开小径回避，假装没看见对方；两群大角羊在高原上相遇，停下来互致问候，还一起嬉戏；两只野兔不期而遇，跳起来在空中发生接触，用脚去踢踹对方；臭鼬和豪猪相遇，双方互不相让，都动用了特殊武器，结果两败俱伤；两群灰狼相遇时，发生了全面而短暂的混战，结果导致一只灰狼跛了脚；一只丛林狼被庞大的鹿群阻断了去路，便从容不迫地坐下，只身面对鹿群……

灰熊主动侧身，为臭鼬让开小径

一只臭鼬掠过我，沿着小径走下去。不远处，我看见一头黑熊正在走上来。这两个荒野的伙伴狭路相逢之际，究竟哪一个会给予或者被迫给予对方优先通行权呢？荒野中的小径上，肯定存在着优先通行权。我，作为隐藏的无害的旁观者，对于它们是乏味的伴侣，坐在小径附近，想暂时了解一下野生动物在荒野中相遇时的规则和礼节。

那头黑熊逍遥自在，也显得心不在焉，直到在距离那只臭鼬仅两个身位之处才回过神来。随即它往侧边跃出约3个身位，警惕地伫立着，随时准备好逃走。无疑，那外貌庄重而动作缓慢的臭鼬掌握了优先通行权，根本没朝那好奇地观察它的黑熊看一眼，便大摇大摆地经过了，扬长而去。这只臭鼬永远自行其是，随心所欲，它的这种影响力最为深远。

　　荒野拥有一个野生动物小径的网络，其中很多小径都很模糊，肉眼难辨，但野生动物们却来来往往。我是所有我观察的野生动物都没有观察到的目标，常常隐藏着坐在一条磨损的、被践踏得厉害的野生动物小径附近，躲在这条荒野大道越过的一个高高的地点，观察各种野生动物相遇之际的表现。

　　就在日出之前，一头灰熊和一只山狮在我面前相遇了。那头灰熊，荒野的威严之主，拖曳着脚步走向某处。尽管它远远就看见了山狮，但仿佛视而不见，继续漠然地慢吞吞前行。双方越来越近，在相距大约15米时，那只山狮便毛发竖起，咆哮了一阵，最终极不情愿地让开了道，退到一边。经过之际，山狮距离灰熊——它那在小径上行走的敌人约9米，只见它嘴里发出表示威胁的嘶嘶声，匆匆地跑了过去。而那头无动于衷的熊，一边拖曳着腿前行，一边看着这一切，只可惜它不曾回头去看那只山狮，而那山狮还转过身来，露出牙齿，恨恨地目送灰熊渐渐远去。

　　另一天，这头灰熊遇见了一只臭鼬。我从追踪它的足迹的过程中得知，这头灰熊真是一个了不起的冒险家：它的领地在东南方六七十公里处，它在这条小径上旅行过多次。有时候，仅仅是在奇想的支配下，它停止前进，又转身往回走，缓慢回家。

　　可是这一天，这头灰熊看着那动作缓慢的臭鼬走了很长时间，那个毛发发亮的黑白色的蹒跚者才到达。臭鼬名气很大，受到大大小小的荒野居民的尊重。这头灰熊顾不上自己的优先通行权，继续前行,走到一条侧道上等待。它自动选择的这条侧道距离小径大约有 15 米远,在这里,这头灰熊最终坐了下来,它等待那逍遥自在的臭鼬到达、经过。

那只臭鼬神态庄重、动作缓慢,但它傲慢得太过分了,使得这头灰熊忍不住要去戏弄那个小丑。只见它翻了一个筋斗,打滚,然后像一只幼兽,尴尬地掌控住身体坐着,观看那臭鼬慢慢经过。它还转动头颅,目送那个小家伙不慌不忙地走过——那个家伙简直就像小径边上的木头一样,对灰熊的幽默竟然漠不关心!

沿着小径,朋友遇见朋友,敌人遇见敌人,陌生者遇见陌生者,它们逗留,再也不是陌生者。这些相遇可能是发生冲突的高潮,也可能是友好的接触;在经过的高贵者和普通者中进行接触。对于它们,相遇或不相遇,始终都是问题。

两头灰熊相遇,假装视而不见

一条我观察过很多次的小径,横亘在一道山岭上,位于两个深深的山谷之间。在西边,那道山岭延伸到大陆分水岭之中,这条小径被分成了很多条更幽暗的小路。山岭东端是台地,小径在此分开。在阳光下,一段段小径被浓密的松树所遮蔽。

在小径越过的一座顶峰,那些野生动物旅行者通常都要停下来窥视前面。它们常常等待、拥挤,把宽宽的地面践踏得十分光秃,还常常扬起尘埃。在这座顶峰上,常有动物们探寻、闲荡和打斗。

低地动物和高地动物，往往单独、成双成对或一连串在一起，用脚、爪和脚掌肉垫扬起尘埃，经久不散。

我目击到的两头灰熊的一次堪称喜剧性的相遇，就发生在这条山岭的小径上。当时，天上正持续不停地飘雨，那两头灰熊彼此都看见对方从远处走来，仿佛是意外，为给予对方优先通行权，它们都对距离小径不远的一堆堆倒下的木头和大石头表现出兴趣，主动让开道路。双方都很滑稽，假装没有看见对方，最终实现了顺利经过，双方并没有互致问候，小径就恢复了平静。

另外两头灰熊的相遇，则显示出一种尽管普通却不同的形式。双方看见了对方走来，但都坚守小径，不肯让路。就在相距不到一个身位之处，双方都站了起来发出咆哮，假装惊讶，还痛快地指责对方差点引发这场好不容易才避开、几乎很可怕的冲突。可是它们一点也没耽搁就说出最后一句话，畅快淋漓。双方因为这样的相遇而相当高兴，匆匆前行，因为过于聪明都没有掉头回顾。

有一天，没有什么动物沿着这条大路走来，于是我就观望那积满灰尘的宽阔的小径上留下的足迹。足迹为数众多，在小径上相互交叠、相互覆盖。一头灰熊的足迹，就像是一个没穿鞋子的原始人的足印，与鹿的足迹交叠在一起，与老鼠尾巴的痕迹和足迹缝缀并穿插在一起，与灰狼的脚趾一起形成扇贝形。然而，它的个性就在那里。

我像一块木头似的待在这附近有 3 天了，没有大动物经过。尽管鸟儿、花栗鼠和松鼠依旧娱人，然而我期待其他动物来临。我刚刚动身去营地，就透过朦胧的树林看见，有什么东西从小径上走下来了。

一头威严的灰熊和许多高傲自大、倔强顽固的公羊相遇，它们充满了好奇心，因此其中的每一只动物都忘记了矜持和正确的姿势。

有时，我坐在这条山岭小径的一个地点，会看见经过的动物呈现出的侧影轮廓。背景是一棵孤独的黑针枞，映在天空那移动的景色上面，动物的头角与胡须，很多颜色的皮毛，长着角的脑袋，短弓形的脖子，被压抑的下颚，讲述起众多的骄傲与华丽。然而，每一条黑线中都有颇具特色的地形。从鼻尖到尾巴，高原、山谷、山丘和山坡的故事，迎着天空而伫立。

尾巴虽然是在最后，但对于经过的身影却是颇有特色的线索。不管弯曲、扭结或倾斜，那也始终是展现的故事：有时候很长而且流畅，可是短尾的姿势激发出人们对于其所属的动物个体最具想象力的兴趣。

臭鼬和豪猪互不相让，大打出手

在溪流横越一条小径之处，我爬到树上，居高临下观察那条小径。通常，野鹿和野羊会来来往往，不停地穿过溪流，熊常常会在溪水中打滚、嬉戏，有时候它们把河狸构筑的堤坝当成荒野之桥来使用，偶尔还会一路溅着水花通过池塘。丛林狼、豪猪

（porcupine）、松鼠、野兔和山猫也使用河狸构筑的堤坝。有一次，一只豪猪在河狸堤坝上跟一只山猫狭路相逢，那山猫发出吼叫声来进行威胁，要豪猪让路，可是那豪猪并不买账，毫不退让，利用自己浑身的刺将山猫逼退，并让其落水。那悻悻的山猫来靠近另一端的地方，遇到一只野兔，那野兔一见到山猫，便匆忙退回去。

一头灰熊正打算越过小径，3只憨态可掬的幼熊出现了。那灰熊伫立在一旁观看，也许是在欣赏这些小家伙越过溪流时在水中的恶作剧。上岸之后，幼熊们踌躇了片刻，才缓缓经过一只松鼠，那只松鼠嘴里喋喋不休，仿佛在抨击幼熊们那些略显幼稚的恶作剧。地面上覆盖着10多厘米厚的初雪，我沿着小径回去探查它们的足迹。在一个地点，一只山狮从林中走出来，吓唬那几只幼熊。尽管如此，几个小家伙安全地后退到更远的地方，用后腿站起来，前后排成一线，显然是在观察一头黑熊围绕着它们而行。

两群大角羊排成纵队一一经过，就像是两行骄傲的士兵，形态僵硬。其中一群大角羊从高处下来，去远处造访一处盐渍地——动物们常常去那里舔舐岩盐。另一群大角羊显然是遭到了猎人们的驱赶，沿着一条迂回路线，从它们位于高高山岭上的领地上归来。几天之后，我看见这两群大角羊在一片高原上相遇。它们停下来互致问候，然后其中一群羊随着另一群羊转身往回走，两群羊缓缓移动，来到这片高原风景的边缘，在即将降临的黑暗中疾驰和嬉戏。就在那里，我离开了它们。

我见过单独一只野生动物遇见同类的种种情景。两只丛林狼相遇，它们竖起毛发前进，相互咆哮着经过。还有一次，两只丛林狼相遇，它们四目相对，然后一起在树林中转变方向。两只相遇的野猫互相宣战，它们嘴里喘息着，发出威胁的声音，让森林走廊变得可怕。然而，尽管它们装出要打得头破血流的姿势，结果却什么也没发生，只不过在虚张声势而已。两只松鼠相遇，双方都高声要求自己拥有优先通行权，怒号着吓唬、威胁对方倒退，暴风雨一般地在树上跑上跑下，最后炫耀着经过。

很多次，两只野兔默默地飞驰而过，却没有减速、发出信号或者相互看一眼。其他野兔在经过时则会踢腿。有一年隆冬的一天，两只野兔在小径上不期而遇，双方都跳了起来，在空中发生接触，然后像弓着背跳跃的野马那样，高高跃起，就像袖珍骡子一样到处转动，用两只后脚去踢踹对方。这究竟是搏斗还是嬉闹，只有野兔自己才知道。

和煦的微风经常吹来，我从营地观察一个个经过的野生动物队列。在营地附近，两只水獭相遇并转变方向，后来我沿着它们的踪迹一路前往水獭滑道。当我静坐在一块大石头上时，两只花白旱獭（woodchuck）就在那块大石头旁边相遇，它们做出好战的架势倒退、停顿，然后进行友好的协商、谈判，因为它们发现了一只不怀好意的丛林狼正朝它们偷偷潜来，企图袭击它们。

这些年来，在距离我的小木屋好几公里远的一条小径上，我常常躲藏在一个很有希望能观察到野生动物的地方，多次等待奇异的时辰和日子来临。这条小径上的足迹众多、纷乱，表明了动物们一直在持续使用它,然而我从未见过一只游历的动物沿着这条小径经过。在别处,我有很多次跟动物的相遇只是巧合,并非刻意而为之。在荒野漫游的那些岁月,我几乎常常意外地来到不同的野生动物中间,成为闯入者或不速之客。

臭鼬和豪猪是频频能遇见的迟钝的家伙。虽然这些家伙大脑迟钝,却装备着特别的武器,因此普通的荒野居民一般都会给予其优先通行权。臭鼬和豪猪跌跌撞撞,发生正面冲突,这在以前从未发生过——它们双方都惊讶、盛怒,咬牙切齿地推进,变得狂暴,然后自然就大打出手,结果臭鼬的身侧被豪猪刺上了几根刚毛,而豪猪则遭到了有力的回击,被臭鼬射出的一阵臭气熏得头昏脑涨。最终双方都放弃了小径。

两群灰狼相遇,发生全面而短暂的混战

鹿、熊、河狸和灰狼旅行,是因为这些动物需要这样做,或者是为了取乐。鹿会漫游到很多公里之外,沿着它们经常迁徙的路线,从夏天的活动范围转移到冬天的活动范围,因此许多敌人——狼群,就可能跟随这些"移动的食物"。河狸可能在新的地点寻找家园,而熊则可能会外出去漫游、冒险。

一代又一代野生动物不断使用同一条路线,使得野生动物小径渐渐遭到磨损,维持着一条清晰的小径。印第安人小径常常就是野生动物小径。阿拉斯加的一段段美洲野牛(bison)小径被遗弃,

就是因为遭到了动物蹄子深深的磨损和雨水的冲刷。

在一条山溪边的低矮的悬崖上，我观察在溪流对岸的小径上来来往往的野生动物。尽管树木覆盖着山谷，但正对面的小径却处于旷野之中，一目了然。

溪流对岸的小径上，两群灰狼相遇。领头的灰狼匆忙地试图控制局面，但仍免不了一场全面混战，然而这场混战短暂得惊人，随着一阵爆发的咆哮声，这些家伙经过了小径，几乎没有耗费多少时间，而这次相遇时的混战也并无大碍，只让一只灰狼跛了脚。

当这些动物旅行者相遇并消失在视线之外，我常常想它们的下一次冒险会是什么，会在何时发生。在小径的一个拐角处，黑熊遇见臭鼬还不到5分钟，它就跟一只山狮发生了冲突，小径旁边留下的足迹就是这样显示的。我也常常思索：在一只动物拖沓着走进我的视野之前，它曾有过什么样的经历。

当臭鼬和水貂——发出臭味的动物家族中更令人讨厌的一员在竞争中相遇，那么它们的相遇现场就肯定是臭气熏天。水貂被赶到角落，将在唯一可以前行的路径上散发浓重的臭气。然后，它自己处于不受影响的位置上，而任何其他动物经过那里，都无法抵抗住那种气味。或者，如果水貂围绕自己捕杀的猎物而喷射、布置一个臭气保护圈，那么这个气味圈子就成了一把定时锁，使得其他掠食者不敢靠近，会保护它的猎物在数小时之内免遭夺走。

在溪流对面的小径旁边，一只臭鼬和一只水貂发生了冲突。当时，臭鼬正从容不迫地前进，去抓攫一条游错路之后落到岸上的鳟鱼，而一只水貂却匆匆赶来，仿佛是在跟臭鼬套近乎，那臭鼬只犹豫了一下，那条鱼便立即落入了水貂之手，而且，那行动迟滞的水貂在鳟鱼附近喷射了一道气味屏障，但那臭鼬不肯罢休，立即投入战斗，喷出一阵邪恶的臭气将水貂赶走，但水貂留下的气味却成功地阻止了臭鼬夺回鳟鱼，它只得徐徐转身前往另一边，但走出得太多，最后也只得放弃那条鱼，咬牙切齿地离开。

河狸通常离开沉闷乏味的房子，在溪流的上游或下游度过暑假。它们在水边旅行，小溪水流湍急，迫使两群旅行的河狸不得不使用岸上那些不谙水性的动物行走的小径。在那里，那群上行的河狸遇到了另一群下行的河狸，它们混合在一起，嗅闻，相互摩擦鼻子，于是上行的那群河狸折返回来，两群河狸都离开那里，前往一个河狸池塘嬉戏。稍后，一群河狸继续下行，另一群则继续上行。它们留下的足迹表明，有 10 只河狸离开了池塘下行而去——本来在遇到另一群河狸的时候，这群河狸共有 12 只，上行的那群河狸在相遇时有 14 只。那一天很晚的时候，在溯流而上的那群河狸离开小径走向最前面的激流时，我数了数，其数量增加到了 16 只。

丛林狼只身面对阻断其去路的鹿群

有一年 10 月，两群鹿在溪畔和一个河狸池塘边的小径上相遇。它们停了下来，混杂到一起，逗留的时候，它们又一起躺下来。其中一群鹿正从山峰和高原上的夏天活动区域出发，迁移到下面好几公里远的冬天活动区域。这个群体沿着一条好多代野生动物往来行走的小径而前行；另一群鹿则正在寻找可以安生的家园，原来一场森林大火使得它们的家园领地荒芜不堪，大火散发的烟雾依然弥漫着天空，致使它们不得不放弃老家，另觅新家。

我从搭建在树上的观察塔上看见了一只孤独的丛林狼一路走来，我很想知道它会采取什么态度，来对待这个在数量上占据绝对优势却阻断了小径的鹿群，也想知道这个数量上占优的鹿群会怎样对待一个孤独而古老的敌人。然而这些鹿却对这只孤独的小狼显得很冷漠，根本就对它不屑一顾，完全不予理睬。

那只丛林狼眼见去路被阻断，便露出一种俨然是主人的样子，围绕着这个巨大的鹿群而行，步调从容不迫，然后在它们面前坐下来，露出一副冷嘲热讽而又满足的样子看着它们。它似乎在检阅鹿群，接着就从检阅中转身，依然带着那种从容不迫、满足的神态而离去，仿佛嘴里哼哼着："哼，我今天没有时间，但我一点也不在乎！"

我在溪流上面不远处的一道山崖边扎营，这里有无数晨鸟。一道瀑布在夜里水量最充沛，处于其最佳状态。我计划在这个地方再观察一两天，然而风却从错误的方向吹来，夹杂着我的气味飘散，对旅行的动物发出这样警告：有一个可能的杀手埋伏以待。因此，我就从这条小径离开了。

很多次，我都在荒野中出乎意料地"遇见"野生动物。当我追忆这些相遇的时候，我就再次计划置身于那些存在于现场的动物中间。意外的相遇和近距离的相遇,就是跟这个大陆上居于领导地位的主要动物种群相遇。机警的灰熊,意识到我来自超级杀手种群,就避开我,对我敬而远之。我手无寸铁地独自旅行,在我因灰熊不是猛兽而感到满足之前,我出乎意料地遭遇到一头熊。在它看来,我就是妖怪,我们双方都因一时冲动而采取了行动。

在荒野,你可能会遇见一只臭鼬或一头熊并专心地注视对方——你的能力放假,想象力登场。一头熊的冒险,生动、有趣。你遇见那头熊,它逃之夭夭,热切的听众听着你生动而细致的故事。

臭鼬是一个好伙伴,它还善于交际。它的方针就是遇见或者被遇见——其他伙伴将会专心于逃走,丝毫不会跟它纠缠。在安抚这种小小的黑白臭鼬的过程中,充满牙齿和利爪之战的荒野停止了挑衅。当一只臭鼬把屁股调转过来的,荒野世界就因此逃走。

第 10 章　重建河狸聚居地

Rebuilding a Beaver Colony

盛夏时节，一群河狸重临被废弃了15年之久的草甸河狸聚居地。它们以此为家，开始重建聚居地的工作：用淤泥和柳树枝修复旧房子，修补旧堤坝上的缺口，开凿水渠，引来泉水充满水渠和小水池，然后开始收割山杨，并通过水渠将其运往池塘贮存起来，作为冬天的食物供应。它们的劳动始终卓有成效，似乎在一个专家的指导下进行联合行动或单独劳动。池塘中，河狸们快乐地嬉戏，甚至还跟同居一池的小兄弟——麝鼠和睦相处，将其驮在背上游走。进入隆冬，尽管池塘都冻结了起来，但透过冰层，看得见河狸们全在水下嬉戏，不时还会有一只河狸浮到冰层表面下的气穴，呼吸几口空气……

一群河狸出现在被废弃的聚居地

7月的一天下午,当我经过草甸河狸聚居地(Meadow Beaver Colony)的时候,我看见了一只老河狸用前爪抓住一团泥巴,从水下浮上来,把这团泥巴塞进堤坝中一个低矮的地点。在这道旧堤坝顶端沿线的泥淖中留下的足迹,还有放在河狸房子侧边的一些树皮以及被吃掉的绿色山杨枝,都表明一些河狸使用这座旧房子和旧池塘已有好几周的时间了。

这种情形令人颇感兴趣,因为这个地方早在15年前就被遗弃了,大多数河狸留下的旧建筑都残破不堪。当年建造的那座河狸房子,现在已成了长满柳树的土丘,还保留着其形状。但在那房子坐落的池塘中,不曾充满沉积物。

对堤坝进行这样的修复工作,难道就意味着这个往昔的聚居地要重新成为河狸们的定居点？这很有可能，因为河狸们的劳动都具有目的性，并且不仅仅是为了劳动而劳动。这是仲夏时节，所有不曾进行紧急修复或去做广泛改进工作的河狸，都离开去度暑假了，因此在此时进行修复，肯定另有原因。

河狸就像人一样，偶尔定居在曾经被它们的同类所占据的地点，在很久以前的废墟间大兴土木，进行建造。很多河狸聚居地的下面，还掩埋着一两个城市，就像是人类的古城。

在看见那只硕大的老河狸在堤坝上工作的几天之后，我发现它独自在一条水渠中挖掘、疏浚。留下的痕迹表明，其他河狸也在那条水渠中劳动过，而为什么这只老河狸如此大胆，敢冒随时可能遭到掠食者猎捕的危险，让自己在白天工作呢？这其中的缘由让我困惑。

这些河狸在一条水渠上劳动，无疑跟它们不得不停留在这里有关。在河狸开凿这条水渠并从事其开拓定居工作的同时，它们也占据了旧房子和池塘，将其清扫干净，仅仅修补成一处临时营地。

修建水渠是河狸技能的最佳展现方式之一。这条水渠大约完成了6米，其宽约90厘米、深约45厘米。水渠始于旧池塘的东北角，由一片杂草丛生、被冲来的泥淖和沙子塞满了的池塘挖掘而成。它通往60米开外的松林中的一小丛山杨。河狸们在挖掘这条水渠时，很可能会尽量靠近那一小丛山杨，然后从某处引水将水渠注满，用来将山杨树干漂流到水渠下端的开始处，在接近下端的地方，几乎必然要建造一座房子。

水渠中的一根圆木被咬啮成两段移走了。水渠弯弯曲曲，绕过一块太大而无法搬走的大圆石。在距离下端大约 25 米的远处，那些建造水渠的河狸与花岗岩石块发生接触，通过将上端扩大成一个方圆约 3 米的水池，让水渠停止下来。

这条水渠穿过了一片往昔的河狸池塘中的沉积物。河狸们在建造了一个池塘之后，偶尔需抬升堤坝的高度，以此来加深水的深度，清除池底淤泥。然而，尽管河狸们对池塘进行了清淤，也提升了堤坝高度，但那池塘早晚有一天也会充满沉积物，最终不得不被放弃。到适当的时候，池塘上还会杂草丛生，森林矗立。

在草甸聚居地成为很多代河狸的定居地之后，食物短缺——生长的山杨完全被耗尽——迫使河狸们不得不放弃这个聚居地。两个大池塘、十几个小池塘、3 座房子被留给命运，任凭风吹雨打、日晒雨淋。大多数小池塘完全消失了，沉积物构成的泥土塞满了池塘，上面长满了柳树，两座房子坍塌了，如今成了长满野花的低矮的花坛。

河狸用淤泥和柳树枝修建房子

自从这个聚居地被遗弃以来，很多的山杨树便开始生长了起来，尽管这些树木跟溪流有一段距离，但河狸们也可很容易抵达那里，获取自己必要的食物。

这些河狸定居者来自溪流下游约 16 公里之处。在暑假的时候，河狸们常常会漫游，长途旅行。可能在来到这里定居之前，其中的一些河狸就拜访了这个往昔的聚居地，还熟悉了当地种种条件有利的环境。

一个又一个傍晚，我都不时会瞥见几个河狸定居者的身影。从它们的外貌和足印上来看，它们大多是幼仔。在秋天的薄暮时分，我有好几次隐隐地看见它们在嬉戏，在池塘中快乐地戏水，随后，整个聚居地的成员都参与了进来。

旧池塘中，那仅仅损毁了一点的堤坝上有缺口，致使水泄漏出去，于是河狸们便用泥巴和柳树枝将其修复。然后，河狸们穿过一道小山岭，切割出一条10来米长的水沟，那水沟通往北边的一个小池塘，它们利用这条水沟引水充满那个大的旧池塘。它的水延伸到水渠下端五六米之处。然而，因为水渠要比这个池塘的水面高出约60厘米，所以流往水渠的水源就不得不来自更高之处。我为这水渠的水可能会通往何处而感到困惑。可是，河狸们计划用两三个推进步骤来实现自己的劳动计划，它们或许知道自己应该怎样行事。

河狸房子通常建造在池塘中或池塘边缘。可是，在凸起的地面上的一点点空间内，在水渠下端和池塘边缘3米的范围内，河狸房子的基础被挖掘了出来。两条隧道穿过房子，通往池底。

房子是用从池底清理出来的泥巴搭建而成的，同时，河狸们还从附近切割了整整一丛柳树，对其进行支撑和强化。建造房子的时候，河狸们还用了柳树根、草皮、一些石头和一些山杨枝条。

当然，这些山杨枝条上面的树皮已经被它们吃掉了，是河狸们从自己的临时之家——旧河狸房子里拖来的。

竣工后的房子底部方圆约 3 米，高约 1.5 米，墙壁厚约 60 厘米，屋顶通风，由一大片交叉的枝条堆积而成，但没有泥巴。

河狸们在夜间进行大部分工作，这很可能是为了自身的安全而躲避人类的缘故。似乎在同时，它们还在白天有规律地劳动。然而，一代代持枪的猎人使得它们在白天工作面临危险。在偏僻的地方，在它们不曾被打扰之处，我见过整个聚居地的河狸们都在白天不停地劳动，即便是其工作并不紧迫，它们也敢于在光天化日之下忙忙碌碌，似乎毫不怕人。如今，除了一些例外，它们只有在紧急情况下才在白天劳动。在这个地方，没有人打扰河狸，因此我频频看见那只老河狸出现，最后我才意识到，每一次出现的都是同一只老河狸。

一天下午，我坐在河狸房子的侧边换胶卷，那只老河狸从池塘中探出头来，游向 6 米开外的一根半浸在水中的圆木。我停下手中换胶卷的工作，静坐着观察它。它没有嗅闻到我的气味，便放心大胆地自行其是。这只老河狸和周边景物在水中留下了壮丽的倒影：米克尔山白雪皑皑的峰顶、蓝天、白云、褐色的柳树、突出的绿色松树、红桦（red birch），还有唯一长着绿叶的年轻山杨，这幅秋天灿烂的彩色画面，让人沉醉不已。

那只河狸从蹲坐中起身，抓挠自己的一条前腿的后面部位，用前爪梳理自己，用后腿站立，前爪靠近自己的胸脯，四处环顾。

一只苍蝇歇落到它的鼻子上,它便拍打那只苍蝇,那苍蝇又落下来,它又用另一只前爪将其拂走。它再度蹲坐在圆木上,却面对相反的方向。几分钟之后,它就潜入水中,显露出它那宽大、有蹼、鹅掌般的后脚,用它那黑得像橡胶一般的宽大的尾巴沉重而欢乐地击水,致使涟漪在池塘上迅速扩展。

水渠依然空空如也,然而随着房子的竣工,河狸们会从某个地方引来水,将水渠充满,以便在收获季节运送山杨。

9月下旬的一天,我就发现水渠和南边的小水池上端都充满了水。在上面12米之处的柳树中间,一股隐藏的泉水得到了充分利用。河狸们从泉水口挖掘了一条小水沟,穿过这条小水沟,泉水就迅速注入那如今满溢的水渠。

老河狸频频出现在光天化日之下

两天之后,在傍晚还早的时候,我透过水渠南端的柳树丛窥视,看见一根已经被切割的山杨树干,上面还有两三根嫩枝和一些飘动的叶子。这根山杨沿着水渠朝着河狸房子移动,原来那只老河狸在水里推动它,它把两只前爪搭在树干的端头,快速将其推向位于水渠下端的河狸房子。它把这根树干留在水里,便返回去推另一根树干,接着再推一根,如此循环反复。

当它推着第三根树干到达的时候,在水渠尽头和池塘边缘之间,有两只河狸拖拽着其他树干越过那短短的、湿漉漉的空间。

这些山杨被密封在水里，被贮存在池塘中备用。在冬季，河狸会从池塘中将其一小段一小段地取出来，拖进房子，吃掉它们的树皮。

36个小时之内，绿色山杨通常就会积水、沉没。河狸们只是把一根树干堆积到另一根树干上，显然它们意识到这些树干接下来就会沉没。

第二天下午，我看见那只老河狸在山杨丛中咬啮一棵直径约18厘米的山杨。那棵树快要被咬断的时候，那老河狸精神抖擞地进行最后的努力，只见它踮起脚尖，围绕着树桩一会儿左一会儿右地缓缓移动，不断咬啮。当那棵树开始噼啪作响倒下来的时候，那老河狸就开始朝水渠进发。它用牙齿咬住一小段山杨，拖进水渠，又把它留下来，接着朝着下面的河狸房子游去。

那些新近被切割的树木，显然被聚集在水渠尽头那个充满了水的小水池中，后来通过水路再转运到池塘中的存放之地。这些大块的山杨长约1.5～2.5米，是一棵小山杨树干的多个部分，是在树干两端新近切割下来的。

在下面的池塘中，一些山杨大枝和树冠浮在那存放的堆积物上面。这些部分，还有那些更大的切割部分的树皮，都要被河狸当作冬天的食物供应。

河狸不吃肉或鱼，主要以树皮为食，还兼吃一点点根须、蘑菇、百合与浆果。然而在过去的一年里，我也有好几次见到过河狸不合时令地捕鱼。

这只老河狸频频出现，起初出现在一处，然后在另一处。每一次，它都在光天化日之下现身，似乎并不害怕什么。然而，除了在日落时分，或者在薄暮的微光中，在大白天一般都看不见其他河狸的身影。如果这个河狸聚居地当中设有首领和统治者那样的职位，那么这只老河狸可能就担任着那样的职责。

河狸们进行合作，实施一个清晰的计划。为了达成这一目的，它们既联手行动又单独劳动。尽管如此，整个劳动仿佛朝着一个明确的计划而推进，有条不紊，仿佛处于持续的监管之下。通过这些年的观察，我见过千百次河狸们的劳动场面，其劳动几乎总是卓有成效，而且显然处于一个专家的指导之下，而那个专家无疑具有丰富的经验，使得河狸的劳作屡获成功。然而我从不曾见过一只河狸发出任何暗号或信号，因此我无法肯定地说那是命令或指令。然而，除了通过在公认的领袖指挥之下进行合作，我根本无法解释为何河狸的劳动远远超过河狸显示出来的技能。

一只河狸驮着小兄弟麝鼠游走

一天傍晚，正当我观察的时候，一只短尾猫猛然追逐两只河狸，将其赶进了池塘。真是有惊无险，就差那么几米，它们就会被短尾猫赶上，抓住饱餐一顿。但是，就在它们投入池塘的那一瞬，它们就彻底安全了，掠食者也只能望水兴叹。

荒野中，河狸的敌人是山狮、熊、灰狼和野猫，实际上，任何身体大得足以杀戮河狸的食肉动物，都是河狸的敌人。在水中，河狸很少被逮住，它是游泳健将，可以长时间地停留在水下。可是在陆地上，它的动作就很缓慢了，并不那么敏捷、灵活，行走时处于低档速。因此在收获的时间，为了安全起见，它往往把距离水流最近的树木当成切割对象。

另一天傍晚，有 4 只河狸，在部分时间里有 5 只河狸，推动和拖拽一根圆木，当它们最终将其推到水渠中时，一只河狸仅仅把一只前爪搭在那根圆木的端头上，引导它顺着水渠漂浮下去。为了自己的旅行安全，也为了圆木的运输安全，河狸们需要深水，因为浅水不仅无法运输木头，还频频致使运输木头的河狸在掠食者的利爪之下无处可逃。

在这些深水家园中，生活也呈现出了社交性、群体性的一面：河狸们不仅沉迷于自己群体中间的各种水中运动，而且似乎还跟其他一些动物家族中的那些潜水、游泳的邻居交朋友。

我常常听说河狸会对它们的小兄弟——麝鼠（muskrat）发动战争，但在这个聚居地，河狸们并没征战。它们继续使用那被修复的旧房子，直到接近它们的收获季节结束的时候，它们也没放弃那里。它们一离开那旧房子，显然麝鼠们就会乘虚而入，取而代之。然而，河狸们常常会回到那座旧房子中。

有一天，我看见一只河狸进入了那座房子，里面还有一些在此前进入的麝鼠。我不清楚那只河狸造访的目的，但房子里面没有骚动的声音，估计双方和睦相处、相安无事。还有一次，一只河狸转向一边，用鼻子触碰一只麝鼠。另一次，一只河狸嬉戏地潜到一只麝鼠下面，当它浮上来的时候，那麝鼠就用前爪抓住河狸的皮毛，坐在河狸的背上，那河狸把后背露在水面上，麝鼠紧抓着，河狸就驮着那小兄弟游走了。

收获山杨、贮存冬天食物的劳动几乎完成了，我迄今为止只看见那老河狸在切割树木，其他河狸都不见了踪影。在10月19日傍晚，我透过山杨树丛进行测量和数点：112棵山杨树被切割了下来，这些树木被切割的部位直径为5~28厘米，距离地面13~45厘米，而这些山杨高3.6~6.4米。

就在日落时分，当我在山杨丛附近的一块大石头上坐下来时，我看见一只河狸在水渠中朝我游来。在小水池的尽头，那只河狸闻到了两根圆木的气味，然后沉重地蹒跚着，爬上那条长期使用的小径——而正是在那条小径上，圆木被从山杨树丛中一一拖走。它那宽大的尾巴从一边慢慢摇晃到另一边，在某些地方拖拽到地面上。这是一只我以前不曾见过的老河狸，其体重肯定达到了23公斤。它对着山杨树左右扫视，在距离一棵山杨一两米之处停下，然后站起来观察树冠，接着又转身观察另一棵山杨的树冠。它走向第二棵山杨。后来，我看见第一棵山杨的树冠跟附近的一棵松树的大枝相互纠缠着，不便于收割。

只见那只河狸蹲坐在后腿上，用尾巴支撑在后面，它用后腿站起来，把前爪放在一棵直径约10厘米的山杨上面，对着树皮啃了几口，然后再对着往上面10多厘米之处，尽可能地继续咬啃，此后，它分开并咬出这两个咬啮处之间的空间，接着它上上下下重复咬啮，接着，它大致根据樵夫伐木的那种计划，再把咬啮处产生的那些小碎片弄出来。

它一度停下来抓挠，靠着树桩蹭后背，用左前爪抓挠自己身上的那个痒点。它吃了一口树皮，又重新开始劳动。所有的切割劳动在树木的一边完成，最后咬啮几口之后，它扒出很多靠着树桩的垃圾。它站在垃圾上，以便伸出嘴去咬啮最后一口，将树木彻底咬断。切割这棵直径约10厘米的山杨，它用了几乎一小时，虽然山杨是软木，但那只河狸还是用了这么久的时间来切割，说明它的效率并不高。然后，它疾奔到一棵松树后面躲藏起来，等到那棵山杨翻倒下去，它才蹒跚着返回那棵倒下的树，一一咬掉上面的几根细枝。它抓挠脖子，接着开始把那根树干迅速咬啮成两段。然而这项工作还没完成，它就受到了惊吓，也许是它闻到了我的气味，于是它就像一头肥胖的母牛全速疾奔到水渠尽头，猛地一下潜入水中，用宽大的尾巴重重拍击，一路溅出水花。

隆冬，9只河狸全都在冰层下的水中嬉戏

在夏季，河狸们在房子侧面或者池畔，或者在位于池塘水面上的一根圆木或一块大石头上进食。如果有敌人出现，或者一旦有风吹草动，它们就会在一秒钟之内潜入水里的安全之处。为了取得冬天的食物，河狸从房子里面穿过倾斜的隧道进入水中，前

往食物堆，从其中的一根山杨上切割掉一小段，将其带到房子之中，坐在位于水平面之上的地板上享用树皮。

那丛山杨树中，有208棵被切割后拖向水渠，然后顺水漂浮而下，最终被存放在池塘中。这些树木成了河狸们在冬天充足的食物供应，但其中只有一半多一点被吃掉，而在这个聚居地进食的河狸数量约为9只。

每一年春天，河狸们都会尽早从冬天的居所中出来，并立即开始享用新鲜的食物。如果那些以前收获的被密封在水中的冬天食物还有剩余，河狸们也不会享用，而是在下一个秋天捞出来，用于修复堤坝和房子。

在很多古老的河狸聚居地，除了它们居住的房子，河狸们还拥有一个洞穴。而在其他河狸聚居地，池塘下面则会有一条隧道，隧道一直通往岸上，其出口在远离岸边的一定距离之外，在冬天，当池塘完全冻结起来，这条隧道有时就被河狸当作逃生之路来使用。然而，在这个聚居地，这些新来的定居者却并没有隧道和洞穴，因为它们不可能在极短的时间内建造这样的设施。

冬天来临之前，这些河狸开拓者建立了一个新的家园。房子竣工了，一个深水池塘能把秋天收获的食物贮存几个月。在池塘冻结得坚硬之前的一个月，在初雪降临之前的几周，这项必要的工作终于顺利完成了。

这个主要池塘远离溪流，靠一条水沟跟另一个池塘的侧边相连，这样就很少遭受沉积物的侵袭。尽管如此，一层薄薄的精细的物质每年还是会过滤进来，沉积在池底，年复一年，就会使得池塘越来越浅。尽管这个池塘比大多数池塘寿命更长，但是它最终也难逃那被丰富的土壤充满的命运，会被掩埋和遗忘在草丛、柳树和其他树丛下面。

好几次，我透过冰层看见了池塘里的河狸。很多次，我观察它们在食物堆旁切割定量配给的树枝。另外还有几次，它们四处游动，仿佛在享受每日的冷水浴。

在寒冬，覆盖池塘的冰层有时如玻璃般清澈，此时我就看见它们——9只河狸全都在冰层下的水中嬉戏。它们或成双成对地角力、扭斗，或群集着混杂在一起，或三三两两地比赛速度，或跟随首领转圈、交叉往来。时而有一只河狸放弃了活动，浮升到冰层表面的一个气穴，我猜想，它是到这里来呼吸几口空气，然后再继续潜下去参与那场嬉戏。

第 11 章　机警的灰狼在行动

The Wary Wolf

在跟人类的长期对抗中，灰狼接受了屡屡失败的教训，因此经验不断增长，智力也大为进化：它们不会去触碰任何散发出人类气味和钢铁气味的东西，从而避免了被毒杀或落入陷阱。捕猎时，它们会协同作战，或轮番追逐，或埋伏以待，最终成功地捕获猎物。在养牛的乡间，面对牛群的防线，狼群会通过东奔西跑，左冲右突，把牛群冲得七零八落，伺机将落单者分离出来进行捕杀。面对人类设置的陷阱，一只灰狼成功地突破一百多个捕兽钢夹的重重封锁，将死牛饱餐一顿。面对两只灰狼凶猛的进攻，一匹野马奋起神威进行反抗，将其双双踢伤、踩死。印第安小孩喜欢把灰狼崽当成宠物饲养。一只母狼成功地避开了诱捕者布下的天罗地网，成功地救走了自己的孩子……

灰狼会避开散发人类气味的东西

一天,在怀俄明州西部,猎人们射杀了一头麋鹿,并将那猎物彻夜留在地面上,而对它采取的唯一保护方式,就是在一根鹿角上系上一条手巾。后来,积雪中纷乱的痕迹表明灰狼来过这附近,围着这头死去的麋鹿团团转,却没有靠上前来触碰它,而是始终谨慎地保持着一定距离。

在另一个案例中,一头被猎杀的鹿被彻夜留在狼群出没的乡野。

有人问猎人:"你怎样保护你的猎物呢?"

猎人淡然地回答:"仅仅把我的双手往那鹿身上擦一擦就可以。"

一只成熟的灰狼,从不会去吃或触碰任何散发着人类气味的东西,或者具有钢铁气味的东西,显然,它将这些气味同人类致命的气味联系起来。

一个牛仔在旅行途中,他所骑乘的那匹小型马不慎受了重伤,看着不能活了,于是他便拔枪忍痛将其射杀了,将它的尸体留在平原上。由于那匹小型马的掌上钉着蹄铁,因此群狼根本没来触碰这具尸体。在同一个地区的另一个场合,一匹小型马被闪电劈死,但没钉蹄铁,也没有人类气味,群狼便扑到这匹小型马身上你撕我扯,大肆享用了好几个小时。

在跟人类的斗争中,灰狼变成了极度小心谨慎的动物。人类以致命的巧妙和坚持不懈来捕猎它、追逐它,带着猎枪、捕兽钢夹、毒药和猎犬来猎杀它,人们始终毫不留情,对它的脑袋开出悬赏,赏金数额有时候还很大,因此幸存下来的灰狼必须异常清醒和机警。幸存的灰狼的数量,表明了付出这种需要极大耐心的生存代价是值得的。它们并没有被打垮。总而言之,现存的灰狼或许比它们的祖先更具破坏性,更能够把自己从人类的消灭行动中拯救出来。

大多数时候,狼群捕猎都是协同作战,它们轮番上阵,猎物被追得筋疲力尽,最后束手就擒。有时候,一两只灰狼在一个十分有利的地点埋伏以待,而其他灰狼则不断跑动,驱赶,迫使猎物逃进伏击圈,从而给予致命的伏击。在阿拉斯加的一个岛上,很多灰狼轮流追逐一头鹿,最终将它赶进海中,而那头鹿跃进海水之处,附近就有一只游动的灰狼正等待它"送货上门"!

3只灰狼穿过我设在山上的营地,追逐一只年幼的羚羊。尽管它们几乎跟我撞了个满怀,但我也怀疑追逐的灰狼或逃命的羚羊看见了我。它们继续越过高地奔跑，我希望那羚羊能逃脱这场无情的追捕。可是，就在羚羊爬上一道山脊顶端之前，我看见另一只灰狼就躲在那上面窥视，很快，那羚羊和灰狼都消失在山岭的另一边。我猜想，天上的流云和稳固的松树，再度目击了这荒野中发生的一场再普通不过的悲剧。

还有一次，我看见3只灰狼从一道峡谷中驱赶一头鹿，那头鹿的线路那么直接，因此尽管道路被厚厚的积雪覆盖，但路线还能显现出来。当它挣扎着穿过柔软的积雪，却不料遭到了第四只灰狼的突袭——那只灰狼一直埋伏在那个地点，等待猎物"送货上门"。

灰狼偶尔捕获鹿、羊、麋鹿和驼鹿（moose）中的年幼、愚蠢和受伤者，可是因为灰狼的掠夺性攻击而导致的这些大猎物所产生的损失，或许并不那么严重。这些被灰狼追逐的动物渐渐变得机警、有耐力，这样的特性常常可以让它们成功地击败灰狼，但在大雪期间也许除外，因为在那时，厚厚的积雪可能会困住它们，让它们在狼群的围捕中无路可逃。

狼群在围攻时会前后夹击，使猎物首尾不顾

其实从经济上来说，灰狼的饮食习惯并不完全都很坏。在很多地区，它们自由自在地捕食那些始终对人类种植的农作物具有破坏性的害兽，例如老鼠、野兔和草原土拨鼠等。此外，它们还

是清道夫——食腐动物，会把留在荒野中的其他动物尸体打扫得干干净净。

大群大群的美洲野牛曾经常常遭到无数的狼群连续不停地追踪。曾几何时，灰狼因为这样的习性而通常被认为是"野牛狼"，现在人们依然那样称呼它。为了突袭迷途、虚弱或受伤的动物，灰狼一直都很机警。

证据充分的报告告诉我们，很多野牛常常会护送一头幼犊或受伤的野牛前往一个安全之地。在平原上，一群凶猛而残忍的灰狼左冲右突，试图竭力突破野牛们为了保护一头撤退的幼犊而围绕起来的防线，这是一件多么奇异的事情！除了在迁徙的时候，公野牛似乎拥有这样的习惯：伫立着守护一头生病或受伤的同伴，直到那虚弱的野牛康复或死亡。

灰狼广泛地捕食牛羊，却相对较少去捕食马、猪和鸡。很多畜牧业者认为，仅仅一对灰狼捕杀牛群所带来的损失，每年就可能达到1000美元。人们指控，一只孤狼在一年中杀戮了80头牛，或甚至一个月就杀戮了10头牛。有时候，一对灰狼在一天之内就可能杀戮很多牲口。在得克萨斯，红狼（red wolf）以牛、马驹、绵羊和山羊为食；灰狼主要以牛为食；黑狼（black wolf）则表现出对等级更好的家养猪肉的喜爱，而不是野猪肉。

在养牛的乡间，分布着一定数量的灰狼。以前，灰狼跟踪那些在平原上前前后后久久游荡和迁徙的野牛群；现在，它们追踪那些在西部放牧的家养牛群。狼群在低地同牛一起过冬，到了夏天，它们则在群峰间伴随着这些"长着蹄的牛肉"攀登到高高的山岭之中。

当狼群偶然遇到一群牛，它们就会通过跑动、佯攻把其中的一头牛隔离出来，然后由一只或多只灰狼系统性地进攻牛头，而由另一只或多只灰狼进攻牛尾，采取这样的策略，自然就使得那头牛首尾难顾，最后筋疲力尽，惨遭捕杀。灰狼的双颌强劲有力，能对猎物进行迅速咬断、切割或深深地压碎，此外，灰狼在围捕时还会竭力咬断猎物的腿筋。

有一次，在科罗拉多南部，我看见一群牛站立成一个圆圈，头角朝外，一些灰狼正在攻击它们，那些灰狼先是一起扑向这一头牛，然后又扑向那一头牛，通过这样的东奔西跑，它们最终把一个牺牲品吓唬到了安全圈子之外，那可怜的牺牲者立即被驱离了牛群，狼群很快就一拥而上，狠狠地咬残了它的后腿，使其无法奔跑，此时狼群便把它拖倒在地，进行猎杀。

还有一次，在科罗拉多的北部公园（North Park）中，我看见两只灰狼在很短时间内就拖倒了3头两岁的小牛。我通过望远镜看见了它们的一举一动：一只灰狼在前面进攻，而另一只灰狼则不断跳跃、猛咬猎物的侧腹和腿，直至其倒下。不到半小时，这3头小牛就活生生地惨遭杀戮。这些小牛并没被吃掉，这场杀戮并非出于狼群饥饿，显然是它们在进行娱乐消遣活动。

在灰狼出没的牛群领地上，当其他牛去喝水的时候，通常都有一头或多头牛保护幼犊。在一个我安营扎寨了好几天的大牧场上，人们计划给每一头良种牛犊都系上铃铛，进行驱狼试验，企图用铃铛的声音来吓阻狼群靠近。但这样的试验结果证明，对于防范灰狼的入侵，这种方式只能暂时有效，无法长久持续下去，一旦被狼群识破，它们依然会我行我素地围攻牛群。

灰狼突破重重封锁，在死牛身上饱餐一顿

在饲养牛的乡间，你会发现捕狼者这种特殊的职业。在尝试消灭灰狼的生涯中，他们逐渐养成了一种独特的性格。他的装备通常由一支步枪、捕兽钢夹和毒药组成。一些捕狼者终年投身于自己的职业，其中的很多人是自由的设置陷阱捕狼者，其中一些人是老前辈，曾经经历过设置陷阱来捕狼的那些大好日子。

当两个捕狼者相遇，或者当一个捕狼者跟畜牧业者和其他人讨论事情，他们的谈话很可能会转向"三脚趾"——一只在S.S.巴尔大牧场成功地杀戮了很多牛的灰狼；或者转向"年迈的两脚趾"——约翰·琼斯（John Jones）设置陷阱成功地捕获的那只灰狼。正如探矿人相信自己会找到神话中失落的宝藏一样，很多捕狼者都在不断努力，始终相信自己会调配出一种香味，而这种香味会刺激那最机警的灰狼的鼻孔，诱惑它走向死亡。

在长期的捕狼生涯中，这些猎人和设置陷阱捕猎者不断总结经验，也不断发明创造，派生出了种种毒杀和诱捕狼的新方法，计谋层出不穷。但是，捕获狼变得日益困难，现在被诱捕的大多数灰狼只不过是狼崽或愚蠢的狼而已，而那些机警的灰狼却很少丧生于枪口之下或陷阱之中。很多设置陷阱的捕猎者大批量使用捕兽夹，将其成群地设置在狭窄的小径上、动物尸体周围和接近溪流交叉口等地。这些地方经过了仔细挑选，捕兽夹被巧妙地隐藏起来，安放在水里，被去除了气味，置于隐蔽之处，并且伪装散发出屠宰的家畜内脏的气味。全部捕兽夹都被安放在一根树桩前面或周围，这根树桩的顶部，则强烈地散发着某种东西的强烈气味，极度地诱惑灰狼的鼻孔。

有一天，我看见一个设置陷阱的捕猎者耗费了几个小时，把一百多个捕兽夹布置在一头死牛的周围，可以说将其围得水泄不通。而且，他自己一点也没去触碰那头死牛，以免把自己的气味留在上面。这些隐藏的捕兽夹设置得十分复杂，就像是纠缠的铁丝网一样。在一个地方，他并排着设置了3个捕兽夹，然后纵深地设置了5个。在另一只灰狼可能接近的路线上，他单独设置了10个捕兽夹，但设置成一条曲折的线。两根倒下的圆木形成了一条"V"字形斜道，尽头就靠近那头死牛。而就在这条斜道狭窄的尽头，他又设置了另一组捕兽夹。这样，那头死牛就被无数个隐藏的捕兽夹团团包围了起来。要走向那头死牛，任何动物似乎都不可能避免把一只脚插入这些隐藏的捕兽夹的钢领。然而，尽管陷阱设置得如此巧妙，尽管机关如此严密，但就在那一夜，一只灰狼还是成功地突破了这些捕兽夹的重重封锁，在那头死牛身上饱餐了一顿，那家伙简直是飞进去的。

野马奋起神威，踩死了两只进攻的灰狼

为了让伴着毒药的肉摆脱人类的气味，人们发明了很多种聪明的方法。完全不用手去触碰一块块生肉，就把毒药嵌了进去。然后这些上佳的"美味食物"被装在马背上的一个生牛皮桶里，"食物"分配者戴着橡皮手套，拿着木钳，夹着那些肉一一进行分布。然而，群狼绝不会触碰这些食物，它们宁愿忍饥挨饿，显然是因为嗅到了毒药气味！

为了避免触碰人类那些最致命的填塞物，灰狼受到了毒药和捕兽夹驱使，被迫去干出更多的杀戮勾当。然后，它特殊的进化和生长的经验，还有它那异常的装备和机会，为它提供生机，留给它多余的活力与时间。因此，为了取乐，它就像上了瘾一样，不断去杀戮又杀戮，很难停止下来。

不过，灰狼对猎物的围攻也并非始终奏效。有一次在蒙大拿，我看见一对灰狼攻击一匹野马。但那匹野马格外机智、敏锐而又灵活，跟灰狼成功地搏斗了好几分钟，最终踢碎了一只灰狼的后腿。然后，那匹野马仿佛是受到了激励，竟然奋起神威，变得好斗起来，竭力要把那只受伤的灰狼踩死。而另一只灰狼见状，则跟野马凶猛地搏斗，在它那勇敢的保护下，那只伤残的灰狼试图逃走，但是那匹野马猛然伸出前蹄，踢中了那只为保护受伤的同伴而奋力搏斗的灰狼，致使它伤残。最终，这两只灰狼在野马凶狠的踩踏下双双丧命。

伴随着人类对灰狼的新生活环境的接近，灰狼需要改变习惯。灰狼以前总是干很多事情，曾经对它们的祖先有益的事情，就一定不会再干了；而从未干过的事情，就必须立即干起来。这是无情而古老的法则，适者生存。那些不能改变和应对最新的被强加的环境的灰狼，则无法生存下去。

任何有捕猎灰狼经验的人，一定都会相当清楚地这样总结：灰狼很聪明，是因为它们会思考。一个设置陷阱的捕猎者，如果认为灰狼被本能所引导，无法意识到灰狼的警惕性，并且忘记灰狼始终在学习、进步，始终让自己适应变化的环境，那么他就会遭到不断增长的狼群对他的嘲笑。

人类带到灰狼世界中的新危险，令人震惊地被灰狼迅速领会并设法避免。在1885年之后的10年中，灰狼好像获得了对人类行为方式的认识，其速度比人类获得对灰狼的行为方式的认识速度更为迅速。这种精神上的进化，对于狼群而言，根本就不能被称为"本能"。坦率地说，这是一件具有智力和经验的智慧之事。幸存的灰狼绝对学会了避免那些阴险的死亡方式。高额的奖励，导致人类为了把狼群斩尽杀绝而绞尽脑汁，发明了这些死亡方式。

显然，老狼也迅速教育自己的孩子，以至于狼崽们会避免这些复杂的新危险。这种教育是否是老狼有意识地灌输给孩子的，那并不重要。尽管灰狼处于人类对其发动的无情的战争的中心，但它们还是在照样繁殖、增长，这一事实表明狼崽学会了凭借经验而不是它们父母遗传的本能来照顾自己。在灰狼的世界中，要谨记、遵守的"安全第一"的标语似乎就是:"避免被人看见;绝不要、绝不要触碰任何带有人类气味或钢铁气味的东西。"

在一两代灰狼之前,灰狼毫不费力地避开人类的视线,而现在它使用自己的智力来避免被人看见。那时人们诱捕它很容易,而现在极难了。这些变化是远射程步枪、毒药和捕兽钢夹所导致的。大约在 1880 年,灰狼就开始因为自卫本能而进化出了这种狡诈。高额的赏金把无数猎人和设置陷阱的捕猎者带到了灰狼的领地上。然而,尽管不停地交战,它们的发展却是这样的——15 年来,灰狼尽管处于人类无情的猎杀之下,但其数量不仅没有减少,实际上还有所增加。

印第安小孩喜欢把狼崽当作宠物

公狼和母狼都会跟狼崽玩游戏,但两只老狼很少同时陪伴狼崽玩。更为经常看见的是,一只老狼允许狼崽跟它玩:老狼会完全躺着,狼崽们则拖拉和咬啮它的耳朵和尾巴,抓咬它的鼻子。它们爬到老狼身上,到处践踏、相互扭打。对于这一切,老狼都一动不动地顺从,除非要鼓励狼崽们的兴趣,它才会采取一些行动。

一只有伴侣的灰狼,因为有伙伴的陪伴而快乐。在它们饱食、有空、不照看狼崽的时候,就躺在巢穴附近的阳光下,通常一只灰狼把脑袋搁放在另一只灰狼的身上。或者,它们可能像狼崽一样,不停地扭斗和玩耍一小时。

很多灰狼常常一起玩耍。在《自然向导历险记》一书中，我讲述过一些灰狼在多风的草原上玩耍风滚草（tumbleweed）的事情。

有时候，它们会离开巢穴外出去探索。这类旅行常常让它们远离自己的活动范围的边界。有时候，当它们开始探索的时候，它们似乎想到了一个地方，于是又再次到别处漫游，这样漫游遵循着自己的爱好和新产生的兴趣。

探索常常让它们跟陌生的灰狼接触，这样的接触会发生战斗，但更像是有组织的游戏，就像是在交替追逐鹿或其他某种猎物。当一些灰狼聚在一起并偶然跟踪到一只山狮，它们就可能会让那头山狮的生活很悲惨。不仅如此，它们甚至还会骚扰一头熊。

灰狼拥有超凡的耐力、巨大的力气、进化得令人惊讶的感官和格外强劲有力的爪子。它善于游泳，我曾看见灰狼在河流、宽阔的湖泊和浪花中精力充沛地游泳。在山峦、森林、密丛中或草原上，它们似乎也同样擅长行动。而它们的寿命大概在8～15年。

丛林狼或草原狼，则是一个截然不同的物种，其体型要小得多，特性更接近狐狸，而不是它的大哥灰狼。

灰狼与犬类家族紧密相关。实际上，因纽特人养的狗——哈士奇（Husky），就是一种驯养的狼。灰狼的足迹几乎与狗的足迹完全一致。

一只成熟灰狼的平均体重接近45公斤。在少数特殊的例子中，人们知道它们体重达到了68公斤。因此，它们的体重是丛林狼或草原狼的两倍，比平均的牧羊犬要大得多、重得多。在极大程度上，那些靠近北极地区生活的灰狼的体型，往往大于那些生活在美国南部的灰狼。

在远处从侧面看，灰狼的背部线条比较直，耳朵就在这条线上稍稍竖起，在臀部和背部前面稍稍下垂，而尾巴则几乎笔直地伸出，尾尖微微升到背部的平面之上。而丛林狼或草原狼的耳朵更突出，背部更倾斜，尾巴以一个非常明显的角度下垂，尾尖微微转向上面。

在印第安人中，把狼崽当作宠物是司空见惯的事情。有一次，我来到阿拉斯加的一个印第安人营地，一群嬉笑、喧闹的印第安小孩一边向我打招呼，一边迎上前来，他们抱着好几只黑脸狼崽，这些宠物的脸上，还被小孩们涂上了朱红色和黄色，似乎要表明它们的"印第安"身份。

狼崽诞生于3月初，一窝狼崽的数量6～12只不等。在最初的几周，它们的体色几乎都是黑色的，尤其是在头部，黑色特别明显。在幼崽断奶后的一段时间里，母灰狼在大多数时间都跟它们待在一起，而公灰狼则外出捕猎，把食物带回巢穴入口或巢穴里面。长到一岁，狼崽依然像小狗，显然它要超过两岁才能达到成熟。

狼崽的生命很脆弱。有时候，鹰和狐狸会捕捉狼崽，而另一方面，所有的灰狼都常常遭到寄生虫和疾病的侵袭与困扰。

母狼躲过钢夹，救走了自己的孩子

在古老的故事书上，写满了关于灰狼凶猛的故事：灰狼追逐孤独的骑手，或者攻击雪橇上的乘员；一个小提琴手在夜里回家，遭到狼群的追逐和攻击，他被迫爬上废弃建筑物顶或树端去躲避；要不然就是一个邮递员突遭狼群袭击，丢掉了邮袋之后好不容易逃生……我们还频繁地听到狼群攻击独行的旅人的故事，可是，如果对这些故事进行深入、仔细的调查，那么就会发现它们多半是子虚乌有的传闻。

灰狼号叫的声音很深沉，而丛林狼或草原狼的号叫却是高音调的尖声。看来狼群中间有一种语言传递信号的系统，这个系统由不同长度的号叫、咆哮、吠叫所构成，其空间和口音各不相同。灰狼多半在夜间巡游和号叫，然而对于它们来说，在光天化日之下捕猎或漫游，也并非什么不同寻常的事情。

灰狼也以森林狼而著称。它们的体色可能是灰色、略带灰色的黄色或略带灰色的黑色，偶尔是浅红色，也不时接近乳白色。即便是在同一个狼群中关系密切的各个成员之间，颜色差异也很大。

实际上，灰狼从前遍布整个北美洲，尽管被划分为不同的亚种，但在佛罗里达和阿拉斯加、在拉布拉多和亚利桑那，它们真的都是同一种狼。在不同的地方，它们的尺寸、颜色和次要特性都各不相同。它们让自己适应了生活之处的食物供应，遵循获取食物的方法。虽然分布在各处，但它们是同一种灰狼。

美国现今的灰狼群体并非多得数不胜数，但它们活跃、好斗且具有破坏性。在东部的那些州和加利福尼亚州，这种动物或许已经被消灭了。从经济上来讲，丛林狼或许比灰狼对人类更有益，而且对人类饲养的牛群的破坏性也要小一些。

和大多数动物一样，灰狼一半都生活在一个固定的活动范围内，在一个地区度过自己的一生。这个活动范围的直径约 24~32 公里，在某种程度上，其面积和形态依赖于食物供应和地形。我所熟悉的一只灰狼，就拥有一个 64×16 公里的活动范围。

在大多数时候，灰狼都成双成对，并不会独行。从我自己的观察和别人的观察中，我相信它们通常一生都配着对。它们的家是一个巢穴，通常位于阳坡上。巢穴可能是它们自己的，也可能是一个它们进行了扩宽的草原土拨鼠的洞穴，要不就是一个天然洞穴。在林中，它的巢穴可能在一棵巨大的空心树中。一对灰狼几乎总是让自己拥有一个巢穴。我听说过几个实例，在同一个巢穴中发现了两窝狼崽，可是第二窝狼崽，很可能是在紧急情况下，其父母为了安全起见才将其搬移到这个巢穴中来的。

美国境内的灰狼并不凶猛，它们一般都不会主动攻击人类。它们可能曾经很凶猛，但是在多年以前，它们就认识到了把自己的行踪暴露给人类纯属愚蠢行为，因此现在它们常常避开人类。

尽管如此，灰狼并不是懦夫。当它需要通过勇敢来获得一切的时候，它就会毫不犹豫地表现出极度的勇敢。那种给人留下印象、不计后果、直面观众的勇敢，那种相当肯定的伴随着死亡的勇敢，对灰狼没有吸引力。然而，一些实例却记录了很多灰狼冒着生命危险，从人类或其他动物那里拯救或试图拯救其受伤的同伴的事迹。

有一个人捕获了一些狼崽，并将其带回家，置于一个盒子中，再把盒子放在一道高高的尖桩篱笆里面。他认为，母狼可能会舍生忘死地前来营救自己的孩子，便精心准备诱捕它。他拔掉了篱笆中的一根尖桩，在篱笆里里外外和缺口处都布满了捕兽钢夹。第一天夜里，那母狼便勇敢地前来营救狼崽，但令那个设置陷阱的人感到无比遗憾的是，尽管他布下了天罗地网，那只母狼还是巧妙地避开了所有危险，成功地救走了自己的孩子。

第 12 章 野生动物越冬记

Winter Ways of Animals

冬天，饥肠辘辘的山猫越过池塘上的冰层，直奔河狸的房子，企图捕捉猎物果腹。很多候鸟南飞之后，一些鸟儿留下来在当地过冬。从秋天开始，北美鼠兔、河狸、松鼠、花栗鼠等小动物就开始大量贮存食物，此时安心享用自己的劳动成果。熊和花白旱獭等动物进入冬眠或半冬眠状态，但不时也会从洞穴中短暂地出来透气或晒太阳。山鹿和麋鹿等食草动物从夏天的高山栖息地往山下迁移，建立冬季聚居地，抱团取暖，共御强敌。在厚厚的积雪中，灰狼、丛林狼和山狮等猎食者在行动，伺机捕杀失误的猎物。灰狼与山狮为争夺食物而吵闹不休，却不料双双被不请自来的灰熊赶走。冬天也是动物换衣的季节，它们的冬装与夏装通常大不相同……

山猫直奔池塘中的河狸房子

一个冬日下午,我正走在回家的路上,就在山峰的林木线下面不远之处,我偶然遇到了一个河狸聚居繁殖地。我在林边伫立了一会儿,面对那静静的白雪覆盖的池塘,看见一条条来自四面八方的动物踪迹越过池塘。在一两米的范围之内,两只宿营的鸟儿歇落在一棵树上,专注地观察我,同时,我还听见一群山雀穿过树林展翅飞翔。

这时,一只山猫从对岸的柳树丛中从容地走了出来,一路前往白雪皑皑的池塘,直奔河狸们建造的房子。只见它缓缓前行,爬上河狸房子的屋顶,嗅闻了一会儿,然后就用右前爪扒那房子,又再次嗅闻,却一无所获。

山猫爬了下来,围绕着河狸房子走了好几圈,然后便朝着我藏身的树林走来。很快，它就闻到了我的气味，停了下来，观察了一会儿，然后全速逃进英国针枞林。在平时，其他山猫也造访过河狸房子的屋顶，并沿着河狸修筑的堤坝一路觅食。一两天之前，一些山羊也越过了这个池塘。

这个池塘位于一道深深的干峡谷之中，在看不见的冰雪之下，一股清泉注入其中。在河狸修筑的堤坝顶端，汇集的水流穿过一个直径约为46厘米的洞孔迸发而出。这个池塘冻结了5个月，而在这5个月中，河狸每天都要在冰层下的水中游动一两次。当它们饥饿的时候，就会游到自己预先贮存在池底的山杨堆上去取用一截食物，从冰层下将其拖拽到自己的房子里面，再美美地享用这保存得极好的绿色山杨树皮。

在冬天，大多数夏天的鸟儿都飞走了，剩下的鸟儿和一些走不远的野兽则去了别处，尽管那里的冬天并不比它们的夏天之家的冬天温和，但食物却更为丰富，因此不用忍饥挨饿。留在夏天之家过冬的鸟儿，还有大多数野兽，都一如既往地生活，干自己日常的事情。它们通常没有为过冬，甚至没有为第二天贮存食物。对于它们而言，在雪原上获得食物似乎并不是困扰自己的问题。

然而有一些动物，如松鼠、花栗鼠、野兔与河狸，却预先为过冬而贮存了食物。通常，它们把这些食物囤积在自己容易抵达、取用方便之处——在地上、地下、水中，其选择的贮存地各不相同，主要取决于食物主人的趣味和习惯。

山顶上，北美鼠兔（Little Chief Hare）每年秋天都要贮存一堆堆的干草。这一小堆干草放置在一块大圆石的隐蔽处，要不就放在一块大岩石旁边，靠近自己的洞口，方便取用。就在河狸享用它那保存得极好的绿色山杨树皮的同时，北美鼠兔也在满足地咀嚼着自己贮存的干草。

河狸是为过冬而贮存食物的动物之一，而且它们还能解决自己收获的绿色山杨、桦树和柳树等食物的贮存问题。在秋天，它们将自己喜爱的食物贮存在冰雪线以下的池底，把这些树皮像罐头一样保存在冰冷的水中，这种天然的贮存方法可以使食物好几个月都很新鲜。

松鼠也会贮存坚果和松果，作为过冬食物。大多数松鼠都有一个规律性的贮存地，其占地面积仅为两三平方米或更小，通常距离松鼠的冬天之家——树洞所在的那棵树 15~18 米。

在进食的时候，松鼠通常要前往自己的谷仓或食物贮存地，将其作为餐厅来使用。一只生活在我的小木屋附近的松鼠，每次享用美餐的时候都栖息在同一根树枝上面。它会抓住一个松果，爬上这根距离雪地大约 1.8 米的树枝，背靠树干开始用餐。有一天，它正吃得津津有味，却不料一只猫头鹰突然飞进树林，吓得那松鼠赶紧扔下松果，来不及吱叫一声便仓皇奔逃上了树端。

还有一天，一只丛林狼悄然无声地穿过树林走来。它不曾看见我，我也没看见它，直到那只松鼠突然爆发出一阵松鼠间所特有的急促叫声，我和丛林狼才意识到对方的临近。那只松鼠喋喋不休地抨击丛林狼，可能还用自己的话给它取了若干名字，面对它的抨击,丛林狼并不喜欢,可是又能怎样呢?它只是看了松鼠一眼,便继续前行。那只松鼠悬挂在树上,右爪抓着松果,四处挥舞,不停地诅咒那丛林狼,一直到它走出视线,那松鼠似乎还余怒未消。

某些种类的花栗鼠也会贮存大量食物,其中多半为野草籽。然而对于花栗鼠的冬日生活,人们似乎还知之甚少。

但是有半年的时间,我的小木屋周围的花栗鼠都潜伏在地下,几乎都不露面。一年中,我的小木屋附近的两只花栗鼠仅有4个月爬出洞来活动。在这几个月里,它们忙忙碌碌地收集野草籽和花生之类的食物,将其贮存到地下洞穴里面。我通过两次挖掘,发现花栗鼠在洞穴中沉睡,无论怎样都没法唤醒它们。我相信,它们在8个月中的大部分时间都在地下沉睡。这两次挖掘行动,还证明了它们只吃掉了自己大量贮存的食物中的一小部分。

接近春天,冬眠的熊会出来透气、晒太阳

在食物匮乏、天气寒冷和下雪的时候,一些动物就纷纷躲进洞穴呼呼酣睡。通过冬眠,它们在沉睡中消磨了好几周的时光,因为在这个时候,大地白雪皑皑,一派荒凉,活动与觅食都很艰难,所以这些动物以冬眠的方式来克服冬天所带来的困难。熊与花白旱獭就是著名的冬眠者。很多花栗鼠和某些种类的松鼠也会在模糊未知的时段进入冬眠。

蝙蝠和熊,从不关心
冬天的风怎样吹动;
跳鼠在舒适的房子里
远离冰雪和天寒地冻。

花栗鼠和花白旱獭,
缓慢而确信的黄鼠狼,
憎恨月亮、满身环纹的浣熊,
发现寒冷对自己毫发无伤。

——小塞缪尔·斯科维尔《日常历险》

在冬天的大部分时间或整个冬天,那些冬眠的动物都躲在洞穴中斋戒,沉睡,没有受到严寒的伤害,而且很可能还因为斋戒和沉睡而受益。熊和花白旱獭,在秋天进洞睡觉的时候肥胖得大腹便便,而春天出来的时候,身材也相差无几。

冬天的皑皑白雪把熊的巢穴覆盖起来,还封闭了入口和气孔。大多数熊和花白旱獭似乎整个冬天都在沉睡。我知道,在冬天,一只特殊的花白旱獭不时会把头从洞中探出来几分钟,或许是在透气,熊可能暂时出来漫游一会儿,尤其是在它感到不舒服的时候,它就会离开洞穴。我知道,在接近春天的时候,一些熊会短暂地出来呼吸空气和晒太阳。

隆冬时节，熊更需要睡眠。可是冬天很寒冷，即便是没有下雪，凛冽的寒风也会穿过它构筑的陋室而呼啸，而积雪一般都会封闭气孔，将寒意挡在外面。在冬眠之前，熊会一口一口把雪松树皮和干草衔到巢穴之中，构筑一个舒适的窝。

同一个冬天，我遇到了另一头熊，肯定是寒冷或者其他什么原因将它赶出了巢穴。当我看见它的时候，它正试图重新打开一个旧洞穴，那洞穴就位于河岸后面，在一棵针枞树的根须下面。它或许在别处也尝试过挖掘洞穴，可是地面冻结得坚硬如石，让它根本无从下手。正当它在努力劳动的时候，一只短尾猫咆哮着走来，那头熊见状，便伸出爪子朝着短尾猫击打，那短尾猫迅速后退，接着就逃之夭夭。那头熊继续劳动，却不料在拉扯一条根须时滑倒了，翻滚到河岸下面，随后起身穿过树林离开。

有一年的2月下旬，我偶然遇到一连串熊的踪迹，这串踪迹从一道悬崖向阳的一侧通往一个敞开的巢穴。在这些踪迹中，既有新近留下的脚印，也有两三周之前留下的旧脚印。在其他地方，我看见过的很多证据都证明：在接近春天的时候，熊会短暂地出来晒太阳和呼吸空气，却从未发现它吃喝东西的痕迹。

在我的小木屋附近，当花白旱獭进入地下冬眠之后，我确定了它们的4个洞穴。9月10日，我把一捆干草塞进每个洞口。在冬天，其中一只花白旱獭有时会扰乱洞口的干草，探出头来。我无法断定这是不是圣烛节①。其他花白旱獭继续留在地下沉睡，直到 4 月 7 日到 12 日之间才会出来，它们在地下生活的时间大约为 7 个月，而这 7 个月是它们不吃不喝的月份，不仅没有食物果腹，还很可能没有饮水。

浣熊这种动物好像始终色彩鲜艳、独特，似乎还拥有自己的冬眠体系。每年冬天，很多浣熊都会有一系列短暂的冬眠，而在这些短睡之间，它们会出来获取食物，像往常一样进食与生活。然而我相信，它们的这些冬眠时段具有一定的规律，常常与暴风雨或者下雪的时段相对应。

一个冬日，当我在密苏里试图观察一群野火鸡时，却遭遇意外。积雪上的痕迹显示，这些火鸡从树林中出来，来到一堆玉米秆上啄食残留的玉米。我希望看见它们，便埋伏在附近的另一堆玉米秆后面，并围绕这堆玉米秆移动，上面和周围的积雪仅仅显示出了那些喜欢外出的鼠类留下的痕迹，而雪已停了两天了。

我爬进了玉米秆堆的中心，却不料踩到了某个感觉如同大狗的物体上面，这让我十分困惑。可是几秒钟后，那个物体就朝我扑来，我盲目地试图挣扎、摆脱，它摸起来如同一头熊，于是我立即逃逸，慌乱中掀翻了那堆玉米秆：原来那是一只眨着眼的浣熊，它看了我几秒钟之后，便赶紧逃往树林。

---

①指 2 月 2 日，传说花白旱獭在每年的这一天结束冬眠。

山鹿和麋鹿垂直迁徙到山下过冬

尽管积雪很厚,却很少困扰那些为过冬而预先贮存食物的野生动物。有时候,积雪甚至还有助于那些贮存食物者,也有助于冬眠的熊和花白旱獭,甚至对于一些既不冬眠也不贮存食物的小动物,也有一定的帮助。

一个冬日下午,我沿着流经我的小木屋的溪流前行。最后的风从一个不同寻常的方向——东北方吹来。风吹起的干草纷纷扬扬,飘落到一些小小的山杨树丛上,山杨树端从这些散落的干草中露了出来。

在一个雪堆顶上,一只棉尾兔正在愉快地享用细枝的树皮。这个被积雪隆起的平台,给它提供了便于获得食物的大好机会,让它大部分时间在那里进食。在这个雪平台的底部,它钻出了一个洞孔,显然打算就住在那里,方便自己随时获取食物。

当我朝这个洞孔里窥视时,我看见有两只鼠类动物顺着洞孔奔跑。这堆积雪会保护它们免遭丛林狼的魔爪。它们在积雪下面很安全,可以挖掘自己小小的隧道,可以吃草和啃树皮,即使丛林狼在雪堆上面跳来跳去,它们也很放心,完全可以无忧无虑地生活在里面。

积雪中的踪迹表明,一只丛林狼已经有两天都没有捕获到任何猎物了,因而饥肠辘辘。这段时间里,它游历了好多公里,足迹遍及方园 4.8 公里内的土地,尽管这片土地上的猎物还真不少,可是那丛林狼实在运气不济：当它接近了一只野兔的时候，不料那几乎到手的猎物竟然逃之夭夭；它还差点咬住了一只松鸡，却只怪自己的捕猎技艺欠佳，只咬到一口羽毛，就让猎物从嘴边逃走了；它甚至还观察过一群鹿，然而也一无所获。在耗费了两天或更久的时间之后，它终于捕捉到了一两只老鼠，匆匆果腹。

平原上的羚羊似乎常年生活在同一片领地中。冬天，我多次来到平原上，发现一群羚羊在我夏天发现它们的地方进食，然而在一段下雪的时间里，我却发现它们都消失了。我大为好奇，便开始寻找，最后在西边大约24公里处发现了它们。那里的积雪要么相对较少，要么就是被疾风吹走了一部分，使得许多现成的草料裸露了出来。看起来，那些羚羊的身体状况良好，因为就在我观察它们的时候，其中的一些还开始奔跑。

灰狼群体也迁移了。这些灰色的大家伙当中，有一些接近了羚羊。我无法猜测，以这个区域为栖息地的其他羚羊和灰狼，会怎样对待这些新来者。

在夏天，山鹿（mountain deer）和麋鹿通常以高山地区为栖息地，而现在它们从山上迁徙到了山下，走了几公里，前往下面的低地过冬，因此可以说它们是在做垂直迁徙。下降300来米的垂直高度，相当于大约向南1600公里的气候变化。因此，它们可以在距离自己的夏天避暑地大约8~40公里的地方过冬。在杰克逊霍尔（Jackson Hole）地区过冬的麋鹿，在路途约60~80公里之外的山上有一个夏季栖息地。然而人们可能发现，一个又一个夏天，那些在低地拥有栖息地的鹿和麋鹿，不愁食物来源，几乎完全生活在没有围栏的小牧草场上。

当地面覆盖着厚厚积雪，鹿、驼鹿、驯鹿（caribou）和麋鹿常常采取冬令聚居的生活方式，抱团取暖，共御强敌。在积雪深厚的漫漫寒冬，驼鹿和驯鹿是照料自己的专家。在冬天，它们往往会选择一个能供应最多食物的场地，而那里还能为它们提供其他有利的机会。

山狮和灰狼入侵麋鹿栖息地，每次都被击退

一个积雪深厚的冬天，我造访了一些正在冬令聚居的麋鹿。在这片森林中的麋鹿之家上面，冰雪覆盖，没有树木的山峰高耸。这个场地边缘参差不齐，大约有800米长、400米宽，一半是覆盖着桦树、柳树和散落的枞树的沼泽，其余区域由开阔的空间、山杨丛、生长得密密麻麻的针枞混合而成。

麋鹿持续的践踏压平了积雪，使得它们能够轻而易举地四处移动。但在这个场地外面，积雪十分深厚，它们一旦踏上去，便很可能会陷入其中。沼泽中，麋鹿食用青苔、野草和其他生长的植物，然而在接近春天的时候，各种杂草不是被吃得精光，就是被掩埋在冰雪下面，于是麋鹿就转而啃食山杨嫩枝，以及桦树和柳树的树冠、枝条和树皮。

就这样，麋鹿们从容地生活在这个地区，不仅如此，这里还

能使麋鹿的敌人无法逼近。有好几次，我从留在地面的踪迹中得知，山狮进入了这个自置的"野生动物保护区"，但那个掠食者每次都无功而返；还有两次，一些灰狼也入侵了这里，可是每一次麋鹿都在这个被践踏过的空间里面围成一个圈子，奋起反击，有效地击退了狼群。

2月下旬的一天，我造访了这个场地。麋鹿显然瘦了，可是身体状况还不算坏。当我在附近游移的时候，这整整一群麋鹿都开始相互追逐，通常是疾驰，然后转弯，用后腿高高地立起来，回避同伴的头颅。如果我清点得正确无误的话，那么整个冬天，这一群麋鹿都生存得很好，没有损失一头。

然而，驯鹿似乎是唯一在夏天和冬天的活动区域之间迁徙的动物，它们会在季节转换之际长途跋涉好几百公里，像许多种类的候鸟一样，改变自己栖息地。这种迁徙的主要原因就是食物供应。然而，树林中密密麻麻地漫飞的蚊子，可能是它们在每年夏天都要远远地迁徙到大北方的另一个原因，北方有野草丛生的大草原，树林中还有宽大的开阔地。然而在冬天，它们寻找食物，并躲在森林中的场地里。

当我穿着雪鞋在森林覆盖的山峦上旅行，走向朗斯峰的东南部的时候，我偶然遇见了山狮留下的一条踪迹，新得令人吃惊，于是我沿着这条踪迹一路追踪，前往一个位于悬崖底部的岩石堆下的洞穴。显然，那只山狮就在里面。我看见它离开洞穴时留下的一些旧踪迹，便又开始追踪起来：它穿过树林蜿蜒曲折的小路之后，径直登上了悬崖顶端。在这个地点，它显然看见了一些鹿，于是它向前匍匐爬行，然后再原路返回，右转，接着又绕向左边，积雪有些深厚，它那硕大的爪子陷入积雪。尽管它这次很努力地进行捕猎，但是鹿却成功地突围了，它一无所获。

但是那只山狮并不甘心，接着爬上一棵倒下的树，向前匍匐爬行。那棵倒下的树向上翻起的硕大根须，把它给严严实实地隐藏起来。最终，它瞅准时机猛然疾驰而出，抓住了附近的一头鹿，显然在经过一番短暂的搏斗之后，山狮将其猎杀。然后，它又追逐并猎杀了一头幼鹿——那头不幸的幼鹿逃向左边，却陷入厚厚的积雪，尽管不停地挣扎，却也无法逃脱山狮的利爪。山狮没有回到它猎杀第一头鹿之处，却将第二头猎物饱餐一顿，然后心满意足地回到了洞穴。

我追踪另一个鹿群，在一片沼泽中，它们一度停在积雪中啃食高高的野草尖和柳树。我在一片浓密的针枞树丛中接近它们，这里的积雪较浅，好一部分积雪依然悬挂在树木上面。

这些鹿环绕着走出针枞沼泽，走上它们进入沼泽时开辟的小道，沿着这条小道返回，一路来到山狮猎杀第一头鹿之处，跃过死去的同伴，爬上岩石嶙峋的山岭。由于山岭上的很多积雪都被疾风吹走了，岩石上仅仅间或有一两条深深的雪带，因此在大多数时间里，它们都能迅速前行。

灰狼与山狮争夺食物，却被灰熊赶走

在我冬天的旅行中，常常意外地遇见豪猪。冬天和夏天，它似乎都很满足。周围有一万棵树可为它提供食物，这些食物可以让它饱餐一生。它的表情始终呆滞而又昏昏欲睡，我怀疑它根本没有足够的热情来进行嬉戏。

整个冬天，留在雪地里的鸟儿让自己很满足。和冬天的走兽一样，它们通常食物充足，根本不用发愁。然而，大多数鸟类拍动那机翼似的翅膀，在大地上飞上飞下，在春天飞向北方，在秋天飞往南方，从而逗留在夏天逗留之处，随着夏天迁徙而迁徙。

在我的周围，臭鼬每年大约要冬眠两个月，在有些冬天可能根本不会冬眠。整个臭鼬家族一般有6~8个成员，通常一起躲进洞穴沉睡。隆冬时节，我观察一个臭鼬巢穴，发现里面有8只昏睡的臭鼬，而一道被掘开的河岸将它们暴露在光天化日之下。我没有打搅它们的好梦，就让它们继续沉睡，因为如果强行把它们弄醒，它们可能不怎么喜欢，有谁愿意跟臭鼬打交道呢？

另一次，一场突如其来的雪崩把一根大树桩连根拔起，让躲在下面的4只臭鼬暴露了出来。当我在雪崩发生半小时后到达那里，那些家伙还在眨眼睛，慢慢蠕动，仿佛过于陷入了那种昏昏欲睡的状态，无法决定究竟是起床，还是继续美美地睡上一觉。

很多故事都讲述了冬天的灰狼的极度饥饿和凶猛。在有些时候的确如此。狼群似乎始终都有尽管不是很大却很好的胃口。有些时候，它们也会很多天都饥肠辘辘，无法获得一顿饱餐。然而，如果冬天多雪，积雪通常会让它们更容易捕捉猎物，它们在雪地上联手围猎，大开杀戒。

鹿、麋鹿还有山羊偶尔会陷入深深的积雪而无法自拔，或被雪崩击倒。有时，它们会被困死在积雪中，或者在雪崩中丧命。四处觅食的灰狼、森林狼和丛林狼通常会发现这些已经死去的动物，而且会尽可能长久地停留在这些尸体旁边大快朵颐，将其吃得精光，只剩下啃不动的骨架。

在我的经历中，我曾经了解到这样的实例：在丧生于雪崩的动物尸体旁边，一些灰狼和两只山狮逗留了超过两周，为争夺食物而吵闹不休。我在山下的树林中扎营，每天早晨都听见一阵阵吵闹声，晚上醒来的时候也听见这些噪音，在白天也偶尔听见。最后，一头灰熊发现了这个进食之地，它可能是闻到了尸体的气味，要不然就是在两三公里之外听见了那些吵闹的咆哮声，因为狼群和山狮一直在大肆享用动物死尸、争斗、嬉戏。一天夜里，外面非常喧闹，吵得我突然起身，想去看看究竟发生了什么，可是外面漆黑一片，伸手不见五指，我只得折身返回，等到早晨来临后，那些喧闹声才渐渐平息下去——我这才发现，狼群和山狮都不见了踪影，唯有那头灰熊留了下来。灰熊离开之后，我发现原来那里约有15~20头鹿被雪崩击倒了，它们的尸体横七竖八地躺着，与树木的残骸混杂在一起。

对于人类和动物来说，冬天正确的着装很重要。着装问题，也许比食物问题还重要。

温带地区的冬天导致大多数鸟儿和野兽换装，穿上了不同的外衣。动物冬天的外衣比起夏天的外衣来，色彩大为不同。在秋天，熊、河狸、灰狼和羊都穿上了一件厚重的黄褐色新衣；到了春天，这件衣服变得磨损、褪色。鼬鼠在夏天穿着黄褐色的衣服，可是在冬天却一身纯白，唯有尾尖是乌黑的。每年冬天开始的时候，雪鞋兔（snowshoe rabbit）穿上新衣。这种衣服毛茸茸的，温暖而纯白。比起其他野兔的衣服来，它在夏天的衣服的颜色略深一点。如果没有积雪，它就将脚立在地上或倒下的圆木和岩石堆上进食，然而如果积雪深厚，它就用自己的雪鞋牢牢地固定在雪地上，始终准备好轻盈地走过最柔软的雪面，而这也是它生活的特色。

温带地区的动物以这些方式进行冬眠、吃自己贮存的食物，或者像在夏天一样生活，能糊口过冬，凭借习性和改变着装，它们满足地越冬。"冬天通常没有什么艰难困苦，有的是时间去打闹和嬉戏。"因纽特人这样说。温带的生活也这样表明：冬天将是熟悉的地方、熟悉的季节。

第13章 平原上的叉角羚

Pronghorn of the Plains

在一望无际的大平原上，叉角羚始终面临重重杀机：带着幼仔的雌羚羊最容易遭到丛林狼的追捕，为了躲避敌人的魔爪，幼羚羊纹丝不动地藏在灌木丛中，其体色跟周边环境融合得天衣无缝，尚未成熟的臭腺也不会发出气味，因此躲过了一劫。或者，多只丛林狼相互配合，将雌羚羊团团围住，企图将其累垮，逼迫它离开幼羚羊前往水坑饮水，再趁机捕杀幼羚羊。在逃逸中，羚羊往往依靠速度取胜，而狼群在捕猎时，则采取"接力"方式轮番追逐，直至得手。叉角羚一直处于高度紧张的状态，随时监视着可能的来犯之敌的举动，其臀部有白斑，被认为可以用来报警——一旦有危险逼近，那白斑就变得醒目，向周围的同伴发出危险的信号……

丛林狼近在咫尺，幼羚羊纹丝不动

一天早晨，我在大平原上醒来的时候，却发现我在头一天夜里的黑暗中，匆忙把营地扎在了一只雌羚羊的附近——在这里，它哺乳着自己的两个孩子。这是早餐时间。通常，两只幼羚羊会立即同时吃奶，可是在这个早晨，两只幼羚羊轮番在母亲腹下吃奶。那吮吸的幼羚羊士气高昂，追求一顿温暖之餐，动作有些急不可待，甚至会被认为是"狼吞虎咽"。有时候，它用头有力地一抵撞，奶水就加速流了出来。早餐结束了，那只雌羚羊让幼羚羊低卧在一个小盆地的浅草之中，把自己隐藏起来，接着就离开它们，开始朝着南方行进，到那边去觅食。在约 400 米的范围内，最大的物体就是几簇发育不全的矮小的灌木蒿（sagebrush）。我把睡袋短距离地移到一个以前有野牛打滚的泥坑中，在那里仔细观察它。只见它稳步进食，一路走上适度的缓坡，然而在它所处的那个位置上，它始终看得见幼羚羊，更看得见在它们周围无遮的旷野上任何临近的东西。这样的话，一旦有风吹草动，它就可以立即迅速返回去保护幼仔。这位母亲并没有啃食那因为营养而著名的茂盛的野牛草（buffalo grass），也没有啃食任何盛开的植物，它仅仅在津津有味地啃食稀疏的灌木蒿上那苦涩的灰绿色叶片。当它抵达大草原上低矮的隆起处顶部，在天际线上停留了片刻，然后开始奔向一个距离此地约 3.2 公里之遥的水坑，前去饮水。

几秒钟之后，在距离幼羚羊一两百米处的一道小山岭上，一个狐狸般的脑袋在窥探。接着，一簇遥远的灌木蒿变成了另一种移动的形态——两只丛林狼一路小跑着进入了现场。显然，这些丛林狼知道两只幼羚羊就隐藏在附近的某处，因此它们就追踪雌羚羊留下的气味而来，且睁大眼睛四处观察，竭力寻找幼羚羊。

成年羚羊也许比其他大型野生动物拥有更多的臭腺，散发出更多的气味，可是幼羚羊显然臭腺尚未成熟，因此很少散发出气味，或者根本不会散发气味。当它躺下来，它那青春的色彩就跟周边的环境融合得天衣无缝，以至于肉眼很难看见它。一旦幼羚羊伏倒在地上，固定在长满草丛的大地上，只要不移动，即便是最敏锐的眼睛和鼻子也难以察觉它的存在。

两只丛林狼一路走来，在距离其中一只幼羚羊一两米之处停了下来，但它们既没有看见幼羚羊的身影，也没有闻到它的气味。那幼羚羊伏倒在两簇灌木蒿之间，纹丝不动。最终，两只丛林狼无法找到幼羚羊，便沿着雌羚羊留下的踪迹悻悻而去，一路小跑着离开了。

我走过去察看幼羚羊。尽管我知道它们在哪里，但我还是绕了好几个圈，目光才落到它们身上。它们的身体呈现出略带灰色的褐色，微微地显出它们未来的图案轮廓。我站立在距离它们约60厘米之处观察。其中一只幼羚羊的眼睛和耳朵上，有一只苍蝇在爬行，而另一只幼羚羊的鼻子上，有一只蚂蚁在横行，尽管如此，两只幼羚羊都像木头一般纹丝不动。

大约两周后，当幼羚羊的腿正在发育、变得活跃的时候，雌羚羊就远离了同类而独自带着孩子生活。因为要对付时常出没的敌人，它常常很难熬。

当那两只丛林狼刚一走出视野，我就赶紧跑上附近制高点，希望能用望远镜看见那只雌羚羊。它刚刚才离开水坑，它的运动显然是它实施的一部分计谋，用来欺骗敌人——主要是欺骗丛林狼那警惕的眼睛和狡猾的鼻子。它朝着南方进食，走出了400来米，然后依然继续前行，又奔跑了超过1.6公里，接着它朝着东北方驰骋了3.2公里，后来在它用了很多迂回曲折的路线来弄乱自己的踪迹之后，才回到幼仔的身边。

就在我跑过去跟踪和观察雌羚羊之际，在距离那两只幼羚羊大约800米之处，我意外地绊倒在一只落单的幼羚羊身上。我发现它纠缠在一簇灌木蒿低低伸展的扭曲的枝干之间，动弹不得。直到我抓住它，将它拽出来，那只幼羚羊才能动。然后它就挣扎着，发出一声低低的咩咩声。

我立即意识到,这一声叫唤可能会把雌羚羊像闪电般地招来,于是就放开了它,站起身来。雌羚羊就在那里,风驰电掣地跑了过来,它仅仅在一百多米之遥,根本不在乎人类是最危险的敌人这一事实,可见其护子心切。在我没有直起身子来的那个时刻,它可能会靠得多么近,可能会发生什么,完全不敢想象。然而,那只被释放的幼羚羊从后面用头猛然抵撞我,之后一溜烟朝着它的母亲飞奔而去。

大平原上,几只灰狼轮番追逐羚羊

在一年中的大部分时间里,这片沉寂的大平原都沉浸在茶色与褐色中,仿佛在歇息。那阳光灿烂的远方如梦似幻,仅仅显出一片片移动的云影。有时候,一阵短暂的沙尘暴如同屏障一般扫掠而过,或者风滚草借助风力而疯狂地滚动,从地平线滚向地平线,朝着边缘跃进、翻滚,越过那里,最后消失得无影无踪。然而,在幼羚羊出生的时候,这些没有尽头的远方就颤动着鲜花和歌声。

一个5月的早晨,一群黑鹂(blackbird)歇落在一棵枝繁叶茂的三角叶杨上面,在一个无树的远方的帝国里,这棵树就成了孤零零的一蓬。这些黑鹂突然唱出一阵旋风似的歌;两群羚羊处于各自的天际线上;在整个辽阔野性的大草原上,那黄色胸脯的草地鹨(meadow lark)发出旋律悠扬的银铃般的声音;草原土拨鼠到处蹦跳、吠叫又嬉戏；蝴蝶们绕着圈子飞翔，飘浮在稀疏而矮小的灌木蒿上面；成千上万的小鸟忙忙碌碌地筑巢、歌唱；绚烂的野花形成了无数凹凸不平的空间，照亮了每一条地平线的草绿色表面。

这种羚羊被认为是叉角羚（pronghorn），因为它的每只头角上都有一个小小的叉子。这个叉子更像是一种防卫武器，起着刀柄之类的作用。在搏斗中，一只羚羊常常用这个叉子刺向对手，以便抓住或刺伤对方。但是，雄羚羊的头角通常还不到25厘米长，而很多雌羚羊都没有头角，因为在它们的头上，这些头角极少发育完全。

鹿和麋鹿拥有每年脱落的头角，即它们的头角一年就要脱落一次；山羊和大角羊的头角从不脱落。然而，羚羊每年都要脱落头角的外层——角尖和外壳，保留下来的剩余部分，会长出新的头角来。

这种羚羊拥有某些显著的特征，其中一些是独一无二的。它没有悬蹄；毛发是空心的，充满了脂液；牙齿是奇特的式样；它多半啃食苦涩或刺激性的食物；拥有远程视力的大眼睛，几乎具有望远镜的功能；拥有无数分散的臭腺；实际上没有颜色伪装，它的颜色部分显露，因为它的白色臀部的毛发浓密，起着发送信号的作用。这种羚羊是在平原上疾驰的优雅的模特，是长久而成功地进化而来的。它是我们最小的或接近最小的有蹄类野生动物。

这种羚羊擅长于奔跑，速度极快。如果平原上举行一场可以自由参加的奔跑竞赛，参加者以鹿、羚羊、麋鹿、羊、熊、丛林狼、狐狸、狗、马甚至野兔作为参赛者，无论这场竞赛是 1.6 公里还是 16 公里，这种羚羊通常都会夺冠，成为优胜者。也许，只有纯种赛马和灵提能超过它的速度，可是在野生动物中间，这种羚羊的身手确实矫健、迅疾，鲜有敌手。

面对叉角羚的速度优势，灰狼和丛林狼在捕猎时会进行交替追逐，或者采取策略，通过各种互助的方式来将其捕获。不过，羚羊偶尔会在逃逸中转身面对追逐者，跟它们凶猛地搏斗，有时候还会成功击退敌人。

有一次，在内布拉斯加西部的大平原上，我看见两个超速疾驰的物体在地平线上搅起滚滚尘埃。那是被一只灰狼从羚羊群体中分隔出来并追猎的落单的羚羊，羚羊在前面拼命逃逸，而灰狼在后面穷追不舍。它们在大平原的地平线上消失了片刻，然后又重新出现。我拿起望远镜观察它们，看见那追逐的灰狼放弃了追逐，而就在它放弃的那一瞬，另一只灰狼却从躲藏处突然跃出来替换同伴，继续这场追逐。我透过望远镜跟随它们的身影，看见它们在天际线上迎着一片云疾奔，渐渐降临到视线下面，在一座孤丘后面飞驰，接下来跑出的大圆弧迅速使它们处于 800 米的范围之内。在我的视野中，又一只灰狼跃入了这场追逐。如此的循环之中，那只羚羊几乎被累得筋疲力尽。当它消失在山岭那边的时候，那几只灰狼猛然跃到它的脖子上。一阵阵小小的沙尘表明追逐者和被追逐者的前进。这些沙尘渐渐暗淡、消散，我密切注意着那些奔跑者是否会从天际线上冒出来，然而，它们再也没有出现。

丛林狼围困雌羚羊，企图伺机捕杀幼羚羊

有一次，我观察到一只丛林狼在一只雌羚羊附近来回走动，而那只雌羚羊带着两只幼羚羊。雌羚羊很机警，高度警惕地注意着丛林狼的一举一动，但是，由于带着两个孩子，它被困住了。两三个小时之后，另一只丛林狼前来接替这只丛林狼。这是丛林狼所采取的一种新的替换方式，显得相当从容不迫。很显然，这个恶魔般的阴谋就是要累垮雌羚羊，等到它被迫离开幼仔前去饮水的时候，丛林狼就趁机捕杀两只幼羚羊。

雌羚羊到达下一个水坑，要走超过24公里的路程，而且，这可能是丛林狼折磨那雌羚羊的第2天甚至第3天了。我及时施以援手，把丛林狼赶走了，可是我走了还不到800米，却看见那些狡猾的家伙又绕着圈子回来了。我不知道这个故事的结局，然而，我一边前进，一边祝愿这位羚羊母亲可能拥有叉角羚在沙漠地区的特殊进化能力，可以保持很多天不饮水也能安然无事。

叉角羚的食物是鼠尾草（sage）、黑肉叶刺茎藜（greasewood），有时是仙人掌，而在沙漠上，是肉苁蓉（broomrape）。我没有见过它吃草。在西南部那些极度干旱的地区，当地的叉角羚群落，跟山地野绵羊和沙漠中的其他动物一样，进化出了很多天不饮水的习惯，有时周期长达两周或更久，仅仅依靠自己所吃的植物中的那点水分来维持生命。

当幼羚羊在约 3 周大的时候,它们好像就把自己的腿完全使用起来了,通常会跟随母亲去进食和搏斗。在这个时期,很多雌羚羊和幼羚羊会聚集在一起奔跑,它们因此能相互帮助,更好地抵御丛林狼和其他敌人的偷袭和进攻。有时候,在危险的情况下,一些雌羚羊前去饮水的时候,幼羚羊被留下来,由另一些留守的雌羚羊照看、保护,使其免遭敌手,饮完水的雌羚羊回来后,再替换留守的雌羚羊前去饮水。

早秋时节,老少雌雄的羚羊往往都会聚在一起,大群大群地奔跑,度过整个冬天,而幼羚羊常常在一起游戏。一只雄羚羊频频成为拥有二三十个成员的群体的领头羊,它充满了活力。在其他时候,成年羚羊游戏,完成一系列前进和倒退动作。它们来回疾走,绕着小圈子疾走。当羚羊群体这样忙碌的时候,通常都会派出哨兵,驻扎到边界上去担任警戒任务,监视那些可能的来犯之敌的举动。

在游戏的时候,大多数其他动物好像忘记了可能存在的敌人,但对于神经质的羚羊,即便四周都是大片无遮的开阔地,它也好像从来就不会安静下来休息,而是处于高度紧张的状态。

这些羚羊依赖于速度,而不是偷偷摸摸的行动、搏斗或隐藏能力,作为取胜的法则和逃离敌人的手段,生活在那片畅通无阻地延伸到远方的壮丽的平原上,它学会了警戒,使用哨兵,即使当危险还很遥远时,也会闻风而逃。

通常,当羚羊躺下时,它会选择一个距离所有沟壑、断崖、柳树丛或灌木蒿丛都很远的地点，因为上述那些地形往往可能成为敌人的隐身处，或者可以让敌人不被察觉而悄悄接近它。

在大多数情况下，雌羚羊好像是公认的领头羊。在大多数实例中，我所观察过的移动的羚羊群，少数逃逸的羚羊或很多准备移动的受惊的羚羊，都处于雌羚羊的领导之下。

叉角羚臀部的白斑为警戒色

叉角羚生活在自己的活动范围之内。我认为这个范围的直径约 10～13 公里。如果遭到人类、猎犬或者灰狼的追逐，它就可能绕着巨大的圈子而奔跑，让自己在活动范围之内，尽可能不去超越这个界限。尽管大多数羚羊并不会长途迁徙，然而在少数地区，羚羊群体要做短途迁徙，它们离开平原，迁徙到更崎岖、破碎的地区去过冬，因为那样的地方能为它们提供一些避风之处，还能提供疾风把积雪清扫干净的空间。

这种羚羊善于长距离地跳跃，而不是跳高。我观察过一只从群体中被分隔出来的羚羊匆忙地重返群体的情形：在它的路上，沿着干涸的浅浅水道有一排柳树。这种柳树既不宽也不高，一只鹿会毫不犹豫地跳跃过去。而那只羚羊能毫不犹豫跳跃宽宽的冲沟，可是并没打算跃过这一排低矮的柳树。因此看得出来，作为一种平原动物，这种羚羊对悬崖和树木知之甚少，也不曾学会跳高。

在很长的时间里，这种羚羊密集地散布在大平原上以及西部、西北部和西南部的小公园里。50年前，它们的数量多达千百万，且群体巨大，但如今，其分布在各处的个体不超过1.5万只。霍华德·伊顿（Howard Eaton）告诉我说，很多年前，他有时在一天中就能看见几千只叉角羚。当我还是孩子的时候，我就在科罗拉多的北部公园见过至少有1000只羚羊的庞大群体。

如今，少数叉角羚被保护在国家公园和大草原上的羚羊保护区。然而，它们正面临灭绝的危险。这种羚羊被圈养之后，其种群很少能繁盛兴旺。显然，用来饲养圈养的羚羊的食物，通常不适合它们的生长。

成熟的羚羊因为那种可能被称为"警戒色"的东西而显著，这种东西引起人们注意它们的存在，并在远距离就轻易地看见它们：背上和身侧，是浓烈的茶色到略带灰色的褐色；臀部、脸侧和腹部有干净的白色；喉咙处微微有白色与褐色的条纹；头上有一点接近黑色的色调。这种羚羊的颜色如此与众不同，在大多数背景上如此醒目，以至于它可以被分类为有警戒色的动物。

在兴奋、激动的时候，它的臀部上的两块白斑就会突然显露；在远得令人吃惊的地方，都可能看得见它那浓密而竖起的毛发。

这些毛发可能也处于意识的控制之下。无论如何，让山岭上的一只或一些羚羊看见一个正在接近的敌人，这些白斑便会突出、醒目。附近的一群羚羊，即使在三四公里之遥，只要看见那种预兆和信号，也就得到了警报。

这种羚羊主要依赖速度来逃避敌人，还拥有敌人还在远处的时候就能将其察觉的额外优势。它所生活的平原使它能够看见好几公里之外的物体，它那具有远视特性的眼睛，常常能使它确定在远处移动的物体究竟是敌是友。

因此，一只羚羊如此显著，以至于另一只羚羊在远距离之外就能把它辨认出来，这很重要。每一群羚羊都在观察远远地环绕在自己周围的羚羊群，每一群羚羊因此通过为另一群羚羊充当偏远的哨兵，来进行互助。如果一群羚羊看见一个正在靠近的物体可能是敌人，那么就会摆出拉响警报的姿态，那种白斑肯定很显著，它们的行动立即给视野中的所有羚羊群以目视的警报，这些群体相互离得不远，其间距离足以辨清它们在干什么。因此，这种羚羊的警戒色似乎有助于保护，能让这种物种永存下去。

尽管羚羊具有好奇心，却变得更聪明了

这种羚羊一直都紧张兮兮的，很容易恐慌，稍有风吹草动便会逃之夭夭。尽管它常常谨慎而勇敢，但它缺乏冷静、机警和智谋——换句话说，就是缺乏山地野绵羊的那种急中生智的特性和适应性。在黄石国家公园和风穴国家公园（Wind Cave National Park）有很多羚羊，为了适应友好的环境，其中大多数都对自己的生活习性重新进行了调整，如此一来，它们就逐渐丧失了恐慌感和对人类的畏惧感，显得不那么紧张了。

不过，这种羚羊的好奇心很强。一天下午，我在大草原上驻足，

跟一个农场主交谈。他正在构筑一道围栏，不久便开始拉起铁丝网。铁丝网发出的响亮的吱吱声传到了一些看不见的羚羊的耳朵里，让它们产生了好奇心。于是，它们慢慢靠近那里，距离大约从第三根栅栏桩到房子门牌那么远。

它们也可能表现出了对铁丝网的某种特别的关心！铁丝网的形成，给这个物种带来了可怕的毁灭。或许，铁丝网挡住了它们的逃生之路，它们疾驰的时候很可能撞死在上面！这样的悲剧也屡见不鲜。

大约在一代人之前，猎人似乎很容易通过这样的方式来激发羚羊的好奇心：展开一面红旗或某个半隐藏的移动的物体，从而诱惑了很多羚羊。我多次见过有人试验这个诡计，有好几次，我都耐心地用这种吸引方式来尽力诱惑一群羚羊靠近，试图让它们进入我的望远镜看得见的范围之内，可是我没有成功。它们敏捷地越过地平线。尽管它们好奇，却变得更聪明了。

我猜想，绝不会有人得出一种关于动物在新的环境下会干什么的结论。在好几年亲密地接触了平原上的羚羊之后，我造访了黄石地区，认为自己充分了解了所有羚羊的习性，但事实证明并非如此。有一天，在一片密林的边缘，在一片杂草丛生的森林凹处，我偶然遇到了一群羚羊。我想靠近它们，就悄悄跟在它们后面。让我惊讶的是，它们竟然飞奔到林子中，就像我所见过的任何鹿和山地野绵羊一样，在林中轻而易举地闪电般地疾驰，同时还躲避左右的树木、跨越倒下的树木。它们充分表现了动物行为对环境的反应。

叉角羚或羚羊,明显属于美国所特有的。内布拉斯加西部出土了这种羚羊的骨骼化石,据估计大约有200万年之久。这个羚羊家族跟非洲和亚洲羚羊没有关系,跟任何美国哺乳动物物种也没有关系,它在世界上是独立的。

很多史前的动物物种,曾经与这种羚羊的祖先一起生活在相同的现场,现在却灭绝了千万年。犀牛、骨齿鸟(toothed bird)、美国马、笨重的爬行动物,无数其他物种无法像这种羚羊那样进行重新调整,迎接每一次环境的剧变,并且生存下来。气候变化、新的食物、陌生的敌人、上升、沉没、野性的火山喷发、重大的冰期等诸多问题接踵而至,而这种羚羊却克服了重重困难,战胜了所有这些不利的因素,最终存活了下来,并繁衍至今。

第 14 章　追寻山狮的故事

The Mountain Lion

一只山狮在草丛中匍匐潜行，试图偷袭草甸对面的一匹小马驹，却遭到母马的狠狠踢踹，最终仓皇地逃进了树林。山狮常常偷袭食草动物，还对牧场上的马、马驹、牛、羊等家畜和家禽大开杀戒。山狮行踪诡秘，多半耐心地埋伏以待，突然跃起来进行扑击，死死咬住猎物的脖子。但山狮的偷袭也非总是成功，如果一扑不中，它就可能会放弃猎物，悻悻离去，寻找下一个目标。有时候，它的攻击还会遭到猎物的顽强抵抗，被对方重创而屁滚尿流地逃走。山狮还有极强的好奇心，在不被发现的情况下，它常常会跟踪旅人长达好几个小时，但它极少主动攻击人类，因此许多关于山狮凶猛地袭击人类的故事，不过是子虚乌有的传说而已。

母马站起来后仰身子，摔掉了山狮

当我的目光从一只花白旱獭的滑稽动作中抬起来时，我看见深深的草丛发出了一阵骚动，那无疑是一只正在爬行的动物造成的。不久，那只动物就现身了：一只山狮。它正偷偷匍匐着朝草甸对面的一匹母马和一匹小马驹爬行。流畅的空气从马那边吹来，掠过我的面庞，吹向山狮，却没有提醒马和山狮，警告它们我就在这里，就在距离它们不远之处。

我坐在大麋鹿公园（Big Elk Park）的一堆岩石上，下垂的树枝几乎完全遮住了我，把我给严严实实隐藏起来。森林覆盖的双峰（Twin Peaks）在我身后高耸，我的前面则是森林中的一片山间草甸，其边缘参差不齐，呈不规则状——那只山狮正是越过这片草甸，偷偷爬向母马和马驹的。

最初，两匹马都并未察觉自己正处于危险之中。那匹小马驹还一边踢动蹄跟，一边围绕着母亲快乐地绕起圈子来。这漂亮的枣红色母马，就像它的小马驹一样，出生在没有围栏的风景之中，从未触摸过人类的手。荒野严酷的环境，无疑使它具备了显著的能力和敏锐的警惕性。

当那只山狮爬得越来越近，我观察着弯曲的草丛。透过草丛，我偶尔瞥见山狮那低伏的身子和机警地扬起的头颅。它那指向后面的尾巴约有一米长，十分敏感，犹如大象鼻子一般在不停地摇摆、抽动、触摸。我静静地坐着观察，打算在山狮潜行到能够扑击母马的范围之时，再大叫一声，警告那匹母马。

母马的感官进化得良好，始终充满了警惕，我不知道究竟是它的嗅觉还是视觉发挥了作用，把山狮正蹑手蹑脚潜来的危险信息传递给了它——就那样，它突然采取了一种专心致志的挑战姿态，面朝着山狮潜来的方向，而受到惊吓的小马驹则紧紧依偎在母亲的身侧。那母马多么能干，勇敢地伫立着，脖子拱起，眼睛闪耀，耳朵非常警惕，尾巴高傲地翘起！现在那山狮接近了，警惕地等待着，冻结了似的一动不动，而母马则极不耐烦地刨蹶子。

突然，山狮向前跃起，显然是希望以这样的扑击行动来惊跑母马和马驹，这样也许就能抓攫到那脱离母亲庇护的马驹了。但它没料到的是，那匹母马却留在原地，立即盘旋似的转动，用它那有力的蹄向外一踢，险些踢到山狮的头颅。紧接着，山狮迅速朝旁边一跃，避开了母马那迅疾而凶狠的前蹄。

差不多有半分钟，母马与山狮就这样不断周旋，依靠自己娴熟的技艺来躲避、搏斗。当母马转动着踢蹄的时候，它那翘起的尾巴和拱起的脖子给我留下了多么壮观的印象！

那只山狮不甘偷袭的失败，一次又一次试图跳跃到马驹身上，但每次都被母马成功地阻断、隔开。然后，山狮恼羞成怒，便看准机会，朝着母马大胆地跃过去，试图竭力用前爪死死抓住母马的脖子，同时用野性的利齿紧紧咬住并撕开母马的喉咙。扑击之中，它几乎得手。

山狮紧紧抓住并撕咬母马的头部，那大胆的母马用后腿伫立，几乎笔直地站了起来，让自己的身躯朝后仰翻，这一招摔掉了山狮，要不然就是山狮被迫放掉了它。不过，母马的鼻子被山狮抓得伤痕累累，脖子也被狠狠咬了一口，可是它首先从剧痛中恢复过来，朝着摔下来的山狮的屁股便是狠狠一踢，那山狮像跛了似的挣扎着、蹒跚着，仓皇逃进了树林，一溜烟消失得无影无踪。同时，那流血的母马停了下来，气喘吁吁地紧靠在马驹身边。在搏斗中，由于母马的顽强拼搏，小马驹毫发未损。

一只山狮站在粗枝上，好奇地观察我

山狮又叫美洲狮，还有其他五花八门的名字，它的踪迹最初遍布整个北美洲。当然，由于各地的气候和食物差异，它也有若干变种。

山狮行动鬼祟，非常狡猾，极端好奇，然而我不准备像很多人那样把它称为"胆怯"。它并没有那种给人深刻印象的轻率的勇敢、那种几乎要去冲撞死神面庞的勇敢，但是，在它必须获取食物或保护自己和同类的时候，它就会表现出足够的勇敢和凶猛。它让自己适应各种环境，而这些行动都要求它必须极度小心谨慎。

可能与其称山狮大胆，还不如称它精明。定居在它的领地上的人们，通过这种动物贪婪无度地攫取野生猎物，以及它偶尔或频频猎杀家养的小马驹、马、牛羊和鸡而意识到了它的存在。然而，由于它行踪诡秘，人们总是很难与它谋面，或者很难听到它的声音，如果不是它留下的踪迹和那些杀戮证据，人们可能还不会相信它的存在。

尽管我每次都要在山狮的领地上扎营好几周，而且常常特别努力去搜寻它的身影，却所见甚少，当然，那些被猎犬逼到树上的小型山狮，则让我大饱了眼福。

当山狮受惊，或者遭到一群猎犬穷追不舍，它就必然要逃到树上去躲避。它所爬上去的那棵树可能是小树，也可能是大树，它可能站在一根伸出来的大粗枝上，也可能在树端，观察下面的情况。

山狮不仅是奔跑能手，还是游泳健将。人们已知的是，它常常泗渡湖泊，甚至能泗渡宽约 1.6 公里的海湾。此外，它还是爬树高手，常常把一棵活树或一棵倾斜的枯树当成通道，作为它那位于陡峭山边的追踪交通系统的一部分来使用。我曾经两次在夜里看见它站在附近的粗枝上，观察我或我生起的营火。有一次我在夜里醒来，一抬头，却看见一只山狮就在我头上不到2.5米之处，分跨在两根向外伸出的粗枝上，它的后脚在一根稍高的粗枝上，而前脚却在一根稍低的粗枝上，它无声地俯视着下面，好奇地观察我。它在这个位置上停留了好几分钟，然后就悄无声息地转身，从那棵树的另一边爬下来，消失在莽莽的树林之中。

山狮很可能就是为配对而生的。有时，一对山狮年复一年地生活在同一个巢穴中，在当地的同一片领地上巡游、觅食。我认为，尽管食物匮乏、没有舒适的巢穴之处，它们也可能扩大自己的势力范围，但一般来说，它们的领地面积一般很少超过方圆10公里。

山狮通常生活在自己构筑的巢穴中。它的巢穴有时是在松散的沙土中挖掘而成的，但洞口则隐藏在灌木丛中；有时它的巢穴位于一棵倒下的木头或一条树根下面。在其他地方，它的巢穴是半洞穴式的，位于岩石下面，但得到了扩大。它的幼仔出生在这种巢穴中，在每年的部分时间里，成年山狮会使用这种巢穴，而且年复一年地使用。

尽管偶尔有一只母山狮可能会养育5只幼仔，却很少能成功地把两只以上的幼仔抚养大。我认为，母山狮通常一胎只生下两只幼仔，幼仔很可能几乎整整一年都待在母亲身边，如有例外的情况，它们甚至会待得更久。一年四季，我不是看见幼山狮的身影，就是发现它们留下的踪迹。我猜想，幼山狮随时都可能出生。

山狮是一种长着大胡须的猫科动物，拥有一般猫科动物的许多特性。它的体重大约为70公斤，连同接近一米的尾巴在内，它的身长约为 2.2~2.5 米。它的身材瘦削，毛色通常为茶色，有时候还会变色，从略带棕色的红色变化到略带灰色的棕色。它还拥有强劲的利爪，是捕猎的有效工具。

当年，西奥多·罗斯福（Theodore Roosevelt）先生为了获得一张从头到尾长约 3.05 米的山狮皮，曾经悬赏出了 1000 美元的高价，但这笔钱从来没有人前去领取过。尽管如此，华盛顿州的一个猎人显然成功地捕获过一只老年山狮，其体重几乎达到了 90 公斤，从头到尾身长约 3.07 米。大多数山狮的体重大约只有 45 公斤，身长从头到尾可能只有 2.5 米。

山狮紧紧咬住猎物喉咙，绝不松口

山狮不怎么挑食，几乎什么都吃，我就曾经见过它捕捉耗子和蚱蜢。有一次，我趴在一个河狸构筑的树枝堤坝上的一丛柳树后面，等着野生动物光临供我观察，而池塘那边是一片杂草丛生的开阔空间。不久，一只山狮就走到那里，至少有半小时，它都在那里追逐、抓捕和享用蚱蜢，通过这种方式来让自己满意和愉快。然后，它在阳光下躺了几分钟，可是一会儿它便嗅到了某种令它担忧的气味，立即匆匆起身，消失在浓密的松林之中。

一天傍晚，我坐着观察一些在陡峭山边的台地上吃草的鹿，突然一只山狮跃出来，扑到一只鹿的脖子上。显然，那只鹿本来站在陡坡上，遭此一扑便立即失去了平衡——山狮的冲击力把它给撞倒了，但那头鹿又闪电般迅速站了起来，然而山狮依然重重地压在它的身上，它在陡峭之处下滑了好多米，然后翻滚到一道悬崖下面，尽管如此，那只山狮还是不肯放手，死死抓着它。后来我来到悬崖下面，才发现那头鹿与那只山狮双双摔死在了下面的岩石上。

山狮非常熟悉森林环境，了解森林中不同的声音和沉寂。它要么隐藏着埋伏以待，要么悄悄出击，出其不意地扑到猎物身上。它甚至会悄悄扑杀比人类还要鬼祟的潜行的猎物，为了等待它所选择的猎物，它通常会选择一个对它非常有利的地点，如果必要的话，它还会机警地延长等待的时间，绝不鲁莽出击。它常常飞扑到马、鹿或者羊的肩头和脖子上，用利齿紧紧咬住猎物的喉咙，绝不松口，而猎物通常很快就会断气，一命呜呼。但是，山狮似乎没有那种连续进攻的耐性，如果它在跳跃中没能抓住猎物，那么它通常仅仅是转身离开，去寻找下一个猎物。因此，它极少追逐猎物，或者同猎物进行搏斗。

有一次，一个朋友非要送给我一头小蓝骡（blue mule）不可，这种动物可在人们休假时用来代步和驮运货物。这头骡子四处闲荡，在我的小木屋附近啃食丰美的草。第一场雪降临了。24小时之后，这骡子经过我的小木屋附近的一块大圆石，殊不知一只山狮从那块石头后面突然跳跃起来，一下子就飞扑到它的身上，将它活活咬死。那行凶现场留下的纷乱的踪迹和散落的毛发表明，那场搏斗尽管很短暂，但异常激烈。

没有一丝踪迹通往那只山狮埋伏以待的大圆石，而且，在这场悲剧发生前的24小时或者更久,雪就停止了,这就说明,为了捕猎骡子,那只山狮肯定在那里埋伏了至少24小时,也可能是48小时。

还有一次,我被一只山狮的突然出现吓了一大跳。当时那家伙正埋伏在一道悬崖上,等待一群大角羊走到它力所能及的跳跃范围之内。事后经过探查,虽然大雪停止飘落已经过去8个小时,却没有一丝踪迹通往那只山狮的观察点或埋伏处。可想而知,为了获得猎物,山狮会煞费苦心地长久潜伏。

山狮贪恋猎物,频频出击也屡屡得手

山狮或许是荒野中贪恋猎物的野兽,为杀戮而杀戮,我经常在雪地上读到它留下的众多血腥记录。有一次,它仅仅发起一次攻击便猎杀了9只山羊,而且每只猎物它都只啃吃了两三公斤肉,便再也不去吃了。还有一次,它仅仅在一天夜里就猎杀了11只家羊,可见其杀戮成性。一只山狮在24小时之内猎杀了一头雌鹿、一只小鹿、一只豪猪、一只松鸡,当我穿着雪鞋出现在它附近的时候,它还正试图对一只山羊发起攻击。除此之外,它似乎还喜欢把马驹或马作为自己的食物。

《户外生活》的编辑J. A. 麦圭尔(J. A. McGuire)先生,对山狮的杀戮行为进行过特殊调查和研究。他估计,一旦有机会,一只山狮每一周都会猎杀一只鹿。而我从自己在户外的调查经验中得知，这个数字过于保守，它仅仅在一周内便猎杀了4只鹿！

有一次，我隐藏着观察一只惨遭山狮杀戮的鹿的尸体，想看看究竟是什么食肉动物会前来赶赴这场盛宴。不久，一只毫无戒心的山狮就悄然出现了，大摇大摆走向那只死鹿，开始享用。不过仅仅几分钟之后，那山狮突然毛发竖起，朝着一个方向凝神观望，嘴里还不断发出嘶嘶声，结果一头灰熊很快就从那个方向出现了。那山狮发出可怕的咆哮声，威胁着，死死抓住自己的战利品，直到灰熊走到距离它仅两三米的范围内时方才放手。然后，它咆哮着跃向那头灰熊，试图攻击它，但紧接着又疾奔到树林之中。而那头灰熊，根本就懒得看那山狮跑到哪里去了，便旁若无人地饱餐起死鹿来。

从很多经验来看，我认为所谓熊杀戮的家畜和野生动物，其实都是山狮干的，熊只不过成了人们指责的替罪羊。山狮嗜血，每一餐都离不开热血和鲜肉，每天只要一有机会，它都会毫不留情地大开杀戒。我知道，熊本身并没进行杀戮，它之所以会跟随山狮而来，显然是为了获得山狮的猎物。有一天，我偶然遇到一头刚被杀戮的牛的尸体，那具牛尸周围只有山狮来往的足迹。第二天夜里，我在附近的一座牧场房子中过夜，那牧场主告诉我说，前一天他看见一头熊在吃这头牛的尸体，于是他把那场屠杀归咎于熊，而忽略了真正的杀手。实际上，山狮是袭击牧场的高手，马驹、马、羊、猪和家禽，无一不是它的牺牲品。

有一天，在新墨西哥北部，我看见一只山狮嘴里衔着一只驯羊，跳跃着越过林中空地。还有一次，我看见一只山狮衔着一只鹿，那猎物显然要比山狮本身重得多，而山狮似乎肩负着那只鹿，那只鹿就这样躺在山狮的肩头上，以至于我并不认为鹿的尸体触及了地面。

我猜想，当山狮在偏僻之处捕杀猎物的时候，它可能相对安全地进食，自己也无须费尽心思转移猎物。当然，山狮进行猎杀，常常是为了喂养自己嗷嗷待哺的幼仔，因此它就不得不把猎物搬到自己的巢穴中。

山狮的好奇心极强，会悄悄跟踪旅人

有时候，山狮日复一日回到它所猎杀的猎物尸体旁边，让自己享受一番，这种情况相当真实。当山狮缺乏食物的时候，它几乎什么都吃，凡是可食之物都来者不拒。这也是真实的事情。它们常常落入猎人们为捕熊而设置的陷阱：虽然山狮更喜欢热血和热气腾腾的肉，在饥肠辘辘的时候，它也会回到自己猎杀的猎物尸体上再次饱餐。或者说，当食物匮乏的时候，它就乐意去吃自己可以获得的一切食物。

经过很多次实地观察，我判断，山狮进食之后，更喜欢在某个阳光充足或隐蔽的地点躺上几小时，或者躺在靠近树端的一根长满小枝的粗枝上，但有时候也可能躺在距离地面不到3米的树枝上，在那里晒太阳、休息。

另一方面，山狮的好奇心极强。在不被发现的情况下，它会悄悄跟踪旅人好几个小时，暗中进行观察。我常常穿着雪鞋长途旅行，又原路返回，留在雪地上的山狮足迹表明我被山狮跟踪了若干公里。在一些地方，我停下来休息良久，而山狮便匍匐爬行而来，距离我如此之近，以至于它能轻而易举地观察我，其中有好几次，山狮距离我所在之处肯定还不到两三米。

当我穿越梅迪辛博山脉的一片森林时，一根粗枝突如其来，重重地打击到我的身上，因此我被撞翻在地，这让我震惊。定睛一看，原来是这根粗枝无法承受一只山狮的体重而断裂，砸到了我的身上。而那只肇事的山狮也翻滚而下，但就在坠落的过程中，它的爪子却紧紧抓住另一根粗枝，这才使得它没有掉到地面上。显然，它在看见我的时候产生了好奇心，在一根并不结实的粗枝上靠近我，但走得太远，结果不知不觉走到了枝条最脆弱的地方，因此折断了枝条。它遭此突发事件，便惶惑地飞逃而去，也许比我还要害怕。

其实，山狮并不凶猛。罗斯福先生在总结这种动物的特性时推断说，在山狮出没的野外树林中睡觉，并没有多大危险，如果有太多的普通猫，可能更要危险些。

除了在置身于形形色色的荒野、在各种天气条件下扎营的那些岁月，我还同小心谨慎的边民、技术娴熟的猎人和设置陷阱捕猎者谈到过山狮。对于我发现山狮攻击人类的实例真的极为罕见这一看法，他们都一致同意。在每一个实例中，山狮在攻击中的奇特行动，以及攻击的无效，都表明了它处于精神不正常或体力几乎疲竭的状态。

另外两点共识是：任何人在一般条件下极少看见山狮，也极少听见山狮的叫声。我有十几次或更多次听见过山狮的尖叫，其中有3次，一次肯定是一只母山狮在疯狂地寻找它的幼仔时所发出的叫声，它的幼仔或许落入了捕猎者设置的钢夹陷阱；另外两次听见的山狮叫声是一种哀号似的声音，在这两例中，山狮在呼唤它那刚刚被猎人捕杀的伴侣。

山狮极少主动攻击人类

在过去的30年中，我对几十个有关山狮的故事进行了调查研究。这些故事讲述的不是山狮从悬崖或树枝上飞扑到旅人身上，就是偷偷摸摸发起的其他攻击。而当我探索到最后，结果发现他们纯属臆造：在大多数故事中，讲述者连一只山狮或一丝山狮踪迹也没见过。

但是，有两个山狮攻击人类的案例值得一提。一天夜里，在加利福尼亚，一只山狮从悬崖上跳下来，撞到一个人的身上，把那个人给撞翻在地，然后那山狮便逃之夭夭。从这个插曲中便产生了无数个"山狮凶猛"的故事来。然而，那只撞人的山狮受到追踪，第二天，追踪它的猎人发现它正在穿越一片林中空地，看见它突然伸出爪子，对着一块大圆石进行打击。然后，它继续前进，显然撞上了一棵树，并且同树搏斗。当它继续同树搏斗的时候，猎人朝它开了枪。原来，这只野兽衰弱得很厉害，由于牙齿溃烂，引起面部肿胀，而且眼睛几乎完全瞎了。

另一个案例，显然涉及一只弱智的山狮。在爱达荷，这只山狮走向一个 10 岁的小女孩，仿佛要发起攻击。那小女孩用握在手里的一根缰绳朝那山狮的头部打击，她的哥哥则急忙拿着一根柳枝做的钓竿赶去救她。他们一起击退了山狮，并带着山狮抓挠的严重的伤痕逃走了。然而，如果这是一只力量和勇气都很正常的山狮，两个小孩肯定不是丢掉小命，就是遭受重伤。

故事传说中的山狮"性情凶猛"，堪比鲨鱼、章鱼和灰熊。它在树枝上躲避，则被认为是在那里监视和观察人们和其他物体、好几个小时偷偷摸摸地跟踪人的事实。我猜想，人们很少看见它的身影这一事实，将它置于风暴的中心，于是便有了诸多关于山狮的令人毛骨悚然的血腥故事。

很多年，我都致力于调查那些关于山狮"性情凶猛"的似是而非的描述。这些调查没有带来多少真实的信息，却揭示了这样一个事实：一再流传的几种类型的山狮故事中，有一些当地的变化。这些故事通常都没有丝毫的事实基础。一位聪明的作家、一个受惊的猎人或者一个令人感兴趣的讲故事者，只要有机会，通常就会把它们改编、翻新。最常见的一个故事流传了很多年，翻来倒去，在我听到的时候，是这样讲的：

"星期六深夜，辛普森夫妇从村庄穿过树林回家，他们在途中遭到一只半饥饿的山狮的攻击。那只山狮从路边的灌木丛中一跃而起,扑到他们身上,试图抓住辛普森先生。尽管辛普森先生已年迈体弱,但他奋起搏斗,最后以一截老旧的鞭子击退了山狮。"

有时,这个故事的人物是一家人,时间则是在清晨;有时是山狮凶猛,而不是半饥饿;有时是山狮硕大无朋,如此等等。有一个版本是山狮从一道悬崖或一根悬于头上的树枝上跳下来的。它通常抓咬某个人,使之遍体鳞伤、体无完肤。在有的故事中,山狮还试图叼走小孩。

很多次,我给受到山狮攻击的人写信,但都无人收取,统统被退了回来。有时我写给事发当地的邮局局长或治安官的信被退回来时,上面往往留有这样的批注:"不知道有这样一群人。"我时常向治安官、邮局局长或商店老板提出一些关于山狮攻击人的问题,他们通常的回答是"从未发生过""是在梦里发生的吧""纯属虚构",要不然就是"给你讲这个故事的人,显然是多喝了一两杯吧"。

有一天,我从锯木厂后面的树林中出来。我走向那个地方的起居室,走在一堆堆木头和已经切割的木材之间。就在一堆木板的转角处,我看见了一只山狮,它正跃向我,却故意没扑中我,它立即转身,站起来同我嬉戏。在两三秒之内,我才第一眼看清楚了它,同时我马上就意识到它是一只宠物,但我几乎得出了这样的结论:别把山狮当作宠物,它毕竟是野兽。

还有一次,我正在一处杂草丛生的开阔地边缘的悬崖上,镇静地看着一只丛林狼在对面悠闲地小跑。就在它消失在树林中之前，一只山狮出现在开阔地对面，安心地追踪着那只丛林狼的踪迹，但双方并无冲突。第二天早晨，我再次看见了这对友好的动物，可是这一次，山狮走在前面，丛林狼跟在后面。后来，我多次看见了它们相互跟随的踪迹。

我们只能推测它们这种结伴同行的友好姿态。我们乐意看见具有狐狸智慧的丛林狼到处跟随一只猎手型的山狮，无须费多大的劲，它便会获得令它满意的充足的食物供应。然而山狮为什么愿意跟丛林狼结伴同行，原因尚不清楚。也许这种联系被证明为山狮捕猎过程中具有的某种优势，也可能是在动物之间偶尔看见的那些奇特、未能得到解释的联系之一。

在所有关于山狮的讨论中，或者对于所有动物，几乎都无法最终断定物种个体的特性。个体有差异，山狮，还有人类，都时常显示出显著而奇特的个性。这可能是因为机警得不同寻常、好奇心十足所带来的结果，要不然就是它们可能不正常、残忍或杀戮成性。

第15章　河狸之地的饥荒

Famine in Beaver-Land

秋天，河狸们还没来得及收获足够的过冬食物，种种灾难就接踵而至：一场猛烈的森林大火烧毁了大片山杨林，并蹂躏了河狸的家园，迫使河狸们迁移；捕猎者不期而至，拆散了它们辛辛苦苦构筑的堤坝；严寒也突如其来，凛冽的寒潮使得溪流和池塘都冻结起来，严重地阻碍了它们采集食物的工作……即便如此，它们依然坚持不懈地劳动，却不幸遭遇了狼群的突袭，致使采集中断。进入严冬，池塘表面封冻了起来，食物短缺的它们饥肠辘辘，日子难熬，利用水生植物的根须来充饥，而且由于池塘封冻，它们还得努力工作，从池底挖掘通往外界的隧道，以便逃离这个冰冻的牢笼……

祸不单行，河狸们推迟收获过冬食物

有一年秋天，我的那些新的河狸邻居还没有贮藏好过冬的食物，寒冷的大气就降临了，让它们措手不及。它们来到溪流下游若干公里之处，收获了一点点食物，然而就在它们准备过冬食物的中途，一场猛烈的森林大火突发，并迅速蔓延开来，烧毁了这个地区，蹂躏了它们的家园，使其无法居住。于是全体河狸出发，前往别处去建立新的聚居地，其间，这些开拓者遭遇了艰难困苦，经历了种种危险。

它们选为新家的地方距离我的小木屋并不远，位于一条小溪支流上。在这里，它们用树枝、草皮和泥巴建造了一座典型的河狸房子。那条溪流穿过一片古老的冰川草甸奔流，而草甸上，则覆盖着一部分森林。在草甸的一边，有一片狭长的松树地带。在松树那边，生长着一片粗糙而连绵、辽阔的颤杨（quaking aspen）。在溪流上游，山峦一路陡峭地上升，一直升到米克尔山的顶峰。

正当河狸们修建一座堤坝，给它们生活的池塘保持充足的水源，防止冰层冻结到池底的时候，一个设置陷阱的捕猎者不期而至，他闯入了这一地区，闲逛、逗留了好一阵，把那座堤坝拆散了三四次，严重地扰乱了河狸们的生活，迫使其纷纷躲避。当他最终离开的时候，秋天已经过了一半，而在这个新的聚居地，河狸们为过冬做的准备工作才刚刚开始。那座遭到捕猎者破坏的堤坝依然很低矮，且尚未修复，更谈不上竣工，因此蓄不了很多水。而更严峻的情况是，到那时为止，它们尚未开始切割和贮存作为过冬食物的山杨。

这些河狸一直都很勤勉，且计划周密。可是这一次的情况则是一个祸不单行的案例，不幸事件接踵而来：除了先前发生的森林大火迫使它们迁移，捕猎者大肆破坏堤坝，一场凛冽的寒潮也突如其来，严重地阻碍了河狸的收获工作。溪流的更宁静的区域冻结了起来，一层厚厚的冰铺盖在池塘上面。在这样的条件下，它们可能很难运送那些被切割下来的山杨。

对于这个聚居地，河狸们必须拥有足够的过冬食物——绿色山杨和桦树，否则将艰难度日，甚至无法生活。在平常的日子，河狸们切割那些最容易获得的树：首先切割生长在池岸上的树，然后再切割伫立在溪流上游的树，最后才切割生长在附近山坡下的树。为了安全起见，一只河狸很少会离开水域超过15米，否则很容易落入掠食者的魔爪。但是如果有必要，它也会沿着小溪顺流而下，切割树木之后，再迎着水流把树木推上来，要不然把树木拖上陡坡，进行陆路运输。正如往常一样，这个聚居地的山杨树多到看不清边界。

10月下旬，我造访了这个新的荒野之家。在那冻结的池塘下端，冰层上有一个60厘米的洞孔，那是河狸们咬出来的。可是在那时，我还根本无法想象这个洞孔的用途。

在距离冰层上的那个洞孔约61米之处，有一片小树丛，一队伐木的河狸开始在那树丛中工作了，切割那些直径约10厘米、高约3.6米的山杨。然而在把这些树拖往池塘之前，它们先清理出一条穿过树林的通道或小径，路上的每一丛灌木都被切割掉了，每一根阻碍运输的圆木都被切割成两段，被滚到一边，以便让开道路。

对于这些离开水域如此遥远而又行动缓慢的河狸，要把它们切割的树木拖往池塘，的确是一件进展缓慢而又十分艰苦的工作，而且途中还危机四伏，随时都可能遭遇不测。河狸的身体沉重，四腿很短，在水里，它那有蹼的后脚使它成为游泳健将，可是在陆地上，它就成了笨拙的行者，只能吃力地缓慢行动。

几天之后，池塘中冻结的冰层上的那个洞孔的用途就显现出来了。积雪中，一条新近清理出来的小径从树林通往那个洞孔，河狸们沿着这条小径将一截截切割好的绿色山杨运来，穿过洞孔搬进池塘，贮存起来作为过冬的食物供应。此时，它们终于开始为贮存食物而忙碌起来了。

我沿着那条小径一路追踪,到达了一些山杨被咬断和切割之处。在积雪上,那些残存的山杨树桩大约有38厘米高。两棵山杨依然留在其倒下之处,直径约为15厘米,也许长约6米。在被拖往池塘之前,它们被切割成若干0.9~1.8米长的小段。

狼群闻讯而来,猎杀了两只河狸

当一场沉重的大雪袭来,当河狸被迫放弃它们小心翼翼地开辟的那条拖拽小径和一直在切割的山杨丛时,它们的收获工作还远远没有完成。如今,距离它们最近的山杨也生长在较远的地方,只有在距离池边18米之处才能采集到。然而,一个松树密集的地带,以及一片被烧死后倒下来的高大的针枞木头,乱糟糟地阻挡在池塘与这个山杨树丛之间。

深厚的积雪、密集的松树和倒下的木头,并没有阻止河狸们去努力采集。留在积雪上的足迹表明,它们前往松树地带那边劳动。一天夜里,5只河狸蹒跚着出去,走向那丛山杨,切割倒了其中的几棵,并将其拖进池塘。然而不幸的是,狼群闻讯而来,这些捕猎者的出现似乎让河狸们感到很沮丧,它们悄悄潜伏在四周,伺机抓住这些已经饥饿不堪的猎物。正当河狸们在山杨丛中努力收获的时候,几只狼猛然飞扑在其中一只劳动的河狸身上,一阵猛咬之后,就迅速结束了那可怜的河狸的生命。另一只河狸在返回池塘的路上也遭到了狼群的追逐,在深厚的积雪中,由于它的行动过于缓慢,根本来不及逃进池塘便被那些掠食者迅速赶上，惨遭杀戮。

接下来的几天，天气转晴。在天气晴好的3天里，河狸们始终警惕着狼群的动向，提心吊胆地切割了很少几棵山杨。随后又一场暴风雪很快就降临了，恶劣的天气进一步妨碍了它们收获过冬食物的工作进展。

即便是这样，河狸们也从未放弃。为了获得那些为它们提供过冬食物的山杨，它们最终挖掘了一条隧道——它们从靠近池岸的池底开始挖掘，朝着岸上的山杨丛慢慢掘进。这条隧道大约在水面下的4.6米处，在池底之下60厘米。隧道从这个地点倾斜而上，出口在山杨附近的一棵松树下面，隧道在最后一两米处是冻结的地面，而在那个地方，挖掘工作十分艰难。但在大部分地方，厚厚的落叶层和深厚的积雪显然阻止了霜降在地面形成，使得泥土没有深深地冻结起来，因此挖掘工作相对容易。

勤快的河狸从这条隧道的尽头处清理出了一条宽约46厘米的拖拽小径，小径通往山杨丛。为了实现这一目的，它们切穿三四根硕大的圆木，还在其他一些圆木下面打洞，将收获的木头穿过隧道，推进冰层下面的池塘之中，最终堆积在接近房子的池底，用作冬天的食物。

正当这项缓慢的运输工作向前推进的时候，坚硬的雪堆在树丛中形成了。在一个1.5米高的雪堆顶上，一些山杨被切割下来。第二年夏天，这些留下的残桩就让人想起那些身材犹如熊一样硕大的史前河狸——它们重新出现在地球上了。

最后，寒冷、冰雪和敌人完全阻止了河狸们的收获、采集工作。它们所能采集到的过冬食物，距离它们所需的一半都不到。然而河狸们尽了最大的努力，不论发生什么事情，它们都会提高警惕性并且发挥吃苦耐劳的精神。

这个聚居地的河狸度过了严酷的冬天，其间我造访过它们好几次，积雪常常覆盖冻结的池塘，可是疾风却常常突如其来，吹过树林，沿着开阔的溪流扫掠下去，让冰面保持干净。有一天，我透过清晰的冰层看见了6只河狸，然而在大多数时候，我都只能看见一两只。在这个河狸聚居地，居民的数量大概有12~15只。

在这个地区，被池水淹没的上面部分，有一个半沼泽地带，那里密集地生长着各种热爱水的植物。因此，莎草（sedge）的根、百合的鳞茎、很多植物的块茎，还有柳树和桤木（alder）多汁的长根，统统被这些食物短缺的河狸充分利用了起来，当成充饥的食物。

我猜想，厚厚的冰层冻结起来，切断河狸们的这种水生植物根须的供应，也只是时间问题。然而我没想到的是，它们挖掘了一条深深的水道——一条宽约60厘米、深几乎也有60厘米的水渠，从位于池塘中心的房子通往那个长满根须食物的核心地带。即使在大部分池塘冻结到底部之后，它们也拥有一条连接着根须食物的开放途径。

池面的冰层下，河狸们在挖掘出路

互助是河狸生活中的要素。我不知道挖掘这条水沟需要多少天的工作量，然而，当聚居地的一只河狸工作，所有其他河狸也都会参与进来。从夏末开始，这些河狸就在完成一个又一个任务，它们坚持不懈，为了聚居地的每个成员的福利而联合作战。通过互助，河狸们在短短的时间内就取得了很大成就。它们对家园的热爱，导致它们会长久地停留在一个地方，这就要求它们付出罕见的劳动，这种长期的劳动给地面带来的变化，有时会持续几个世纪之久。

但是，当冻结的冰层比以往还厚，封住这些救命的食物供应的时候，它们就只能着手掘出那些生长在池底的水生植物的根须。在这个地区上面，水可能更深，然而河狸们早先遭遇的不幸阻止了它们把堤坝建造到应有的高度。

我不知道它们怎样应对食物短缺，它们是否会减少食物配给。然而河狸拥有的食物不会超过自己的那一份定量，因为河狸们是合作者，它们共同工作，只要食物供应持续，每只河狸都会得到自己的份额。

我见过河狸穿过冰层挖掘的那种热情。它们把充满根须的部分撕碎，将其容纳的一切都吞食下去。但直到第二年夏天，当那破裂的堤坝释放出水的时候，我才意识到，为了挖掘根须来充饥，池底被搅动和耕耘得多么深、多么彻底。我见过花园里的树被猪连根拔起，也见过山地牧草场被灰熊挖掘成碎片，可就是没见过这两者比得上河狸的这些工作。

根须食物供应耗尽了，绿色山杨树皮被吃掉了，然而因为冬天深厚的积雪，使得这个山中地区白茫茫一片，池塘则被冰层锁住、密封起来。尽管池塘中有鳟鱼游弋，但河狸们是严格的素食者，即便是饥肠辘辘，也从不曾去捕捉鳟鱼来充饥，而且，它们也不会去吃饿死的同伴尸体，而在其他动物中间，在饥饿不堪的时候，吃掉同伴尸体的情况时有发生。看来，河狸们肯定逃脱了它们现在这个缺乏食物的监狱，也逃脱了死亡。

在春天，我做了一些详细的考察，发现它们试图穿过那条它们为获得山杨而挖掘的漫长的隧道而逃离，可是这条隧道几乎塞满了冰，阻断了去路。于是它们开始挖掘一条新的隧道，挖掘了一两米，却发现自己显然不可能穿过冻结的沙砾土而完成这项艰巨的工作。河狸们是对付泥土的工程师，擅长建造堤坝或开凿水渠，就像它们擅长切割树木一样，然而对于它们而言，要挖掘穿过冻结的沙砾土，是几乎不可能完成的工作。

然后，它们试图在60厘米厚的冰层上挖掘出一个洞孔，就像后来我所发现的那样，冰层正在破裂。河狸们就要接近成功了。在它们的房子边缘上，它们用泥巴和树枝建起了一个工作基础，朝上面咬啮到距离冰层表面7~10厘米。河狸是咬啮专家，能用强有力的利齿和强劲的颚咬断直径超过60厘米的树木，因而十分有名。也许它们最终可能会获得成功，然而，它们显然找到了另一条更佳的途径，从池塘中逃了出来。

它们最后所做的事情，就是穿过堤坝底部那不曾冻结的泥土，挖掘通往外面的隧道。它们在池底开始工作，掘出了一条约 38 厘米宽的隧道，这条隧道穿过堤坝的基础且几乎与之形成水平，位于水下和冻深线之下几十厘米处。这条隧道的出口在冰层覆盖的溪流水道中，在冻结的泥土下面。因为这条隧道不得不在水下挖掘，那肯定是一件进展极其缓慢的工作，需要河狸们不断轮换着劳动。当一只工作的河狸不得不呼吸的时候，它就需要游向房子，爬到位于水平面之上的地板上面，大口呼吸空气。

　　在那条挖掘成功的隧道的外部尽头，积雪上留下了 6 只脚上沾着泥巴的河狸的踪迹，这是挺过了冬天的食物短缺而幸存下来的河狸的数量。大约在它们逃离后的一个月，春天就来临了，温暖的天气和上涨的洪水让池塘上的冰层破裂开来。我没有看见有河狸幼仔存在。在溪流岸边的洞穴里面，这些幸存下来的河狸生活到夏天，然后它们就外出漫游了。8 月下旬，它们——要不然是另外 6 只河狸，来到了这个地方，完成了堤坝的建筑，修复了房子。到了 10 月中旬，一大堆用于过冬的食物就贮存在池塘中了。

第 16 章　探访草原土拨鼠镇子

Dog-Town Diggings

在人迹罕至的大平原深处，成千上万的草原土拨鼠聚在一起，挖掘出密密麻麻的洞穴，形成了蔚为壮观的"土拨鼠镇子"。在地面上，它们时常相互拜访、嬉戏；在地面下，它们挖掘成了秘密的洞穴网络。在这里，它们每一天都在上演生活中的一幕又一幕悲剧和喜剧：老土拨鼠进行表演，模仿丛林狼等天敌动物，一大群观众则聚集、围观、喝彩；一条响尾蛇不识好歹，入侵土拨鼠的领地，结果被一群土拨鼠硬生生地活埋在地洞中，不仅如此，一伙土拨鼠暴徒还活埋了因为不明原因而冒犯了大众的同伴；两只丛林狼偷偷潜入，迅速发动突袭，各自猎杀了两只土拨鼠；倾盆大雨和冰雹从天而降，让土拨鼠镇子成为一片汪洋，淹死了很多来不及爬出洞穴逃生的土拨鼠……

土拨鼠镇子中，洞穴密密麻麻

大约30年前，一个牛仔带我外出去看一个"土拨鼠大镇"，这个自然界的"大都市"位于堪萨斯与科罗拉多边界线附近的腹地中。沿着这个镇子的南部界线，我们骑马向西行进了5个小时才抵达。这个镇子在地平线上向前延伸，大约有3.2公里宽、64公里长，镇子里聚居着200万只草原土拨鼠！

镇子中，仅仅是看得见的土拨鼠居民，就可能让数量调查员和土拨鼠捕捉者感到震惊。成千上万的草原土拨鼠在不断叫唤，一分钟吠叫就超过了60次，同时，它们那短桩状的尾巴还不断发出嗖嗖声。在这些群集起来抗议的土拨鼠中间，我们骑马安然穿过，还不时停下来观察它们。看到我们临近，一些土拨鼠猛然钻进了洞穴，躲藏起来。

每个洞穴的四周，都有一圈泥土堆成的"衣领"，其方圆约60厘米，高约10厘米。在远处，这种围绕着洞穴的泥土堆成的"衣领"外貌，就像是低矮的土丘。显然，这种土丘是用来阻挡暴雨的，以免洪水从四周漫进洞穴，将其淹没。

在这里，这类洞穴成千上万，密密麻麻地遍布在每个角落，每个洞穴里面都住着一个土拨鼠主人。在我们附近，一只土拨鼠端坐在自己的土丘上，俨然是一只体重4.5公斤的海狮。它聚精会神地看着我们，舌头和尾巴悄然不动。当我把帽子朝着它扔过去的时候，它一下子就钻进了洞穴。而就在它的门口，还分布着一只野兔和两只小猫头鹰的洞穴。整个镇子里，只有极少数矮小的灌木蒿构成的果园，以及散落生长的高大的野草丛。在这个镇子的界线之内，一片浮夸的刺梨仙人掌(prickly pear cactus)花坛上，却没有动物居住。

草原土拨鼠是太阳崇拜者，它喜欢阳光，远离那些有柳树让敌人藏身、树木投下阴影的地区。那居民稠密的土拨鼠城市一般位于贫瘠干旱的土地上——这些城市每年有300天都处于太阳的照射下。

土拨鼠似乎始终在走来走去，到处移动，拜访或吠叫。在我的附近，一只土拨鼠幼仔缓步前去拜访另一只幼仔，这两只幼仔邀请了第三只幼仔加入，正当它们聚集的时候，另外一只、两只和一群土拨鼠也都一一加入了进来，最终有好几十只聚集在一起。

一只土拨鼠幼仔在洞口探出脑袋，对四周审视了一番之后，便离开了洞穴顶部，动身外出去拜访朋友。然而，它在途中侧身加入并融合到几只土拨鼠之中，游戏了一两分钟之后，它才继续前行。这段时间，我身后有几只土拨鼠精神饱满地抗议着什么。欢快与活泼是这种为数众多的肥胖居民的特色，可是它们始终都处于机警状态，还通常在镇子各处派出了哨兵进行把守，负责警戒，一旦有风吹草动，便会迅速钻进洞里。

就在很多土拨鼠拜访或嬉戏的同时，另一些土拨鼠则在吃东西——它们似乎整天都在咀嚼着什么。但我不相信它们吃掉的东西只是普通花白旱獭所吃的东西的一半。浅草是它们的主要食物，但它们也吃生长在四周的各种不同的野草。我没有见过它们吃灌木蒿皮或刺梨的任何部分。

挖土机展现出土拨鼠隐藏在地下的秘密

在物质上，草原土拨鼠必须得到土壤的帮助。它们挖掘和打洞，让溶解的水和分解的空气进入泥土，从而加深草原湿土的深度。

大量的土拨鼠会及时增加土壤补给。在一些地方，这种新的土壤似乎一度有助于增加食物供应，然而在一段时间之后，很多镇子中的食物就变得稀缺了。食物稀缺导致土拨鼠出走、搬迁。我听说过一个土拨鼠镇子的全部成员，就像迁徙的候鸟一样，离开旧镇子，越过平原而艰苦跋涉，前往一个它们选定的喜欢的地方。

在一代人之前，草原土拨鼠的总数巨大，肯定超过了2亿只。它们广泛地分布在大平原上，以及从加拿大边界到墨西哥的那些多岩石的地区。

土拨鼠镇子很干燥。我的牛仔朋友一再对我说到目前为止大家告诉过他的那些关于土拨鼠的事情：

草原土拨鼠会一路向下挖掘，一直深挖到有水之处。

草原土拨鼠、蛇和猫头鹰共用一个巢穴。

土拨鼠镇子的给水，还有土拨鼠拥挤不堪的生活，让我对它们产生了如此浓厚的兴趣，以至于我不辞辛劳，前去拜访了其中的一些镇子，去探访和研究这些居民的生活方式和习俗。

两个月来，仙人掌中心（Cactus Center）一直处于干旱状态，没有落过一滴雨，土拨鼠不曾享受过一次淋浴，不曾喝过一口水。在一场大雨之后，我认为土拨鼠可能正在为从天而降的雨水而狂欢，便立即匆忙进入镇子。我假设过它们会再次大口大口地饮水，会在雨水积成的水洼中游泳……然而，没有让人感兴趣的事情发生。我甚至不曾看见一只土拨鼠在饮水，也许所有的土拨鼠已经饮过水了。几只土拨鼠正在修复自己那防水的碗状洞穴边缘，可是除此之外，一切都照常进行，雨水并没有引起土拨鼠镇子的居民们的狂欢、庆祝。

我前往得克萨斯的斯台克德平原（Staked Plains）附近，拜访那个"世界上最大的土拨鼠镇子"，那里聚居着千百万只土拨鼠，我在一些地方观察到了钻井机。在这个土拨鼠镇子的界线之内，一些钻井至少在90米的深度才有一些水浸透。这就表明，土拨鼠并没有把洞穴一路深挖到有水之处。这些挖掘者忙忙碌碌，每一只脚上有5个利趾，然而它们并没有挖穿那地质年代的泥土层，去找到水源。

一天，两个牛仔拿着铁锹前来，用铁锹帮助设置圆形畜栏，我几句话就激发了他们探索草原土拨鼠洞穴的兴趣。于是，我们便甩开膀子，卖力地大干了两个小时，却还没能挖到那洞穴的底部。我仔细检查了土拨鼠镇子旁边的新旧冲沟，也一无所获。最终，在一台蒸汽挖土机的挖掘下，才把土拨鼠隐藏在地下的秘密完全展现了出来。

当时，这台蒸汽挖土机行动起来，一路穿过土拨鼠镇子，挖掘了一条深深的铁路路基。这可惹恼了土拨鼠，它们开始大声尖叫，群起抗议，但面对那个庞然大物却无可奈何，因为铁路有权穿过这里。从挖掘出来的剖面来看，土拨鼠洞穴径直下降，几乎垂直掘入泥土达3～4.3米。在洞穴底部，一条隧道水平地延伸3～12米。在垂直洞穴中，从洞穴顶部往下不到60厘米处，有一个凹处或侧边通道：沿着隧道，有一些凹处或壁龛，土拨鼠的排泄物被掩埋在隧道远远的尽头。侧边的壁龛，被当作睡觉的地方和侧道来使用。在垂直洞穴和更深的隧道之间，在用于连通的隧道之间，有一个相互连接的管道网络，我发现这里的土拨鼠的地下工程，跟修建其他铁路时挖掘出来的土拨鼠隧道的情形相似。实际上，所有的洞穴都没有深及有水之处，底部非常干燥。

土拨鼠聚在一起表演，模仿其他动物

草原土拨鼠跟干旱贫瘠地区的很多种类的动植物一样，很少需要和使用水。除了从自己吃掉的植物中获得的那点水分，它好几周都可以滴水不进。但每年的一段时间里，这里的植物也非常干枯，几乎没有水分，大约如同土拨鼠的饼干。

在 0.4 公顷的土地上，分布的土拨鼠从几十只到 1000 只不等；在一块约为钻石形垒球场地大小区域，有几个到 100 个数量不等的土拨鼠洞穴。

尽管平原上有无数大块的地方可供大量的土拨鼠生活，但那些地方方圆很多公里都没有一只土拨鼠。显然，土拨鼠也具有选择性的智慧：它们更喜欢生活在更高、排水性良好的土地上。

有一天，我观看一些胖乎乎的、快乐的土拨鼠幼仔玩耍，给自己找乐子。它们来来往往地嬉戏，却并不是很活跃，而它们的母亲就待在附近，作为旁观者和赞美者，更重要的是，它们守护在一旁担任哨兵，一旦有紧急情况，会立马驱使孩子迅速逃跑。

草原土拨鼠经常嬉戏。然而，我从不认为它们像灰熊一样独来独往，而是成群结队，往往好几百只聚在一起，玩着人类当中那种普遍玩的"追人游戏"。它们因为体型肥胖而行动缓慢，它们的奔跑只是为了抵达某处而做出的某种有趣的努力。除此之外，它们当中还有一些拳击展示或闹剧。它们憨态可掬,那胖乎乎的躯体、特别短的腿和缓慢笨拙的动作，甚至比人类的胖子拳击手的动作

还要滑稽可笑。它们还玩一种纠缠在一起倒退的"蛇舞",跳舞时,大多数土拨鼠故作高贵,而很多其他的土拨鼠的行为,则看起来仿佛是置身新的同伴中,而且不知道对它们有什么期望。

土拨鼠的一种游戏最为有趣,通常以一只土拨鼠模仿一个陌生者或敌人为主题,而一群土拨鼠则在旁边充当观众。我看见,一只老土拨鼠通过扮演丛林狼,让观众们大为开心,至少它的表演让我想起了丛林狼的多种特征。表演时,那只老土拨鼠模仿丛林狼穿过土拨鼠镇子前进的情景,通常还会转身、观望、嗅闻和停下。它朝洞穴里面探望,打滚,翻身,对天号叫,甚至还尝试用3条腿疾驰。在它的大部分惊人的绝技表演过程中,旁边的观众们鸦雀无声,但是到了最后,一阵阵叫声响起——它获得了土拨鼠观众们疾风暴雨般的喝彩,还因为它所扮演的丛林狼的恶棍形象而遭到谴责,观众至少是发出了这样的声音。土拨鼠还模仿其他一些动物,可是究竟模仿的是哪些动物,我的自然史知识有限,演员的表演也未提供线索,因此很难得知。

潜伏的丛林狼,草原土拨鼠的大敌

通常,土拨鼠镇子中和平、安宁的场面较少,因为丛林狼时常光顾,伺机对这些浑身肥肉的胖家伙大肆杀戮。因此可以说,一个没有丛林狼的土拨鼠镇子,就像是没有魔鬼的地狱。

草原土拨鼠喜欢靠近自己的洞穴,或者靠近邻居的洞穴,如此一来，一旦它遭到丛林狼的突然袭击，就可以迅速钻进洞穴逃之夭夭。

丛林狼是土拨鼠的大敌，它们会暗中耐心地跟踪猎物，隐藏着身子埋伏以待，等到土拨鼠靠近自己的潜伏点或远离其洞穴，便迅速出击，将其捕获。因此在这样的情况下，土拨鼠一旦遭到袭击，便无法逃脱，被杀手赶上，杀戮。丛林狼成双成对或4只在一起狩猎，通常的情况下，由1只、2只或3只丛林狼吸引目标土拨鼠的注意力，而另一只则出其不意地发动突袭。有时候，丛林狼仅仅是为了好玩，在土拨鼠镇子拥挤的角落横冲直撞，吓得土拨鼠们四处奔跑、惊惶乱叫，把整个土拨鼠镇子搅得动荡不安。

当我伫立着观看时，两只丛林狼利用三角叶杨形成的屏障作为遮挡，越过土拨鼠镇子的角落，这让所有的土拨鼠立即紧张起来。当这两只丛林狼一路闲散地穿过土拨鼠镇子时，土拨鼠们就端坐在自己那碗形口的土丘上面，嘴里急速地发出噼噼啪啪的抗议声，随时准备好钻进洞穴，以防丛林狼冲过来抓住自己。突然，两只老土拨鼠旋转身体，以最快速度发出嘎嘎的狂吠。原来，就在第一对丛林狼吸引土拨鼠的注意力的时候，第二对丛林狼就悄然出现了，因此老土拨鼠猛烈地抨击第二对突如其来的丛林狼。然而对于土拨鼠，丛林狼始终就是这样不期而至，毫无商量的余地。

在仙人掌中心的边界上，无数的丛林狼成双成对，占据了草原土拨鼠的洞穴，并对其进行拓宽，用来作为自己的巢穴。不仅如此，一对对草原猫头鹰（prairie owl）也占据了其他被废弃的土拨鼠洞穴，野兔也不甘示弱，占有了很多，而臭鼬家族也占据了两个。

黑足的雪貂（ferret）是草原土拨鼠可怕的敌人。这种小动物敏捷有力，可以大胆地入侵这些巢穴，并大肆杀戮土拨鼠、野兔或其他洞穴居民。在这样的情况下，土拨鼠好像没有尝试抵抗就束手就擒，丢掉了性命。但雪貂显然并不经常来访。

土拨鼠镇子的混合种群并没有处于和平状态，相互之间的战斗时有发生。蜥蜴、野兔、土拨鼠、猫头鹰、蛇拥挤在同一个街区上，可是在利齿和利爪的威力之下，这个街区始终充满了暴力和血腥。在几个案例中，我注意到这些交战的动物都使用了同一个地道入口，但是在地面下，它们生活在各自的寓所中。

不，响尾蛇、草原土拨鼠还有猫头鹰并不会躺在一起，除非一场洪水或其他自然灾难让它们偶然相遇，它们才有可能聚首。

愤怒的土拨鼠活埋入侵的响尾蛇

有一次，正当我接近一个土拨鼠镇子的界线时，那里传来了此起彼伏的吠叫，那些叫声就像风一样弥漫在天空。从山岭的顶上，无树木、无房子、无围栏的平原上，朝着每一边遥远而平展的地平线延伸。在我面前，肯定聚集着10万只土拨鼠，它们就像是遭到打搅的蚁丘中的居民。在一棵孤独的灰白色老三角叶杨旁边，我用望远镜观察、探索土拨鼠镇子的位置。

云影无声地滑过绿色平原，山野决明（golden banner）犹如破碎的黄色珊瑚正在绽放。一只棉尾兔从自己的洞穴慢慢跳往一丛丝兰（Spanish bayonet），嗡嗡作响的蚊蚋和蜜蜂迅速飞过。数不清的蚱蜢都朝着土拨鼠镇子界线跳去，暗示着它们正在放弃这个拥挤的镇子，前往别处。

突然，土拨鼠群中出现了两次骚动：我的附近，一只老土拨鼠遭到了一群抗议的、嘈杂的土拨鼠暴徒的猛烈围攻、殴打；而在我的左侧不远处，一条入侵的响尾蛇在一个地点引起了土拨鼠们的骚乱。

显然，那些土拨鼠打算活埋所有的敌人和入侵者。那条响尾蛇遭到了一群尖叫着吵闹的土拨鼠暴徒的追击，被驱赶到一个土拨鼠洞穴之中。同时，两三只土拨鼠警戒这个洞口，其他土拨鼠则疯狂地探望或观察其他洞口，因为那条响尾蛇有可能通过地下隧道从那些洞口钻出来。

果然，那条响尾蛇从其中一个洞口滑行而出，却立即遭到了那群土拨鼠暴徒的狂吠和猛咬，无奈之下，它只得钻进另一个洞口。显然，土拨鼠们意识到了这个洞穴是独立的，跟其他洞穴并不相通，敌人无路可逃，便一拥而上，努力地趴在洞口，把周边的泥土扒起来填塞到洞穴里面。不久，这个洞穴就被泥土填满到了洞口的"衣领"之处，那条响尾蛇就这样被活生生地埋葬了。在这个被填塞的洞穴上面，土拨鼠们还表现出一种怪异而离奇的欢乐，它们手舞足蹈，仿佛在庆祝自己的胜利。

而另一伙土拨鼠暴徒，显然是在粗暴地对待被抛弃的同伴，可惜我在观察那伙土拨鼠暴徒活埋响尾蛇的时候，错过了这一幕。这也是一伙猛烈的躁动的家伙。那聪明的老土拨鼠似乎明白了自己的下场，因此根本就拒绝进入洞穴，但它却几乎被暴徒们硬生生地塞了进去，它身后的每一只爪子都在扒土，直到洞穴被填塞起来，然后，在那被掩埋的土拨鼠洞穴上面，暴徒们自然少不了欢呼胜利，举行一场野蛮的战争之舞。

对于土拨鼠，活埋响尾蛇是理所当然的事情，因为它们杀戮土拨鼠幼仔，有些时候，它们在土拨鼠母亲离开洞穴外出之际，便乘虚而入，大胆地钻进洞穴猎杀里面的土拨鼠幼仔。

然而，那只遭到了同伴攻击的老土拨鼠，为什么会冒犯群体而遭到活埋呢？究竟是因为它犯了罪还是因为其行为不端呢？它究竟是被误解了，还是那是一个只有间接证据的案例？在其他土拨鼠镇子，我也见过土拨鼠大众对它们的同伴处以死刑，而大约在两年后，就在这个镇子，我看见另外两只土拨鼠同样被疯狂的暴徒们活埋进了坟墓。在这个案例中，就连哨兵也加入暴徒的行列之中，完全忘记了自己警戒丛林狼偷袭的职责。难道遭到处决的土拨鼠是凶手、强盗？要不然就是它们否定了某种古老而不足取的迷信，像那些先驱性的改革家，在大众接受其观点之前就付出了自己生命作为代价？

暴雨突袭镇子,淹死了大批土拨鼠

一天下午,仙人掌中心下了一场暴雨。一片片乌云突然遮住了天空,一场倾盆大雨随之而来,横扫大草原。紧接着,一块块硕大的冰雹如网一般从天而降,猛烈地敲打在大草原上,那些冰雹砸下来的角度如此锐利,以至于冰雹弹跳了起来,滚出了很长距离才停下。一颗冰雹击中的我身侧,摸起来就像是被抛出的垒球。就在密集的冰雹像流星一样迅速砸下来的时候,我的四周响起了噼噼啪啪的深沉的咆哮。

起初,镇子上的土拨鼠还聚在一起观看这场冰雹,可是在第一滴雨水落下之前,整个阵地就空空荡荡了,土拨鼠们不见了踪影。倾盆大雨持续了几分钟,其间还伴随着雷鸣闪电。

在镇子界线那边,一层深深的水从大草原上突袭而来,扫向西边。这层满溢的水在镇子中铺展开来,很快就灌满了成百上千个居住着动物的洞穴。

土拨鼠们争先恐后地爬出来,嘴里不断噼噼啪啪地咒骂、抗议,但是有很多,或许有几百只土拨鼠被淹死在洞穴里面了。我匆匆越过湿透了水的大草原,在水中吃力地前进,从灌满水的洞穴中拉出了好几只土拨鼠,它们嘴里都咯咯作响,不甘落后地努力爬出来。

第二天早晨,一对丛林狼悄悄爬上那条充满了水的冲沟,进入了镇子。有时候,这些狡诈的家伙会躲在冲沟的岸边窥探。然后,它们进一步匍匐而入,一只丛林狼躲在冲沟岸边的灌木蒿后面,对前方的情况进行窥探。突然，两只丛林狼都迅速冲了出来，以迅雷不及掩耳之势猎杀了两只土拨鼠。此时，整个镇子的土拨鼠都嘶哑地号叫、狂吠起来，而入侵者则在镇子界线之内饱享盛宴。最后，两只丛林狼从容不迫地穿过镇子继续前进，不时还侧身嗅闻那些被淹死了的土拨鼠尸体。

有一年春天，我早早地造访了仙人掌中心，却发现有很多拜访者光临此地，我在其中看见了黑鹂、知更鸟和其他北飞的鸟儿。在这些鸟儿当中，还有一群金鸻（golden plover）——最伟大的鸟类旅行者之一。这些鸟儿在这里歇息和进食，或许它们正处于旅途中，从遥远的南美平原飞往北极圈附近的无树草原，前往那里筑巢、繁衍后代。

有一年初夏，在我拜访这个土拨鼠镇子的那段时间里，这里装饰着野花与百合、山野决明、含脂野豌豆（creamy vetch）和蓟罂粟（prickly poppy）等多种植物。我在傍晚的暮色中四处漫步，观看傍晚的七瓣莲（star flower），就在此时，丛林狼开始合唱，那声音响彻了辽阔的大草原，十分奇异。我的附近有一个土拨鼠洞穴，它的主人爬上来朝外面窥探，大约一分钟后，它又一声不吭地退回到洞穴中。

平原上看得见的宏伟的远景，似乎在它的居住者中间创造出一种欲望——去看那发生在四周的一切，它还创造出一种对社交和群居的欲望。因此，美洲野牛以巨大的群体拥挤着，羚羊群有时候也会多达几千只，而这小小的黄褐色土拨鼠群集，数不胜数。

在仙人掌中心的土拨鼠镇子，伫立在其界线上的那棵老三角叶杨，成了各种野生动物众目所瞩的中心。很多年来，那棵老树肯定也目击了平原上这些快乐的小居民来来往往，还目睹了它们中间发生的上万次悲剧、喜剧、求爱、嬉戏和游戏。

在距离这棵老三角叶杨约 15 米的范围内，都没有土拨鼠洞穴，或许是因为这棵树给老谋深算的丛林狼提供了隐身之处，因为这些掠食者有时会利用这道屏障，悄悄接近并突袭土拨鼠。鹰隼也常常会从这棵树的顶端飞扑下来捕捉土拨鼠幼仔、耗子和蚱蜢。我猜想，猫头鹰常常把这棵树当成进行哲学推理的立足点，也当成有利地点——从这里对那些身份卑微、为数众多的土拨鼠大众呜呜地进行嘲弄。

然而，这棵老树也并非完全跟那些邪恶势力结盟，另一方面，它也成了黄鹂（oriole）、鹟鹟、蓝鸲的筑巢、繁衍之地。在夏天所有的日子里，黑色和金色胸脯的草地鹨会从这棵树的制高点上展开歌喉，发出它那银铃般的音符，越过辽阔的大草原，激荡，飘散。

第 17 章　母熊历险记

Echo Mountain Grizzly

在营救被捕的幼熊的时候,一头母熊也不幸地陷入了人类的陷阱,失去了自己的右前掌,从此剩下三条腿,在重重危机的逼迫下,它带着剩下的幼熊迁往新的家园,艰难度日。尽管如此,当它在自己的领地上漫游、觅食的时候,它还是屡屡遭到各路捕猎者的诱捕和追捕,但母熊始终勇敢面对重重危险,沉着机智地化解一次次危机,频频逃脱捕猎者的陷阱,击败前来围攻的猎犬,带着孩子出人意料地逃脱了险境,让各路捕猎者纷纷受挫。最后,一个经验老到但心高气傲的猎人找到了机会,在母熊及幼熊的必经之路上埋伏以待,就在这头残疾的母熊出现时,他举起猎枪瞄准,但就在此时,他看见鲜血从母熊残留的唯一前掌上滴落……

母熊咬断被夹住的右前掌逃走

在山野间的旅行中,我偶然遇到了一只灰熊留下的足迹,那些印痕都显示它失去了右前掌,两只幼熊的足迹紧挨着这只有三条腿的足迹,而幼熊的足迹奇怪得就像赤脚儿童的足迹,清晰地印在雪中。这些足迹很新,是仅仅几小时之前留下的。

我渴望知道这只母熊及其孩子来自何方,因此就在一片密林中开始追踪,穿过 11 月的积雪,顺着它们的足迹回溯了大约 32 公里。这条小径出自一个盆地,那里位于大陆分水岭高高的西坡,在伯尔索德关口(Berthoud Pass)和詹姆斯峰(James Peak)之间,其中点缀着湖泊,树木也很繁茂。那只三条腿的母熊的确在离开这个盆地,显然正走向一个明确的遥远之地,因为它的足迹显示它并没有徘徊,没有浪费体力,只是一路前行。一只残疾的母熊带着两只幼熊，它的脑海里可能不断出现猎人的影子，这足以让它严肃对待、行动明确。

但是那两只幼熊却无忧无虑，从它们的足迹上来看，看得出它们非常天真，充满朝气，还在途中疾奔赛跑、蹦跳游戏，真实地展现了喜欢游戏的本性和青春特征。母熊的足迹则表明，它曾一度停下来回顾，这可能是它在命令幼熊赶紧前行，但更可能是在掉头观察两只落后的幼熊。尽管它始终在为幼熊的安全而警戒，也许它如今都还在寻找新的家园，但它也许很享受幼熊蹦跳游戏带给它的乐趣，心满意足地等待它们从后面赶上来。

我一路前行，判读这3只熊用足迹写在积雪中的故事，不曾想过要去回顾走过的路。但到了第二天早晨，我才意识到这只灰熊很可能紧紧地跟随过我、观察过我！

那天晚上，我跟一个探矿人在一起过夜，他侃侃而谈，我渐渐得知了关于这只三条腿的灰熊的很多趣事。一点不假，这只熊很有个性。在伯尔索德关口盆地（Berthoud Pass Basin）中，它曾经有过一段生活经历。

那个探矿人这样告诉我：仅仅在几周之前，一个设置陷阱的捕猎者捕获了这只母熊的一只幼仔，还差一点捕住了母熊。灰熊是最有好奇心的动物之一，在成年的熊当中，这种好奇心不断增加，而且几乎始终受到极度小心的意识的保护。然而，对于幼熊而言，在它学会提防人类之前，它还缺乏经验，因此这种先天性的好奇心则成了一大麻烦，常常会给它带来灾祸。

那个设置陷阱的捕猎者不断让营地向前推进,把很多小捕兽夹设置在营地的垃圾中。他感到,如果一只带着孩子的母熊前来附近觅食,那么在母熊还没来得及限制幼熊的行动之前,幼熊就会嗅闻到这个地方发出的诱惑性气味,会匆匆赶过来一探究竟,从而落入陷阱。几乎没有什么会让母熊产生怀疑,它无疑嗅闻过很多废弃的营地,它也可能落入陷阱。

就这样,这只灰熊的3个孩子之一落入了陷阱,被捕获了。母熊和另外两只幼熊等待那只被夹住的幼熊脱身,而就在此时,那个设置陷阱的捕猎者前来巡视,可是当他一出现,它们就匆匆逃进了树林。于是,那个捕猎者重新设置了一个大型捕兽夹,把他捕获的那只幼熊留在那里,当作诱饵,希望引诱母熊上钩。

看到幼仔被捕获,那只母熊立即返回来营救。但不幸的是,在它营救的过程中,不慎将右前掌插入了那只大钢夹——很多灰熊好像都是右撇子,它最有用的手掌就这样被夹住了。一般来说,一只成年的熊很少被夹住。可是这只熊,发现自己被钢齿死死咬住,无法挣脱,便做出了不同寻常的事:它忍着剧痛,咬断了自己被夹住的右前掌而逃走了。最终,当那个捕猎者重新来到现场的时候,那只熊已经脱身了,钢夹中仅余那只被咬断的右前掌。那只母熊用三只脚逃逸,还匆忙地驱赶前面的两只幼熊赶快逃走。

然后,尽管它残疾了,它还是在当天夜里重返幼熊被捕的现场。它没有找到幼熊,便一路追踪气味,直至来到矿工的小木屋,原来那只幼熊就被捕猎者用铁链拴在那里。它如此迅猛地发动了袭击,冲向一只看守的狗，以至于它差不多是穿过窗口而跃进的小木屋。其他的狗见状便一拥而上，大举围攻，这只三条腿的熊终因寡不敌众而败下阵来，匆匆逃进树林。显然，它的腿伤刚一愈合，它就循着我所发现的那条踪迹离开了伯尔索德关口，像机警而勇敢的拓荒者一样出发，前往一个更令它称心如意的安全之地，寻觅新的家园。

救子未果，母熊迁往新的家园

次日早晨，在我离开探矿人的小木屋之前，一个矿工来到这里，讲述了前一夜那只母熊试图营救幼熊的疯狂举动：它把另外两只幼熊留在一个安全的地方，自己返回来营救那只被捕获的幼熊。它走向那座拴着幼熊的矿工小木屋，但它刚一出现，那些狗就察觉到了它的来临，便狂怒地吠叫起来，发出了警报，接着，那位矿工便提着猎枪跑出来开了两枪，不过没有击中它，它则毫发无损地逃走了，立即赶回另外两只幼熊所在之处。

这个故事让我颇感兴趣，因此我决定从盆地出发去追踪它。沿着它新留下的足迹前行，一路追踪了将近5公里之后，这些踪迹跟它离开盆地时留下的足迹混在一起，而我在前一天就回溯过那些足迹。走了大约16公里，在我前一天最初看见足迹的那边，我来到了高高的回音山（Echo Mountain）侧一个洞穴般的地方，那只母熊就把两只幼熊留在这里。足迹表明，当时它就躲在洞里，跟幼熊待在一起。我没有打扰幼熊,但我一次次重访它们的新领地。

那年冬天,它们在这个洞穴里冬眠。这是一个宽敞的天然洞穴,由巨型的岩石块形成,那些石块从历经岁月风化的悬崖上滚落下来,乱七八糟地堆积在悬崖底部,从而形成了这个天然洞穴。母熊和幼熊在第一个冬天使用的巢穴再也没有使用,我也没有发现它们后来的冬眠处。

这只灰熊的新领地,位于它以前的荒野之家以北约 48 公里处。这是回音山和朗斯峰之间一个荒凉偏僻的地区。

灰熊经常外出漫游,探索得很远,熟悉自己领地周边未被其他熊所占据的地区,这只母熊很可能在此次迁徙之前就有所准备,事先了解过新领地的种种特征。尽管旧领地上食物充足,但很可能因为它在那里丧失了那只幼仔,还遭到过猎人的多次枪击,危机四伏,因此它决定迁移。尽管如此,这一变化也可能仅仅是因为永远爱冒险的灰熊喜欢漫游,而那种漫游有时会让它欲罢不能。在随后而来的那些多事之秋里,它显示出了孜孜不倦的活力与娴熟的技能。尽管失去了一只前掌,残疾得厉害,但它依然保持着灰熊应有的素质,对于这个物种的幸存者,成功就意味着拥有维持生命、推迟死亡和繁育后代的能力。

这只回音山灰熊很有个性,一生喜欢冒险。这只英雄般的母熊可能会被称为"移民"或"流亡者",或甚至被称为"难民",尽管它残疾了,却也成了先驱性的开拓者。人们所了解到的它那充满变故的生活中的一切,就是斗争的故事,就是为了留下一部特色传记而战胜种种挑战的故事。

第二年7月，一个露营者沿着发生过雪崩的小径前行，偶然遇到了一只三条腿的母熊和两只幼熊。当时它们正在享用一只鹿的尸体——在积雪和被雪崩裹挟而下的岩屑中，那具鹿尸正在解冻、融化。那只灰熊几乎呈白色，一只幼熊为棕色，而另一只则为深灰色。

当那位露营者骑着驴子继续前进，他就注意到那只熊越过一片小小的冰川草甸，躲在树木间观察他的一举一动。那一夜，他在一块巨型冰碛脚下的小溪畔扎营，那里距离他看见那只熊的地方有好几公里之遥，而就在他把驴子系在尖桩上返回的时候，正巧朝那块冰碛顶端扫了一眼，却猛然瞥见那只三条腿的熊站在上面观察他。它满怀好奇心，兴致勃勃地俯视着他的帐篷、营火和驴子。看来，这只残疾的熊没有辱没这种动物好奇心十足的声誉。片刻之后，它便消失在一块大石头后面。那位露营者依然能用望远镜看见它投下的影子，这表明它还站在那块大石头后面，把一只前掌靠在石头上，窥视他和他的营地。

面对众多陷阱，母熊一一躲过

那年秋天，一个设置陷阱捕猎松貂（marten）的人前往山野，无意间看见了这只回音山灰熊及其孩子。他报告说它是一个伟大旅行者，称它在回音山那片辽阔而崎岖的领地上到处出没。他还在山岭顶峰看见了它的足迹,而它也偶尔造访大陆分水岭的另一边。也许,对于一只残疾的熊,它感到很有必要去熟悉这个地区,这对于它在遭遇紧急情况和突发事件时很有帮助。这种对当地地形的熟悉,对于它维持生计,对于它在遭到追逐时处于有利地位,当然很有价值。

这片崎岖的山峦荒野景色优美,如今已经成为落基山国家公园(Rocky Mountain National Park)的一部分。对于孩子般的幼熊来说,这里肯定是一个奇境。在这片平地的下部,有一些冰碛、巨大的山丘,还有覆盖着草丛、点缀着松树的山岭,充满诗意的河狸池塘星星点点,不在少数。山峦的中坡因为生长着一片针枞林而呈现出黑色,被一些山谷切割开来,清澈的溪流在山谷中咆哮着流淌,不舍昼夜。在海拔约2250米的高处,森林渐渐稀疏,变成了饱受暴风雨折磨的矮小树木。在这片稀疏的树林上面,落基山的顶峰恰好在天空下面铺展开来,铺展成一片沼泽地——一片长满草丛的大草原。在这里的某些地方,整个夏天都还有大雪堆存在。当这些林木线上的雪堆四周开满野花,那只母熊和幼熊就会偶尔来到这里。那些留在积雪上的斑斑足迹,显示出幼熊不时会在渐渐消融的雪堆上面打滚、蹦跳。它们还常常在河狸池中涉水,在清澈的湖泊中游泳,沿着山岭顶峰一路嬉戏,而母熊则在进食、维持生计。当然,它们也常常停下来,聆听山谷中的风声和水声,要不就远远地俯视山下的那些开阔的草甸。

这只回音山灰熊身材硕大,非常漂亮,几乎浑身白色,关于它的故事，渐渐传到了160多公里外的那些设置陷阱的捕猎者的耳朵里。在我不断追踪它的那些岁月中，一些设置陷阱的捕猎者也不断尝试，企图用自己的特殊装置来捕住这只熊。不过，他们很快就打消了这个念头，因为那只熊每次都早早发现了他们设置的捕兽夹，接近它，然后又避开它，从来不会踏入那致命的陷阱，仿佛是吸取了以前的惨痛教训。

然而，一个经验丰富而年迈的设置陷阱的捕猎者最终进入了它的领地，他信心满满地宣布了自己的决心：不捉到这只回音山灰熊，决不会离开。紧接着，他就开始行动起来，把一只钢夹设置在一条小溪谷的最前面，又把一块半烤焦的蛋糕放在捕兽夹的那边，那块蛋糕散发出浓烈的蜂蜜气味，诱惑力十足。那只母熊和幼熊很快就被香气吸引过来，显然，母熊很有经验，竭尽全力地控制住跃跃欲试的幼熊，让它们坐下来，自己则去检查那蛋糕周围是否设置有捕兽夹。当那个捕猎者前来巡视、检查的时候，他惊愕地看到蛋糕竟然不翼而飞！原来，那只母熊从捕兽夹后面陡峭的岩石上爬下来，没有经过那设置的钢夹，便获得了蜂蜜蛋糕！

有一天，他得知母熊在其领地的下部区域活动，便在它撤回山上的必经小径上的3个狭窄之处，设置下了3只大钢夹。他把最上面的一个钢夹设置在一个小湖畔，就在那只母熊越过湖水时总会从水里出来的那个地点。然后，他又故意在母熊活动之处的下面绕着圈子走来，母熊见状，立即朝山上撤退。就在它再有两三次跳跃即可抵达陷阱的时候，它察觉了第一只钢夹，它立即转向一边，走上一条新的路线，朝山岭顶峰进发。第二天，有人看到那个失败的捕猎者无精打采地收起装备，悻悻地移往别处了。

灰熊母子频频杀死来犯的猎犬

附近的两个牧场主试图猎杀这只母熊。9月下旬，他们准备停当，带着猎犬入侵了母熊的领地。第二天，猎犬们便在外面发现了母熊留下的踪迹，而母熊也发现了入侵的捕猎者，便立即带着一岁大的幼熊，沿着一条它所熟悉的新路线飞快地逃往山岭顶峰。逃跑途中，它还一度在一个崎岖之处停了下来，转身挑战那些逼近的猎犬，使其不敢接近，而幼熊则趁机向前奔逃。接着，三条腿的母熊才以惊人的速度继续撤退。薄薄的积雪上留下的足迹表明，这只母熊用那种类似于奔驰的方式逃逸，不断向前长长地跳跃。

第一次跟猎犬争斗之后，母熊撤退到大约1.6公里之外，带着幼熊迅速游过一个小山湖，在更远的彼岸上登岸，在柳树林中停下来。两只勇敢的猎犬游过湖泊，紧追不舍，但就在它们抵达彼岸之前，这只母熊并没胆怯，却转过身来迎击它们，轻松地杀死了这两只来犯的猎犬。另一只猎犬则围绕着湖岸一路奔跑过来，在柳树林中勇敢地冲向两只幼熊，而幼熊则予以猛烈的痛击，让来犯者受伤，在混乱中逃之夭夭。接着，3只灰熊继续前进。猎人们抵达湖泊，面对非死即伤的猎犬，只得放弃了追逐。

第二年，猎人又带着猎犬发动了一场大规模狩猎。这一次，他们带的猎犬有十几只或更多。两只幼熊现在已经有两岁多，但依然跟母熊待在一起。猎犬们在回音山的山坡上惊动了它们，它们便立即快速奔向高处，奔跑了四五公里之后，它们抵达了自己的老路线，一如既往地撤退，再次游过湖泊，但继续朝山岭上前进，但猎人和猎犬也迅速追赶了上来。

林木线上，散落着一簇簇低矮的树木，其密密麻麻地纠缠、生长着，树木之间有开阔的空间，这几只熊就凭借树木的掩护，对抗那些逼近的猎犬。两只猎犬不熟悉林木线上的这些树木，在躲避熊的攻击时跳进了纠缠的矮树丛，结果不幸被缠住了脚，无法脱身，还没来得及再次移动就被熊赶上，母熊仅仅挥动前掌一击，就杀死了一只猎犬，而幼熊则杀死了另一只猎犬。然后，母熊和幼熊凶猛地发起冲击，余下的猎犬见状，被迫纷纷转身逃窜，后退了好一段距离。母熊和幼熊抓住机会，再次转身逃上山坡。

靠近的猎人再次怂恿猎犬们进行追击。接近夜晚的时候，这几只熊在顶峰上再次对抗猎犬，还没等猎人上来，它们就成功地击退了进攻的猎犬。然后，它们逃下陡峭的突岩，这样的地形使得猎犬们踌躇不前。在山岭的另一边，这几只熊下降到610米之下的荒野盆地的森林之中，消失得无影无踪。显然，母熊事先就未雨绸缪，曾经计划并考察过这条撤退路线。

大约一个月之后，我在山岭西侧看见了这只回音山灰熊，它在自己的领地中活动，但时不时警惕地停下来，频繁地观望、聆听和嗅闻，打探周边的动静。它常常后腿站立，更好地捕捉空气中传来的气味信息。尽管它非常警惕，却并不焦虑。它甚至还喜欢嬉戏。当它用后腿伫立，它还伸出前掌袭击路过的蚱蜢，但没抓到。它伫立着，朝这边或那边击打，那动作简直让人忍俊不禁。最后一次击打，它已然完全是在团团打转。

我从它的足迹中注意到它在自己的领地的中坡和低坡漫游，享用下面的接骨木果（elderberry）和美洲稠李（chokechery），还有生长在更高山坡上的熊果（kinnikinick）和冬青果（wintergreen berry）。有一次，我看见它在距离我不远之处突然起身，嘴角上还挂着带有红色浆果的接骨木嫩苗。短暂地停顿后，它又继续进餐。它只有一只前掌，在挖掘过程中，还有在把圆木撕成碎片时，显然极不方便。尽管如此，这只母熊还是频频掘出老鼠和小型哺乳动物，推翻腐朽的木头，或将其撕开，寻找藏在里面的蚂蚁和蛴螬。

老到的猎人良心发现，放弃猎杀

去年，我获得了关于这只回音山灰熊的行踪的消息，消息称有人在格兰德湖（Grand Lake）西南几公里处的一个河狸池塘岸上，看见了它和两只幼熊。浆果采摘者也在回音山上见过它几次，人们频频发现它的足迹。

到了秋天，一个格兰德湖的猎人出发去寻找这只回音山灰熊。他经验老到，心高气傲，蔑视任何带着猎犬去追逐大型猎物的人，而且还挖苦以前那两拨失败的猎人，指责他们带着那么多猎犬，却未能猎获一只三条腿的残疾的熊。不仅如此,他还谴责任何使用捕兽夹来捕猎的人。然而,这只灰熊逃脱追逐者的技能当时已经大为提高,而他作为喜欢挑战的猎熊人,自然就极度渴望自己能大展身手,捕获如此难捕的猎物。

他牵上一匹驮马,带上可供多天使用的物资,在回音山灰熊领地的腹地扎营。他花了两天的时间来熟悉母熊的领地,第三天午后不久,他就偶然遇到了母熊和幼熊下降到其领地下部区域的踪迹。他追踪了好几公里,然后扎营过夜。第二天一大早,他又再度出发。作为辛勤而聪明的追踪者,他成功地接近到这几只熊啃食树莓(raspberry)嫩苗的地方。但是,这几只机警的熊看见了他,也嗅闻到了他的气味,就在他绕着圈接近的时候,它们却撤退了,朝山下走了大约3.2公里,沿着它们在爬上山时留在积雪中的踪迹一路行走。

然而在下面的一条溪谷中,它们离开了自己以前留下的踪迹,转向南方,朝一座山岭的顶峰爬升,并朝东边前行,显然是要前往这座山岭的顶峰。那位猎人匆匆出发,赶到一座山岭顶上,他计划在树木生长界线之上的一个地点来截击这几只熊——在那里,他脚下的山岭和这几只熊撤退的山岭连为一体,因此他以最快的速度前进。

就在他抵达自己渴望的那个截击地点之前,他望着一条溪谷对面,俯视那条平行山岭的顶峰。毫无疑问,几只熊就在那里!幼熊在前面开道,母熊向前跛行,担当着殿后的责任。显然,它在行动中不慎弄伤了自己唯一的前掌。它爬上一块通往顶峰的小突岩，后腿伫立，谨慎地久久回顾下面刚刚走过的山岭。在它观察之际，幼熊在稀疏的树木间嬉戏。母熊重新跟幼熊聚在一起，催促它们在前面沿着山岭前行。在每一个合适的地方，它都要转身回顾，观察后面的动静。

风吹上山坡。那位猎人隐藏在林木线之上的一个岩壁中，就这样等待着这几只熊的来临——在这里，它们既不能看到他，也无法嗅到他的气味。

不久，在没有树木的山顶的那片广袤的荒野上，它们从暴风雨压得低矮和敲碎的树木中现身，沿着一条幽暗的野生动物小径，开始爬上山坡，而那条小径就在距离猎人仅一箭之遥的地方。此时母熊跛行得厉害，最终停了下来，幼仔也停了下来，看着它，然后又彼此看看，开始嬉戏起来。

母熊用后腿站起来。幼熊立即停止了嬉戏，也站起来，默默地、认真地看着母熊，然后看着母熊凝视的每一个地点。母熊俯视山坡下面，用力抽吸空气，试图捕捉气味信息。

它把那唯一而又破碎的前掌举在胸前，专注地查看。那只前掌在流血，一根脚趾几乎被割断，松弛地悬挂着——那只爪子似乎是被一块突如其来的落石给砸碎的。幼熊看着它的时候，它舔了舔受伤的前掌，那位猎人做好准备，举枪瞄准了母熊的耳根处。

一片掠过的云影沿着大地匆匆向前移动，滑上山坡，周边显得参差不齐，导致幼熊停止了观察母亲，而用疑惑的眼睛去追随那云影。那猎人就埋伏在很近的地方,近得足以看见鲜血从熊掌上滴下来,他稍微移动了一下,又瞄准熊的心脏。但就在那时,他把猎枪猛然掷向旁边一块大石头,后来他说:"要是我猎杀一只残疾的母熊,我会遭到天谴的!"

诗人译者 | 董继平

译著年表

诗集　　1991年《奥克塔维奥·帕斯诗选》

　　　　1995年《四季的枫叶：多伦多诗选》

　　　　1998年《纸上幻境：布洛克诗选》

　　　　1998年《秋天奏鸣曲：特拉克尔诗集》

　　　　1998年《从两个世界爱一个女人：勃莱诗选》

　　　　1998年《时间与水：二十世纪冰岛诗选》

　　　　1998年《玫瑰祭坛：索德格朗诗全集》

　　　　2002年《安东尼奥·马查多诗选》

　　　　2002年《伊凡·哥尔诗选》

　　　　2003年《索德格朗诗全集》

　　　　2003年《W·S·默温诗选》

　　　　2003年《托马斯·特兰斯特罗默诗选》

　　　　2003年《阿蒂拉·尤若夫诗选》

　　　　2003年《二十世纪冰岛诗选》

　　　　2004年《卡瓦菲诗歌精选》

2004年《洛尔迦诗歌精选》
2011年《特兰斯特罗默诗选》
2012年《欧美诗歌典藏丛书》(共5卷)

随笔　2005年《清新的野外》
　　　2015年《自然札记》
　　　2015年《鸟的故事》
　　　2015年《猎熊记》
　　　2015年《秋色》
　　　2018年《探访大灰熊》
　　　2018年《荒野漫游记》
　　　2018年《动物奇谭录》
　　　2018年《追寻野蜂蜜》
　　　2020年《林地小道》

2020 年《荒野牧草地》

2020 年《林间漫游记》

2020 年《野林之路》

2021 年《森林故事》

2021 年《山林的情歌》

2021 年《在动物中间》

2021 年《追踪野生动物》

2021 年《山巅乐园》

小说　　2017 年《了不起的盖茨比》

自然物语丛书(第一辑)

这个世界的启示在荒野

无论你是在山林、湖畔、路边,还是在人类可以前往的所有荒野,都可以用约翰·巴勒斯的观察方式来探究自然。

——《自然札记》

鸟类世界与人类世界惊人地相似,充满了战争与爱情、欢乐与悲哀。

——《鸟的故事》

自然物语丛书（第一辑）

这个世界的启示在荒野

梭罗从季节的变迁、泥土的气味、种子的成长与果实的成熟中，捧出这些朴素然而闪光的文字。
——《秋色》

出人意料的是，一个政治家以优美的文笔描述了危机四伏的野外狩猎生活。
——《猎熊记》

自然物语丛书(第二辑)

每一个生命都值得敬畏

这是美国博物学家、著名自然文学作家、"落基山公园之父"埃诺斯·米尔斯作品在中国的首译。

——《荒野漫游记》

本书叙述了作者在山野间漫游时对北美最大的陆地野生动物——大灰熊进行探索的种种经历和真实奇遇。

——《探访大灰熊》

自然物语丛书(第二辑)

每一个生命都值得敬畏

地球上的一切生物都绝非呆若木鸡,造物主为自己可爱的小动物创造了一个个奇迹。
——《动物奇谭录》

当人们被困在水泥格子中大口喘息时,这样一本佳作却给我们带来了绿色的呼吸。
——《追寻野蜂蜜》

自然物语丛书(第三辑)

世界将自身缩小为一滴露水

我听到了堤坝上的水潺潺流淌的哼唱,听到了下面溪流的絮语,一只歌带鹀清晰、圆润、兴奋的嗓音,恰好穿过这些声音而传递过来。

——《林地小道》

穿过牧草地,香气从美洲葡萄的花朵上飘送而来。我只知道,它让我梦想到潘神在世界的早晨吹奏的笛管。

——《荒野牧草地》

自然物语丛书（第三辑）

世界将自身缩小为一滴露水

秋天，树叶开始飘落，从枝头飘向它们泥土中的家。地面上，风吹得落叶沙沙作响，仿佛是在演奏死亡进行曲。

——《林间漫游记》

北方飘来的雪把树林装扮得洁白，犹如神秘的世界，充满了形形色色的建筑，宛若仙境。

——《野林之路》

自然物语丛书（第四辑）

风景是我们最高贵的资源

当你随着很多个世纪可敬的沉寂，在松林中等待风来临的时候，这个美好的老世界，因为松林中的歌声和沉寂而变得更加美好。

——《森林故事》

鸟类世界跟人类世界一样，也存在着爱与恨、残忍与善良、愤怒与嫉妒、同情与悲伤、好奇与勇气、献身与忠诚。

——《山林的情歌》

自然物语丛书(第四辑)

风景是我们最高贵的资源

在这里,生活在密林深处、广袤草原、绝壁危崖、河流湖畔的动物们,轮番来到你的眼前,呈现出你从未遇见过的种种精彩和美妙。

——《在动物中间》

自然的张力,是起伏的群山、连绵的森林、奔流的江河、静谧的湖泊、变幻的季节,以及习性各异的动物和千姿百态的植物……

——《追踪野生动物》

自然物语丛书（第四辑）

风景是我们最高贵的资源

这个高寒地带挂着云朵，洒满阳光，一年四季都充满了趣味，绚丽的花卉和欢乐的鸟儿或动或静，或近或远，呈现出十足的美感，充满勃勃生机。

——《山巅乐园》